Molly & Rolf Börjlind

Die Dunkelheit zwischen uns

Thriller

Aus dem Schwedischen
von Julia Gschwilm

btb

Die schwedische Originalausgabe erschien 2019
als Hörbuch unter dem Titel »Mörkret oss emellan«
bei Tilden/Norstedts, Stockholm.

MIX
Papier | Fördert
gute Waldnutzung
FSC® C014496
FSC
www.fsc.org

Penguin Random House Verlagsgruppe FSC® N001967

1. Auflage
Genehmigte Taschenbuchausgabe August 2023

Umschlaggestaltung: semper smile, München
Umschlagmotiv: © Arcangel Images/Reilika Landen
Satz: Uhl + Massopust, Aalen
Druck und Bindung: GGP Media GmbH, Pößneck
SL · Herstellung: sc
Printed in Germany
ISBN 978-3-442-77086-1

www.btb-verlag.de
www.facebook.com/penguinbuecher

1

Der Mann, der mich bittet zu erzählen, hat ein Schiff in einer Flasche hinter sich auf dem Regal. Es fällt mir schwer, den Blick von der Flasche abzuwenden, von dem Schiff, das dort eingesperrt ist. Alles Licht kommt von einer großen Stehlampe aus Metall. Vor allem ich werde beleuchtet, der Mann gegenüber sitzt im Dunkeln. Er merkt, dass das Schiff mich fasziniert. Das scheint ihn zu stören.

»Könnten Sie sich bitte konzentrieren«, fordert er mich auf. »Es hat auf einer Autofähre angefangen, sagten Sie.«

Er lispelt leicht und öffnet beim Sprechen kaum den Mund. Als er ins Zimmer kam, nickte er mir nur kurz zu und setzte sich. Jetzt will er wissen, wie es begann. Als gäbe es einen Anfang, denke ich und wende den Blick von dem Schiff ab. Es gibt keinen. Der Anfang ist das Ende, so wie in allen Teufelskreisen. Aber er ist meinetwegen hier, und ich sehe in seinen Augen, dass er es wirklich wissen will. Warum also nicht? Ich habe nichts vor ihm zu verbergen. Er ist nur ein Mann mit einem Flaschenschiff.

»Sie dürfen mich gerne unterbrechen, wenn Sie etwas nicht verstehen«, sage ich.

»Was sollte ich nicht verstehen?«

»Das Ende.«

Es ist kurz nach zwölf Uhr. Der Nordwind, der über die Bucht hinwegfegt, lässt die Autofähre schwanken. Die Wellen schlagen über das glänzende Deck herein. Wir sind auf halbem Weg zur Insel Mytten. Die Sonne leuchtet über dem Meer wie eine starke, kugelrunde Lampe. Ihre blitzenden Strahlen brechen sich im Wasser und blenden mich. Ich stehe allein vorn an dem rot-weißen Geländer und ärgere mich, dass ich keine Sonnenbrille dabeihabe. Von dem peitschenden Wind bekomme ich eine Gänsehaut an den Armen. Ich ziehe meinen roten, grob gestrickten Pulli dichter um meinen Körper. Zu meinen Füßen steht ein schwarzer Rucksack. Darin liegt eine warme Jacke. Ich könnte sie herausziehen und mir über die Schultern hängen, aber jetzt ist es nicht mehr weit. Ich lege eine Hand an die Augenbrauen und blinzle über das Wasser. Langsam wachsen die Konturen der Insel. Bald kann ich das Haus sehen. Ein großes, vornehmes Sommerhaus aus weiß gestrichenem Holz mit ockergelben Schnitzereien und rotem Ziegeldach. Ein Stück unterhalb des Hauses trifft das Meer auf einen Strand. Unseren Strand. Er sieht ziemlich schmal aus, nicht so breit, wie ich ihn in Erinnerung habe. Vielleicht liegt das am Hochwasser oder an meinem Gedächtnis, das sich irrt. Ich nehme meinen Rucksack. Es ist noch ein Stück bis zum Kai. Ich kann es mir immer noch anders überlegen, ich muss nicht an Land gehen. Niemand weiß, dass ich komme. Ich schließe die Augen, atme die kühle Luft durch die Nase ein und halte den Atem an. Für ein paar Sekunden ist es ganz still. Die Wellen hören auf zu gluckern, und das Heulen des Windes verstummt. Ich atme aus, und die Geräusche sind wieder da. Als ich die Augen öffne, sehe ich ihn aus den Augenwinkeln. Er steht auf der anderen Seite des Decks in einer zerschlissenen braunen Wildlederjacke. Sein Haar ist kurz geschnitten, geschoren. Auf der Nase sitzt eine dunkle Sonnenbrille. Seine Hände umklammern krampfhaft den Lenker eines marineblauen Fahrrads. Obwohl ich seine Augen nicht sehen kann, spüre ich, dass er mich beobachtet. Als ich mich umdrehe, senkt er den Blick.

Als hätte ich ihn ertappt.

Ich richte meinen Blick wieder nach vorne zu der weißen Villa, aber die Fähre ist schon zu nah am Land, und das Haus ist von dort, wo ich stehe, nicht mehr zu sehen. Aber es ist da. Nur ein kleines Stück von dem Punkt entfernt, wo die Fähre gleich anlegen wird. Es ist das Sommerhaus meiner Familie. Wir waren jedes Jahr dort, als ich klein war. Wir rannten auf dem großen Grundstück herum und spielten und ließen unten am Strand Drachen steigen. Wenn es zu heiß wurde, badeten wir im Meer, und ich lernte schließlich schwimmen. Aber es war auch ein Ort, der mir Angst machte. Manchmal dachte ich, das große Haus würde uns verschlingen. Die ganze Familie. Was es wohl auch getan hat, in gewisser Weise.

Jetzt bin ich wieder auf dem Weg dorthin.

Im oberen Stock des Hauses lag mein Zimmer, und genau darüber ein großer, leerer Speicher. Papa hat mir ständig mit Spukgeschichten über ihn Angst eingejagt. Einmal behauptete er, dort oben würde eine Dame wohnen. Eine Gestalt, die immer weiß gekleidet ist. Danach wagte ich es nicht mehr, allein dort hinaufzusteigen.

Ein spezielles Geräusch taucht in meinem Kopf auf. Die Erinnerung an ein Kratzen, oder eher Knarzen, von der Zimmerdecke über dem Bett her. Ich dachte, es sei die Weiße Dame, die da oben herumschlurft.

Aber damals war ich noch ein Kind. Ein Haus kann einen Erwachsenen nicht erschrecken. Oder vielleicht doch, aber es gibt keine Weißen Damen darin.

Zumindest nicht auf dem Speicher.

Ich lasse einen silbernen Volvo und ein paar andere Autos vorbei, deren Marken ich nicht kenne. Dann gehe ich an Land.

Meine helle Hose ist ein wenig dreckig von dem Geländer. Nicht gut. Das wird nicht unkommentiert bleiben. Ich beuge mich hinunter und ziehe Schuhe und Strümpfe aus. Ich habe es schon immer geliebt, barfuß zu laufen. Für Oktober ist die Luft noch ziemlich warm, trotzdem erschaudere ich, als meine nackten Füße auf den harten Beton des Kais treffen. Ich richte mich auf und stehe ein paar Sekunden still da. Um Kraft zu sammeln und meinen Atem zu beruhigen.

Der Weg von der Fähre beginnt mit einem langen, zähen Hügel, der von uralten Eichen gesäumt ist. Nach ein paar Metern fällt mir auf, dass ich den Mann mit dem Fahrrad gar nicht habe von Bord gehen sehen. Ich wende mich um. Die Fähre ist wieder auf dem Weg nach draußen. Das Deck ist leer.

Die Insel Mytten liegt in Stockholms mittlerem Schärengarten. Eine asphaltierte Straße führt vom Fähranleger zur anderen Seite hinüber, mitten durch einen großen Wald. Die Straße endet an der Marsbucht. Dort stehen die ganzjährig bewohnten Häuser. Früher haben die Einheimischen Fischfang und Erdbeeranbau betrieben; was sie heute machen, weiß ich nicht. Falls überhaupt noch welche existieren. Im Wald befindet sich ein großer Sumpf, und in der Mitte der Insel liegt ein Berg. Wir haben ihn »Aussichtsberg« genannt, als ich klein war. Dann gibt es hier und dort noch ein paar kleine Schotterwege und Pfade, ansonsten sind da vor allem Klippen und trockene, karge Felder, wo viele fette, gemusterte Kreuzottern wohnen. Jedenfalls war das früher so.

Ich biege von der Asphaltstraße aus auf einen deutlich kleineren Weg ein. Er ist schmal und voller braunem, schlammigem Laub. Die harte Erde ist vom Regen weich geworden, der Matsch quillt zwischen meinen nackten Zehen hervor. Es schmatzt bei jedem Schritt, den ich mache. Ein grauer Regenwurm ist aus der Erde hervorgekrochen. Er ringelt sich im Matsch wie ein dünner Darm. Früher habe ich immer Regenwürmer gesammelt und in große Gläser mit Erde getan. Mein Bruder wollte die Würmer zum Angeln verwenden. Das durfte er nicht.

Die Strecke zum Haus fühlt sich länger an als in meiner Erinnerung. Vielleicht gehe ich langsamer. Nicht derselbe schnelle enthusiastische Laufschritt wie in meiner Kindheit. Damals hab ich mich meistens gefreut hierherzukommen. Diesmal ist es anders.

Nach einer Weile nähere ich mich dem Wald. Er sieht nicht besonders einladend aus. Obwohl die Sonne scheint, ist es dort dunkel. Die Bäume stehen dicht, strecken sich weit in die Höhe, und es dringt nicht viel Licht zum Moos und den Steinen hinunter. Er sieht nicht besonders einladend aus.

Ich halte inne. Dort drinnen bewegt sich etwas. Ein Jungfuchs gleitet zwischen zwei Bäumen hervor. Früher gab es einmal viele Füchse auf der Insel. Dann bekamen sie die Räude. Das Fell fiel ihnen aus. Wildheger kamen und haben sie erschossen. Dieser Fuchs hat ein üppiges und schönes rotes Fell. Die Schwanzspitze ist weiß. Er steht ganz still da und betrachtet mich. Seltsam. Füchse verschwinden eigentlich, wenn sie Menschen sehen. Wir sehen einander einige Augenblicke lang an, bevor ich weitergehe. Nach ein paar Metern drehe ich mich um. Der Fuchs steht immer noch im Wald und folgt mir mit dem Blick.

Hinter der nächsten Kurve taucht die Hecke auf. Sie ist lang und unregelmäßig und verläuft die ganze Grundstücksgrenze entlang. Ich bleibe stehen und spähe hindurch, auf das Haus. Meine Augenbrauen ziehen sich zusammen. Die ganze Villa sieht so … verfallen aus. Ich habe sie viel heller, frischer in Erinnerung. Die Farbe ist fast vollständig verblichen und blättert an der weiß gestrichenen Fassade ab. Das Holz darunter ist dunkler geworden. Die Dachrinne hängt auf der einen Seite herunter, und Teile der hübschen Schnitzereien um die Veranda sind kaputt. Aber das passiert wohl, wenn ein Haus nicht gepflegt wird.

Wir waren immer den ganzen Sommer hier, jedes Jahr, bis ich sieben war. Im Herbst, als ich in die zweite Klasse kam, sagte Mama, sie hätten das Haus vermietet. Wir würden nicht mehr herkommen. Es war offenbar zu viel Arbeit. Auf jeden Fall haben sie das behauptet. Stattdessen begannen wir die Sommer zu Hause in Täby zu verbringen. Wir spielten Fußball auf der Straße oder gingen zum Spielplatz und schaukelten. Meine Mutter fand es gut, dass wir Kontakt zu den anderen Kindern im Viertel bekamen. Seitdem habe ich keinen Fuß mehr hierhergesetzt.

Das ist jetzt achtzehn Jahre her.

Vor vier Jahren haben sie angefangen, das Haus wieder zu nutzen.

Das Grundstück ist groß und teilweise überwuchert. Kiefern und Fichten, ein paar Laubbäume und viel Dickicht. Keine Obstbäume. Hier und da liegen tapfere Versuche zusammengerechter Laubhaufen. Zwischen zwei dieser Haufen kann ich den Brunnen erahnen. Papa hat immer gesagt, ich dürfe mich nicht auf den Brunnendeckel stellen. Er sei morsch, und ich könne geradewegs hindurchfallen. Mitten in die Dunkelheit hinein. Neben der Veranda ragt eine breite, stattliche Fichte auf. Dort, unter dem großen Baum, hatte ich meinen Tierfriedhof. Es begann mit einer Waldmaus, die wir am Brunnen gefunden hatten. Dann wurden es immer mehr Tiere.

Da sehe ich ihn, in der Sonne drüben beim Geräteschuppen. Er hat eine dicke dunkelblaue Jacke und hohe schwarze Gummistiefel an. Er ist warm eingepackt. In der Hand hält er eine lange Axt. Er hebt sie über die Schulter und schlägt sie in ein Stück Holz.

Papa.

Er ist gealtert. Sein braunes, lockiges Haar ist dünner geworden. Der schmale Körper gebeugt. Ich frage mich, ob er mich vermisst hat. Ich gehe zum Gartentor. Es scheint morsch geworden zu sein und hängt ein wenig schief. Als ich es aufdrücke, quietscht es. Ich habe plötzlich Angst, dass es ganz herausfällt. Vor langer Zeit habe ich auf diesem Tor gesessen, habe darauf balanciert. Papa hat mich hochgehoben, sodass ich das Meer sehen konnte.

»Emmie?«

Er hat mich entdeckt. Sein Gesicht hellt sich auf, während er gleichzeitig einen raschen Blick zum Haus hinüberwirft. Ich ahne, warum. Er winkt mich herein.

Jetzt gibt es kein Zurück mehr. Für niemanden von uns.

»Hallo«, sage ich und füge ein kurzes Lächeln hinzu, bevor ich das Tor passiere.

Papa kommt mir mit ausgestreckten Armen entgegen. Er geht ein wenig schwankend. Als er vor mir steht, lässt er die Arme sinken und streichelt mir vorsichtig über die Wange. Seine Hand ist rau. Zwei strahlend blaue Augen blicken in meine. Die buschigen Augenbrauen stehen in alle Richtungen ab. Einmal hat meine Mutter vorgeschlagen, sie zu stutzen. »Das würde meine Persönlichkeit kastrieren«, sagte er. Also blieben die Augenbrauen.

»Was für eine Überraschung«, sagt Papa. »Willkommen!«

»Danke«, antworte ich und schaue zum Haus hinauf.

In einem der Fenster des oberen Stockwerks bewegt sich

ein Vorhang. Ich erstarre und halte den Atem an. Die Konturen einer Frau werden sichtbar, halb hinter dem Vorhang versteckt. Sie hat langes dunkles Haar und ein scharfes Profil. Als der Vorhang sich erneut bewegt, sehe ich, dass sie weiß gekleidet ist. Sie steht ganz still da und sieht mich an. Es ist nicht die Dame vom Speicher. Es ist Veronica, meine Mutter. Bevor ich wieder ausatmen kann, verschwindet sie vom Fenster.

Aber sie hat mich gesehen.

Ein paar schnelle Schritte sind zu hören, und plötzlich finde ich mich mitten in einer Umarmung wieder. Der Geruch von Teenagerschweiß steigt mir in die Nase.

Wie groß er geworden ist, mein kleiner Bruder.

Er lässt mich los.

»Hallo, Emmie!«, sagt er.

»Hallo, Oliver.«

Er sieht schlaksig aus. Das dunkelblonde Haar trägt er mit Mittelscheitel, und ein langer Pony verdeckt den größten Teil der Stirn. Über dem Mund stehen ein paar kleine Stoppeln. Obwohl ich merke, dass er sie zu verbergen versucht, sieht man eine Zahnspange unter seiner Oberlippe.

»Shit! Wie groß du geworden bist«, sage ich, um den Fokus von der Zahnspange zu nehmen.

Er streckt sich. Das Haar gleitet eine Spur aus der Stirn und entblößt ein paar Teenagerpickel.

»Du siehst auch aus, als wärst du ein paar Zentimeter gewachsen«, sagt Papa und legt eine Hand auf meine Schulter.

Ich schnaube. Zum Glück klingt es wie ein ersticktes Lachen.

»Oliver.«

Die scharfe Stimme kommt vom Haus her. Veronica tritt in Erscheinung. Sie hat ein paar hellgelbe Ballerinas an den Füßen und trägt ein dünnes weißes Kleid. Das ist so typisch für sie. Sie kleidet sich nicht nach Jahreszeiten oder Klima oder den Erfordernissen der Umgebung. Sie kleidet sich für den Spiegel. Dass gerade Herbst und sie auf dem Land ist, davon lässt sie sich nicht beeindrucken. Ihr Äußeres ist eine Botschaft. Sie würde verrückt werden, wenn sie auch nur den winzigsten Fleck auf dieses Kleid bekäme.

Blut zum Beispiel.

Hier unterbricht mich der Mann gegenüber zum ersten Mal. Zuerst mit einem Zeigefinger in der Luft und dann mit einer merkwürdigen Frage.

»Warum Blut?«

»Ich weiß nicht«, sage ich. »Ist das wichtig?«

»Das wissen nur Sie«, antwortet er.

Ich verstehe nicht, was er damit meint. Offenbar ist es wichtig für ihn, da er einen kleinen grünen Block und einen Stift zu sich zieht. Aber er schreibt nichts.

»Soll ich weitererzählen?«, frage ich.

Er nickt.

Veronica ist auf der Veranda stehen geblieben. Sie betrachtet mich mit leicht erstaunter Miene. Als hätte sie mich vom Fenster aus nicht gesehen. Sie hat einen kalten, strengen Ausdruck im Gesicht. Dann bemerkt sie es selbst und zieht ihre fülligen, sorgfältig geschminkten Lippen zu einem langsamen Lächeln nach oben. Es ist nicht viel wärmer. Sie mustert mich von oben nach unten und macht ein paar Schritte nach vorn.

»Aber Schatz, warum hast du denn keine Schuhe an?«

Wir haben uns mehrere Jahre nicht gesehen, und das ist ihre Begrüßung. Aber zumindest hat sie nichts über die Flecken auf der Hose gesagt.

»Ich gehe gern barfuß, das weißt du doch. Hallo, Mama.«

Ich beuge mich vor, umarme sie steif und antworte auf ihre nächste Frage, ehe sie sie stellen kann.

»Ich bin gekommen, um Oliver zu gratulieren. Ich wollte ihn überraschen.«

Oliver umarmt mich noch einmal. Veronica sieht ihn an.

»Ja dann, willkommen«, sagt sie, ohne in meine Richtung zu sehen. »Komm, Oliver.«

Sie geht zurück ins Haus, Oliver dicht auf den Fersen. Er bedeutet mir mit einer Geste, dass ich mitkommen soll. Ich zögere kurz. Die weit offenen Eichentüren gähnen still und entblößen den dunklen Eingangsbereich des Hauses. Dann landet eine schwere Hand auf meiner Schulter.

»Komm«, sagt Papa und schiebt mich nach vorn.

Nur ein paar wenige Lichtstrahlen finden ihren Weg durch die Spalte zwischen den Vorhängen und werfen ein gedämpftes Licht in den Flur. Er hat eine sehr hohe Decke. Die Wände sind mit dunklen Holzvertäfelungen verkleidet. Überall hängen Hirschschädel und Elchgeweihe. Jagdtrophäen. Veronicas Großvater war Förster. Er war derjenige, der das Haus bauen ließ. Dann parkte er Frau und Kinder über den Sommer hier, sodass er in der Stadt seine Ruhe hatte. Veronica erbte die Villa, als ich gerade geboren war, und sie ließ nicht viele Veränderungen am Haus zu. Es sollte so aussehen, wie es schon immer ausgesehen hatte. Sie wollte uns in ihren Kindheitserinnerungen festhalten.

Die lange Holztreppe, die zum oberen Stockwerk führt, bin ich oft rauf- und runtergerannt. Jetzt ist die Kante von einer der mittleren Stufen abgefallen. Im Holz sind unzählige schmale Gänge zu sehen. Würmer vermutlich.

Der Flur ist anders, als ich ihn in Erinnerung habe. Als würde etwas fehlen. Außerdem riecht es abgestanden. Neben der Treppe führt eine alte, blau gestrichene Holztür in einen großen Keller hinunter, der sich unter dem ganzen Haus erstreckt. Ich bin noch nie dort gewesen. Uns wurde gesagt, wir sollten nicht da runtergehen.

Plötzlich kracht es hinter mir. Ich fahre zusammen und wende mich um.

»Die Tür ist zugeweht«, sagt Papa. Er steht mit verschränkten Händen davor. »Hast du dich erschreckt?«

Wir sind allein im Flur. Ich drehe mich um und sehe, dass an einer der Wände Unmengen von Fotos hängen. Große, schöne Naturbilder.

»Hat Veronica die gemacht?«, frage ich.

»Ja«, antwortet Papa.

»Sie sind gut.«

Ich bleibe vor einem der Fotos stehen. Es ist deutlich größer als die anderen. Schwarze, geierähnliche Vögel sitzen verstreut auf toten weißen Bäumen. Sie blicken alle in ein schneeweißes Felsrondell hinunter, fast kreisrund.

»Wo ist das hier aufgenommen?«, frage ich.

»Das ist eine Kormorankolonie auf einer Insel hier in der Nähe. Sie ist jetzt leider vollständig tot. Als du klein warst, war es eine unglaublich hübsche kleine Schäre. Wir sind immer dorthin gerudert und haben Blumen gepflückt, Ehrenpreis und Blutweiderich, weißt du noch?«

Ich schüttle den Kopf.

»Jetzt wächst da draußen gar nichts mehr. Die Kormorane haben alles zerstört… Aber es ist ein ziemlich sonderbarer Ort, du solltest mal rausrudern und schauen«, sagt Papa.

»Warum sollte sie? Da gibt es doch nichts zu sehen.«

Veronica steht in der Türöffnung zur Küche. Papa wirft ihr einen kurzen Blick zu und drängt sich vorbei. Veronica hat auf viele Menschen diesen Effekt. Nur ein paar Worte, und die Kontrolle ist vollkommen. Ich spüre einen Stich von Mitleid. Wie hält er das aus?

Ein Stück weiter hinten im Flur befindet sich eine schmale gelbe Tür unter der Treppe. Sie führt zu einem Stauraum. Ich gehe hin und öffne sie. Es ist eng und dunkel da drin. So hat es sich aber nicht angefühlt, wenn wir uns dort versteckt haben. Damals war es unsere geheime Höhle. Ich drücke die Tür wieder zu und richte mich auf. Ich weiß, dass Veronica mich beobachtet; ich spüre ihren Blick fast physisch in meinem Nacken brennen. Links von mir steht eine massive Kommode aus dunklem Holz. Ich streiche vorsichtig mit der Hand darüber. Eine dünne Staubschicht hat sich auf den Fingern gesammelt. Staub auf einer Kommode zu Hause bei Veronica? Unerwartet. Ich wische ihn an meiner Jeans ab. Ein einziges Bild steht auf der Kommode. Ein großes, gerahmtes Foto von Papa, Veronica und Oliver. Sie sitzen in einer Hollywoodschaukel und sehen fröhlich aus. Oder zumindest lächeln sie. Wie eine Familie, nur ohne mich.

»Ich trage deinen Rucksack hoch«, sagt Papa.

»Wohin denn?«

»In dein altes Zimmer. Wir haben es nicht angerührt.« Er zwinkert mir zu und reicht mir ein Käsebrot, das er für mich gemacht hat. »Hier.«

»Danke.«

Er nimmt den Rucksack und beginnt, die lange, knarzende Treppe nach oben zu gehen. Als er verschwunden ist, wird es still.

»Du hättest dich ja vielleicht vorher melden können?«

Veronicas Stimme ist dicht an meinem Ohr. Ich sammle mich.

»Dann wäre es ja keine Überraschung gewesen«, sage ich.

Wir stehen ein paar Sekunden Auge in Auge. Du bist gealtert, denke ich. Sie streicht mir leicht über den Arm. Ich ziehe ihn weg. Ihre Berührung erinnert mich an Dinge, an die ich nicht erinnert werden will.

Das Wohnzimmer ist groß. Im offenen Kamin liegen ein paar Reste verbrannter Holzscheite. Ein herber Duft nach verkohltem Holz liegt in der Luft. Die Sitzgruppe aus braunem, abgenutztem Leder nimmt den halben Raum ein. Die Wände sind dunkelgrün tapeziert, an einer von ihnen hängt ein beeindruckendes Ölbild in einem Goldrahmen. Ein Porträt von Großmutter und Großvater. Keiner von beiden lächelt. Das haben sie im Leben auch nicht getan. An der Wand gegenüber dem Kamin stehen zwei hohe Bücherschränke mit Glastüren. Eine extravagante Jugendstillampe hängt an der Decke. Es ist ein schöner Raum, sehr standesgemäß.

»Du hast abgenommen.«

Veronica ist mir gefolgt.

»Das sind die Drogen«, sage ich, ohne mich umzuwenden. Ich klopfe mit dem Finger gegen die Glasscheibe eines der Bücherschränke.

»Machst du dir Sorgen?«

»Worüber?«

»Dass ich irgendwas zerstören könnte?«

Ich höre, wie sie einen leichten Seufzer ausstößt.

»Wie fühlt es sich an, hier zu sein?«, fragt sie dann.

»Seltsam.«

»Das kann ich verstehen.«

Ich drehe mich um. Es sieht so aus, als versuchte sie sich an einem Lächeln. Zumindest zieht sie die Mundwinkel in einer steifen Grimasse nach oben. Dann geht sie.

Die Bücherschränke reichen weit über meinen Kopf. Sie sind gefüllt mit Büchern und Ziergegenständen. Mich beschleicht das vage Gefühl, dass hier früher eine Menge gerahmte Fotos gestanden haben. Jetzt ist es vor allem irgendwelches Zeug, das, so nehme ich an, von Papas diversen Reisen stammt. Er war viele Jahre Kriegskorrespondent und hat alles Mögliche mitgebracht. Zum Beispiel eine lange, glänzende Machete mit einem großen Haarbüschel am Schaft. Die hat er von irgendeinem Massaikrieger in Kenia bekommen, behauptet er. Aber bei Papa weiß man nie. Er hält sich nicht immer an die Wahrheit. Neben einem der Bücherschränke steht ein Sockel aus knochenfarbenem Marmor, und darauf breitet ein ausgestopfter Seeadler seine riesigen Schwingen aus, als wäre er auf der Flucht erschossen worden. Die Federn auf der Brust sind dünn geworden, man kann die Knochen sehen. Der Schnabel ist staubig. Eines der gelben Augen des Adlers fehlt.

Ich weiß, wann es verschwunden ist.

Das Geräusch trifft mich völlig unvorbereitet. Es kommt von dicht hinter meinem Rücken, und ich lasse fast das Käsebrot fallen. Aber ich weiß sofort, was es ist. Papa, der mit den Fingern knackt. Ein kurzes, hartes Knirschen. Ein Tick, den ich hasse. Er hat mich meine ganze Jugend lang verfolgt. Er macht es nicht bewusst, es überkommt ihn einfach. Aber es ist jedes Mal gleich widerlich. Ich drehe mich in seine Richtung.

»Machst du das immer noch?«, frage ich.

»Was mache ich?«, fragt er zurück.

»Mit den Fingern knacken.«

»Oh, entschuldige, das wollte ich nicht, tut mir leid.« Er sieht ertappt aus und steckt die Hände hinter den Rücken. »Ich hab den Rucksack in dein Zimmer gestellt«, sagt er schließlich.

»Danke.«

Er macht ein paar Schritte nach vorn und umarmt mich.

»Ich bin sehr froh, dass du gekommen bist«, flüstert er. »Wir brauchen dich.«

»Wofür?«

Er lächelt etwas unsicher. Ich lächle zurück. Vor allem, damit er sich nicht schlecht fühlt.

»Casper!«, dringt Veronicas Stimme aus der Küche. Papas Lächeln erstirbt.

Die Küche ist der schönste Ort im Haus. Sie ist groß, mit blau gestrichenen Holzschränken. Ein Flickenteppich liegt auf dem abgebeizten Dielenboden. In einer Ecke steht ein alter gusseiserner Herd. Die Küche weckt warme Erinnerungen in mir. Gelächter und Radau und Papa, der mit Eiern zaubert. Jetzt ist Veronica gerade dabei, eine tote Maus aus einer Falle zu holen. Die Maus hängt schlaff herunter, ihre Augen sind aufgerissen.

»Unter der Spüle wimmelt es von ihnen«, sagt sie und löst den Riegel der Falle.

Sie wirft die Maus in eine Abfalltüte, die am Griff einer der Küchenschranktüren festgebunden ist. Papa verzieht angeekelt das Gesicht, während Veronica sorgfältig ihre Hände wäscht. Ich gehe ein paar Schritte nach vorn und schaue in die Abfalltüte. Ein ganzer Haufen toter Mäuse liegt darin. Die oberste, die Veronica gerade aus der Falle geholt hat, zappelt kurz.

Todeszuckungen.

»Manche sterben nicht mal, wenn die Falle zuschnappt«, sagt Veronica. »Sie schleppen sie mit unter den Küchenboden.

Man kann hören, wie sie dort mehrere Stunden damit herumziehen, bevor sie sterben. Casper, reichst du mir bitte das Hackfleisch.«

Papa streckt die Hand nach dem Fleisch aus. Veronica nimmt ein Küchenmesser, das an einer Magnetleiste an der Wand hängt. Sie hebt es übertrieben hoch und rammt es in den Plastikdeckel der Hackfleischpackung.

»Bleibst du zum Abendessen?«, fragt sie, ohne den Blick zu heben.

Mir ist klar, dass die Frage an mich gerichtet ist. Ich antworte nicht.

»Oder nimmst du die Abendfähre zurück?«

»Willst du das?«, frage ich und lege den Kopf schief. Veronica hält in der Bewegung mit dem Messer inne und wendet sich um. Vorsichtig streicht sie sich eine Haarsträhne aus der Stirn.

»Du darfst natürlich auch über Nacht bleiben.«

»Wie nett«, sage ich.

»Ein Glück, dass wir genug Hackfleisch haben«, sagt sie und hebt das Messer erneut.

Die Treppenstufen knarzen laut. Ich erinnere mich, wie wir immer nur auf spezielle Stellen getreten sind, um das hartnäckige, nervige Geräusch zu vermeiden. Offenbar habe ich vergessen, auf welche. Als ich zu der Stufe mit den Wurmgängen komme, mache ich einen großen Schritt darüber hinweg zur nächsten.

Oben im ersten Stock ist ein langer Flur mit einem Läufer auf dem Boden. Seitlich gehen mehrere Türen ab. Alle sind geschlossen, bis auf die ganz hinten. Das ist mein altes Zimmer. An einer der anderen Türen ist ein ziemlich robustes Vorhängeschloss angebracht, das an einem kleineren Beschlag befestigt ist. Das ist die Tür zur Speichertreppe. Warum haben sie ein Schloss davorgehängt? Ich fingere an dem grauen Metall herum. Die Erinnerungen an die Weiße Dame, die dort oben herumgeschlurft ist, kehren zurück.

Aber das war damals.

Alles in meinem Zimmer sieht exakt so aus, wie ich es in Erinnerung hatte. Als wären nicht achtzehn Jahre vergangen, seit ich das letzte Mal hier war. Die pistaziengrüne Tapete ist zwar ziemlich verblichen, aber sonst scheint sich nichts verändert zu haben. Ich lege das unberührte Käsebrot auf den grünen Schreibtisch. Die Fensterbretter sind mit Gegenständen und Spielsachen dekoriert, die ich als Kind gesammelt habe. Ein Teddybär und ein Troll-Püppchen mit einem üppigen blauen Haarschopf sitzen neben einem Häufchen weißer, glatter Steine. Ein Bild, das ich selbst gemalt habe, liegt ganz außen auf der einen Seite des Fensterbretts. Es stellt einen Barsch dar. Einen toten Barsch, um genau zu sein. Wir hatten ihn am Strand gefunden, angespült. Bevor ich ihn auf dem Tierfriedhof begrub, habe ich ihn abgemalt. In der Mitte des Fensters stehen drei kleine runde Holzschachteln. Daneben liegt ein silbriger Gegenstand. Eine Spieluhr. Ich nehme sie in die Hand. Auf der Rückseite lese ich: »Wiegenlied von Brahms: Guten Abend, gut' Nacht«. Ich ziehe die Schnur der Spieluhr heraus. Sie funktioniert noch immer. Zarte Töne erklingen, während die Schnur sich Stück für Stück in die Spieluhr zurückzieht. Ich lege sie vorsichtig wieder hin und nehme eine der kleinen Schachteln. Es ist die kleinste von den dreien, sie nimmt nicht viel Platz auf meiner Handfläche ein. Die Oberseite ist mintgrün mit abgewetztem Rand. Ich versuche, sie zu öffnen. Der Deckel will sich nicht lösen. Ich versuche es noch einmal. Vergeblich. Als ich sie schüttele, klappert etwas darin. Ich stelle sie zurück auf das Brett und nehme stattdessen die mittlere Schachtel. Auf ihrem Deckel klebt ein Glanzbildchen mit einem Engel. Er lässt sich leicht abheben. Zuoberst liegt ein rosafarbener Wattebausch. Ich lasse ihn vorsichtig durch meine Finger gleiten. Er ist weich und erinnert an das Fell eines Tieres. Ich will gerade damit an meiner Wange entlangstreifen, als ich etwas auf dem Boden der Schachtel sehe. Ich nehme den runden Gegenstand heraus und halte ihn gegen das Licht. Ich weiß noch, wie schön ich ihn fand. Er funkelte und sah fast aus wie ein Stück Bernstein. Ein gelbes Adlerauge.

Ich knie mich hin und lege das Auge vor mir auf den Boden. Es beginnt langsam über die Bretter zu rollen. Der Boden hängt hier oben immer noch durch. Das Auge rollt schneller und schneller, bis es auf die Leiste auf der anderen Seite trifft. Dort zerspringt es in zwei perfekte Hälften.

Da hört die Spieluhr auf, ihr Lied zu spielen.

Ich nehme die Augenhälften in die Hand. Schon gehen Dinge kaputt, denke ich. Vorsichtig lege ich sie zurück in die Schachtel und bedecke sie mit dem rosa Wattebausch, dann schaue ich aus dem Fenster. Man kann den ganzen Weg zum Strand hinunter sehen. An einem der Stege liegt ein altes Ruderboot vertäut.

Papa saß im Ruderboot und ruderte. Draußen war es dunkel und kühl. Die Wellen schlugen über den Bootsrand. Ich selbst saß in einem gelben Kleid auf dem Boden, die Beine an den Körper gezogen. Ich hatte Angst. Ich wollte nicht dort sitzen. Ich wollte nicht im Boot sein.

Die Erinnerung ist unangenehm. In meinem Kopf dreht sich alles, und ich sinke aufs Bett hinunter. Langsam streiche ich mit der Hand über den weichen Überwurf. Die Hände erinnern sich an die Struktur, und mein Magen zieht sich zusammen. Warum haben sie mein Zimmer achtzehn Jahre lang unberührt gelassen? Es fühlt sich an, als hätten sie die Erinnerung an mich eingesperrt. Emmie als kleines Mädchen. Als würde ich nie wieder auftauchen. Als würde ich nicht mehr existieren. Sie haben nicht einmal gefragt, wie es mir ergangen ist.

Ein trockenes Knarren ist zu hören, vom Dach her. Die komischen Geräusche existieren noch. Auch sie. Ich lächle. Heute Nacht finde ich sie vielleicht nicht mehr so lustig. Plötzlich durchschneidet ein hoher, quietschender Ton die Stille, gefolgt von einem lauten Krachen. Ich fahre aus dem Bett hoch.

Ein Fenster ist aufgeweht. Einer der Fensterhaken hat sich losgerissen. Ich ziehe es wieder zu und hole tief Luft. Der Windstoß hat ein Bild von der Wand geworfen. Eine weitere Zeichnung von mir, die Papa gerahmt hat. Eine kleine Maus, die mit zwei roten Bällen jongliert. Ich hebe sie auf. Dann zucke ich zusammen. Die Wand, an der sie hing, ist voller kleiner Löcher. Ich starre die Löcher an. Meine Beine werden weich, und die Knie beginnen zu zittern. Die Übelkeit kommt kriechend. Ich schlucke und schlucke.

»Warum das?«, fragt der Mann mir gegenüber.

Er sieht aufrichtig neugierig aus.

»Ich leide an sogenannter Trypophobie«, sage ich. »Kennen Sie das? Die Angst vor Löchern?«

Der Mann nickt und fasst sich an die Nase, als versuchte er, seine Nasenlöcher zu verbergen. Süß. Vielleicht ist er aber auch nur nervös geworden, denke ich später. Seine Nasenlöcher sind nicht besonders trypophobieerregend.

Ich hänge das Bild schnell wieder über die Löcher. Meine Hände liegen noch am Rahmen, als ich auf der ausgeblichenen Tapete die Kontur eines Kleides erkenne. Ein Kleid in Kindergröße. Ich weiß genau, welches.

Der Sand am Ufer ist feucht. Er fühlt sich unter meinen nackten Füßen fest an. Die Fußspuren füllen sich sofort mit Wasser. Ich gehe langsam vom Haus weg. Bis zum Abendessen dauert es noch eine Weile, und ich muss ein bisschen für mich sein. Die dunklen Wellen spülen auf den Strand. Ich erschaudere, als sie sich um meine Füße schließen. Als würden sie versuchen, mich zu ergreifen. Mich hinauszuziehen und zu verschlingen. Ich richte den Blick zum Horizont und sehe sie. Die Kormoraninsel. Nicht besonders weit weg. Die weißen Skelette einiger toter Bäume recken sich über die Klippen nach oben.

Ich bin bei den roten Bootshäusern angelangt. Hier irgendwo muss das Ruderboot liegen, das ich von meinem Fenster aus gesehen habe. Ich gehe zwischen den Schuppen hindurch zu dem langen, wackeligen Steg. Da liegt er: ein alter, geteerter Eichenkahn, an einem Holzpfahl vertäut. Ich strecke mich nach dem Bootstau und ziehe es zum Steg. Als mein nackter Fuß auf den Holzboden des Ruderboots trifft, kommt die Erinnerung mit Papa zurück. Die Angst. Ich hebe den Kopf und blicke zur Kormoraninsel. Es kann nicht so lange dauern, zu ihr hinüberzupaddeln.

Das Boot hat feste Dollen und lässt sich leicht rudern. Als ich mich der Insel nähere, sehe ich ein Stück steinigen Strand neben einer Klippe. Eine perfekte Stelle zum Anlegen.

Die Insel ist länglich. Hier und da stehen tote Bäume, deren kahle Äste in die Luft ragen. Darauf sitzen in langen Reihen schwarze Kormorane, völlig regungslos. Manche haben die Flügel entfaltet wie gigantische, stumme Fledermäuse. Ihre Augen folgen mir. Die Felsen sind ganz weiß von Vogeldreck, und auf dem Boden ist alles tot und trocken. Falls hier einmal Blumen gewachsen sind, ist das sehr lange her. Nirgendwo gibt es einen Farbtupfer.

Auf der einen Seite der Insel türmen sich Felsformationen auf, eine weißer als die andere. Ich nehme mein Handy und gehe langsam auf die Klippen zu. Auf dem Weg mache ich Fotos von den Bäumen. Von den Kormoranen. Von der toten Erde. Als ich näher komme, erkenne ich den Ort wieder.

Er liegt geschützt zwischen zwei hohen Felsblöcken. Ein fast perfektes Rondell. Hier muss Veronicas Foto aus dem Flur entstanden sein. Sieht ein bisschen creepy aus. Nicht gerade ein Picknickplatz. Im selben Moment höre ich harte, kurze Schreie hinter mir. Ein paar Kormorane erheben sich aus dem Baum. Sie beginnen über mir zu kreisen. Ich mache ein paar schnelle Fotos von dem Felsrondell und will weg. Das ist nicht ganz leicht. Ich klettere den einen Felsen hinauf, den Blick fest auf die schwarzen Vögel gerichtet. Als ich auf die andere Seite komme, zucke ich erschrocken zusammen. Ein paar Meter vor mir sitzt ein kräftiger Mann mit einem Skizzenblock in der Hand. Ein altes, abgewetztes Gewehr mit Zielfernrohr steht gegen einen Stein gelehnt. Er dreht den Kopf und sieht mich an. Dann wendet er sich wieder seinem Block zu. Als wäre es ganz natürlich, dass ich hier auftauche.

Er zieht einige Striche auf dem Papier. Ich mache ein paar Schritte auf ihn zu.

»Hallo.«

Der Mann nickt, ohne sich umzuwenden. Er ist braun gebrannt, unrasiert und hat einen dunkelgrünen Mantel über den Schultern. Er sieht aus, als wäre er in Papas Alter. Ich lehne mich gegen einen Felsen. Die Kormorane sind wieder auf den Ästen gelandet. Still und unbeweglich. Wollten sie mich aus dem Felsrondell vertreiben?

»Wohnen Sie hier auf der Insel?«, unternehme ich den Versuch, irgendeine Art von Kontakt aufzunehmen. »Also nicht hier, sondern auf Mytten?«

»Ich wohne schon immer hier.«

Er hat eine weiche, freundliche Stimme. Etwas unerwartet. Ich hatte eine Stimme erwartet, die mehr seiner Attitüde entspricht.

»Was zeichnen Sie?«, frage ich.

»Den Tod.«

»Den Tod?«

»Sie sehen doch wohl«, sagt er und deutet in einer umfassenden Geste über die Insel, »alles hier ist tot.«

»Ja, das sieht nicht so lustig aus.«

»Es ist eine Tragödie. Früher war das hier eine der hübschesten kleinen Schäreninseln in der ganzen Bucht, voller Pflanzen, Blumen, grüner Bäume, Unmengen von verschiedenen Seevögeln haben hier gebrütet … Dann kamen die Mördervögel.«

»Die Kormorane?«

Der Mann nickt.

»Die Aalkrähen. Früher konnte man hier draußen auch Aal fischen, dann haben sie jede einzelne Reuse zerstört und die ganze Insel mit ätzendem Ammoniak zugeschissen.« Er schüttelt den Kopf. »Warum sie beschlossen haben, gerade diesen schönen Ort zu töten, weiß ich nicht, aber es ist wohl ein Omen.«

»Wie meinen Sie das?«

Der Mann antwortet nicht. Er zeichnet noch einen Strich auf das Papier, ehe er sich zu mir dreht.

»Sind Sie zu Besuch hier?«, fragt er.

»Nein, meine Eltern haben ein Sommerhaus hier. Veronica und Casper Fagerström. Ich heiße Emmie. Wir haben hier schon seit …«

Weiter komme ich nicht. Der Mann ist im selben Augenblick aufgestanden, als ich unsere Namen genannt habe. Er schlägt seinen Block zu, nimmt sein Gewehr und geht. Ohne ein Wort. Ein Stück entfernt liegt ein offenes Kunststoffboot mit einem Außenbordmotor. Er geht direkt zu dem Boot hinunter, setzt den Motor in Gang und steuert mit voller Fahrt auf die Bucht hinaus. Er wendet sich nicht um. Das Boot hinterlässt kleine Bugwellen, bevor es um eine Landzunge biegt, in Richtung eines kleinen roten Hauses.

Komischer Typ.

Ich gehe langsam zurück zum Ruderboot. Die Vögel in den Bäumen haben die Flügel eingeklappt. Die Mördervögel. Bevor ich das Boot vom Strand schiebe, werfe ich noch einmal einen Blick zurück auf die Felsen. Irgendetwas bewegt sich dort hinten. Ich richte mich auf und versuche zu sehen, was es ist. Ein Schwanz gleitet um einen der Steine im Felsrondell. Ein roter, buschiger Schwanz mit weißer Spitze. Dann verschwindet er.

Auf dem Grundstück fegt der Wind über die Wiese. Es hat aufgefrischt. Die Abendbrise, wie Papa zu sagen pflegt. Ein paar

Blätter schlagen gegen meine Beine, der Rest bleibt auf dem Boden hängen. Ich streife mit dem Fuß durch den mit Laub vermischten Matsch. Ein Geruch von Fäulnis steigt auf.

Papa steht wieder in seiner Jacke draußen und hackt Holz. Der Holzverbrauch in diesem Haus ist offenbar hoch. Er legt die Axt über die Schulter, als er mich sieht.

»Das Essen ist bald fertig«, sagt er. »Du warst mit dem Ruderboot draußen?«

»Woher weißt du das?«

»Ich hab gesehen, wie du weggerudert bist. Warst du auf der Kormoraninsel? Seltsamer Ort, was?« Er senkt die Axt und lehnt sich darauf wie auf einen Stock.

»Ja, völlig tot… Allerdings saß irgendein Typ da und hat gezeichnet, als ich um einen Felsen herumging. Ich hab fast einen Schock bekommen, als ich ihn gesehen habe.«

Papas Augenbrauen ziehen sich eine Spur zusammen.

»Weißt du, wer das gewesen sein kann?«

»Vermutlich Anton Lundgren«, sagt er nach kurzem Zögern. »Ein Künstler, der hier draußen wohnt. Hast du mit ihm gesprochen?«

»Ja.«

»Worüber?«

»Den Tod.«

Papa zuckt zusammen.

»Dann hab ich gesagt, wer ich bin, und er ist sofort aufgestanden und mit seinem Boot abgehauen, ohne ein Wort. Ziemlich merkwürdig.«

Papa dreht den Kopf und blickt zum Strand hinunter. Es ist dunkler geworden. Es dauert eine Weile, bis er sich wieder zu mir wendet. Dann hebt er die Axt von Neuem.

»Lundgren ist ein Sonderling«, sagt er mit merklicher

Schärfe in der Stimme. »Niemand hier hat Kontakt mit ihm. Du solltest auch keinen haben.«

»Warum denn nicht?«

Er schlägt die Axt jäh in ein Holzscheit.

Am Tierfriedhof unter der Fichte sind kleine Grabsteine und alte Holzkreuze zu sehen, halb überwuchert. Ich hole mein Handy heraus, schalte die Taschenlampe ein und versuche mich zu erinnern, welche Tiere unter welchem Stein und welchem Kreuz begraben sind. Ich habe den Tieren, die gestorben sind, immer Namen gegeben. Hamstern, Mäusen, Vogelküken. Einmal haben wir ein verletztes Eichhornbaby gepflegt. Ich habe es mit ein paar Nüssen gefüttert, bevor es auf meiner Brust eingeschlafen ist. Bo war mit ihm im Maul angekommen. Unser Kater. Eine hübsche weiß-schwarze Birma mit blauen Augen. Er ist auch verschwunden. Eines Tages war er einfach weg. Wir vermuteten, dass ein räudiger Fuchs ihn geholt hat. Papa war am Boden zerstört. Er hatte Bo geliebt. Ist mehrere Wochen lang herumgelaufen und hat nach dem Kater gesucht.

»Emmie! Es gibt Abendessen, mein Schatz!«

Veronica ruft vom Haus aus. Ich seufze und stehe auf. Ich bin noch nie ihr Schatz gewesen. Oliver vielleicht, aber nicht ich.

Auf dem Weg zur Veranda muss ich an Lundgren denken. Selbst wenn er ein Sonderling ist, kapiere ich nicht, warum er wie von der Tarantel gestochen abgehauen ist, als er unsere Namen gehört hat. Was ich auch nicht kapiere, ist, warum Papa so aggressiv reagiert hat. Das sieht ihm gar nicht ähnlich.

Aber wir haben uns ja eine Weile nicht gesehen.

Im Esszimmer ist es kühl und etwas herbstfeucht. Papa hat versucht, dem durch ein Kaminfeuer im Wohnzimmer entgegenzuwirken, aber die Wärme reicht nicht bis hierher.

Es ist lange her, dass wir alle so versammelt waren. Ich kann mich nicht einmal erinnern, wann das zuletzt der Fall war. Vermutlich zu Hause in Täby, vor vielen Jahren.

In der Mitte des Tisches brennen lange Kerzen. Es ist feierlich gedeckt. Das ist Veronicas Werk. Vor mir stehen eine große Schüssel Spaghetti und ein Topf mit Hackfleischsoße. Ich stochere mit dem Kochlöffel in der Soße herum. Sie sieht trocken aus, wie auch immer eine Soße das fertigbringt, aber sie tut es. Veronica ist in vielem gut, Kochen ist nicht ihre Stärke. Sie schenkt sich ein Glas Rotwein ein.

»Lollo hat heute angerufen, hab ich das erzählt?«, sagt sie.

»Nein«, antwortet Papa.

»Sie hat gefragt, ob ich nächstes Jahr mit auf die Offshore Gotland Regatta kommen will. Wir würden mit Fiddes Boot segeln.«

»Kannst du segeln, Mama?«, fragt Oliver.

»Aber natürlich. Ich bin in meiner Jugend richtig viel gesegelt. Wir hatten viele Jahre eine Scampi, ein richtiges Regattaboot. Mein Vater war Mitglied im KSSS«, antwortet Veronica und löffelt ein wenig trockene Hackfleischsoße auf ihren Teller.

»Was ist das?«, fragt Oliver.

»Ein Club für Leute, die mit fetten Geldbeuteln geboren sind«, sagt Papa und hackt seine Gabel in die Nudeln.

Ich kichere. Veronica nicht.

»Du bist nur neidisch, weil du nicht segeln kannst«, sagt sie an Papa gerichtet. »Vielleicht solltest du nächstes Jahr mitfahren. Du kannst dich ja ums Beiboot kümmern.«

»Du weißt, was ich von diesen Menschen halte«, sagt Papa.

»Ja. Du hast Komplexe. Das hat Mama immer gesagt, wenn das zur Sprache kam. ›Casper stammt aus einer Klasse, die mit Komplexen geboren wird. Aber er ist gut gebaut.‹«

An dieser Stelle verliert Oliver das Interesse und wendet sich mir zu.

»Wie geht es dir?«

»Es geht mir …«

»Jetzt wollen wir für Oliver singen!« Veronica unterbricht mich sofort. »Wir haben ja heute noch kein einziges Mal für ihn gesungen.«

Sie stellt sich hin und bedeutet mir und Papa mit einem Wink, dasselbe zu tun. Ich beuge mich zu Oliver vor.

»Es geht mir gut«, lüge ich leise.

Papa und ich stehen auf, und Veronica gibt den Ton vor. Oliver wird vierzehn, und ich kann sehen, wie der Teenager in ihm sich zusammenkrümmt. Was Papa nur dazu bringt, noch lauter zu singen. Als ob er es genießt.

Als das Lied vorbei ist, applaudiert Veronica und lacht, bevor sie Oliver umarmt und ihm einen Kuss auf die Wange gibt. Auch dabei wirkt er peinlich berührt.

Dann übernimmt Papa.

»Ich will nur sagen, wie fantastisch es ist, dass wir alle hier zusammen sind«, sagt er.

Fast alle, denke ich.

»Das letzte Mal ist ja einige Jahre her.«

»Vier«, sagt Veronica blitzschnell.

»Ja, und deshalb ist es ja auch so großartig.«

Man spürt die Anstrengung in Papas Worten. Er greift nach der Wasserkaraffe und füllt sein Glas auf.

»Will noch jemand?«

Er hebt die Karaffe in unsere Richtung. Alle schütteln den Kopf. Er trinkt aus seinem Wasserglas und füllt es erneut bis zum Rand. Offenbar ist er durstig. Veronica gießt sich Wein nach und hält mir die Flasche hin. Ich schüttle wieder den Kopf.

»Ich bin momentan nicht so wild auf Wein«, sage ich.

»Kann ich nicht ein bisschen probieren?«, fragt Oliver.

»Okay, heute ausnahmsweise, wenn du ihn mit Wasser vermischst«, antwortet Veronica.

Sie nimmt Olivers Glas und schüttet einen Zentimeter Wein hinein, nimmt die Karaffe und füllt den Rest des Glases mit Wasser. Dann steht sie auf und geht aus dem Zimmer. Oliver trinkt ein paar Schlucke aus seinem Glas, dann streckt er vorsichtig die Hand aus und zieht die Weinflasche zu sich. Er schmuggelt das Glas auf seinen Schoß hinunter und gießt einen weiteren Schwung Wein hinein. Papa hat alles gesehen und schüttelt den Kopf. Veronica kommt mit einer neuen Karaffe Wasser aus der Küche zurück.

»Oje, ich hab gerade bemerkt, dass die Dachrinne auf einer Seite fast herunterfällt. Wird es nicht Zeit, dass wir das Haus verkaufen, Casper? Es muss so unglaublich viel gemacht werden.«

»Aber du bist doch hier aufgewachsen.«

»Gerade deshalb. Ich bin in einer vornehmen Sommervilla aufgewachsen, über die man auf den Inseln rundherum gesprochen hat. Papa hat das Haus minutiös gepflegt. Und wie sieht es heute aus? Ich schäme mich fast. Meine Eltern würden weinen, wenn sie das Haus sehen könnten.«

»Dann ist es ja gut, dass sie tot sind«, sage ich.

Veronica tut, als hätte sie es nicht gehört. Sie will den Hausdialog mit Papa fortsetzen. Er wirft ihr einen resignierten Blick zu.

»Ich will nicht verkaufen, das weißt du.«

»Aber die Preise fallen ja jetzt schon, wenn wir zu lange warten, bekommen wir gar nichts mehr dafür.«

»Oder das Blatt wendet sich wieder, du weißt doch, wie es auf dem Immobilienmarkt läuft«, sagt Papa. »Vielleicht sollten wir stattdessen einen Kredit aufnehmen und das Haus instand setzen. Als Investition. Kredite sind ja momentan billig.«

»Aber bald vielleicht nicht mehr. Plötzlich steigen die Zinsen, und dann stehen wir da, mit Raten und Amortisierungen, und das Haus ist gar nichts mehr wert.«

»Das ist auch wieder wahr.«

Hallo?, denke ich. Das ist das erste Mal seit vielen Jahren, dass wir uns sehen. Olivers Geburtstag. Alle sind versammelt, und die sitzen da und reden worüber? Den Immobilienmarkt?

»Aber das mit der Dachrinne ist nicht gut«, sagt Papa. »Sie ist also locker?«

»Ja, das Stück ganz hinten, das …«

»Mann, jetzt hört doch mal auf!«, sage ich.

Vielleicht bin ich zu heftig. Oliver hält mitten im Kauen inne.

»Was ist denn los?«, fragt Papa irritiert.

»Warum macht ihr das?«

»Was denn?«

»Über nichts reden?«

Papa streckt die Hand nach seinem Wasserglas aus und blickt auf den Tisch vor sich. Veronica kräuselt die Lippen.

»Worüber sollen wir denn deiner Meinung nach reden?«, sagt sie und klingt, als hätte sie einen Eiswürfel auf der Zunge. Schnell fügt sie ein »Schatz« hinzu.

»Wir könnten über den Klimawandel reden, über Rassismus, über Gewalt gegen Frauen. Wir könnten über mich reden.«

»Möchtest du das?«

»Nein«, sage ich und begegne Veronicas Blick.

Es wird wieder still. Nur das Geräusch der Gabeln, die Spaghetti aufwickeln, ist zu hören. Ich beuge mich hinunter und strecke mich nach etwas, das ich unter dem Tisch versteckt habe. Ein rechteckiges Päckchen, in Zeitungspapier eingeschlagen. Ich reiche es Oliver.

»Herzlichen Glückwunsch.«

»Danke«, sagt er leise.

Mein Ausbruch von vorhin scheint ihn erschreckt zu haben. Vorsichtig öffnet er das Päckchen. Es ist ein Buch von Mats Strandberg. *Das Ende.*

»Wovon handelt es?«, fragt Veronica.

»Von ein paar Jugendlichen und ihrem letzten Monat auf der Welt«, antworte ich.

»Sterben sie?«, sagt Oliver.

»Ja. Alle sterben. Die Welt geht unter.«

Ich muss Veronica nicht einmal ansehen, um zu wissen, wie sie reagieren wird.

»Findest du das wirklich geeignet für einen Dreizehnjährigen?«, fragt sie mit scharfer dünner Stimme.

»Vierzehn«, murmelt Oliver.

»Und warum sollte es nicht geeignet sein?«, fragt Papa.

»Es ist ja wohl nicht besonders erhebend, von Menschen zu lesen, die sterben werden?«

»Woher willst du das wissen? Du liest doch nie Bücher.«

»Das tue ich wohl.«

»Was hast du zuletzt gelesen? Den NK-Katalog?«

»Was macht ihr denn da?«, unterbreche ich sie.

Veronica wendet sich mir mit einem gekünstelten Lächeln zu.

»Dein Vater ergreift sofort jede Gelegenheit, auf mir herumzuhacken. Das ist sein Lebenselixier.«

»Dann lass dich doch scheiden.«

Das hätte ich vielleicht nicht sagen sollen, das merke ich. Die Stille, die entsteht, ist sowohl peinlich als auch ziemlich lang. Sie wird erst durchbrochen, als Oliver seinen Stuhl zurückschiebt und aufsteht.

»Oliver …«

Veronica versucht, ihn zurückzuhalten, doch ohne Erfolg. Er nimmt das Buch und verschwindet. Sie schenkt sich noch ein Glas Wein ein und verschüttet ein paar Tropfen auf dem Tischtuch. Eine kleine persönliche Katastrophe. Papa sinkt auf dem Stuhl zusammen, und ich nehme einen letzten Bissen vom Essen. Es schmeckt, wie es aussieht: trocken und langweilig. Ich habe genug. Es gibt keinen Grund für mich, noch länger hier zu sitzen.

Die Stimmen aus dem Esszimmer sind bis in den Flur zu hören. Leise, aber deutlich. Ich bleibe an der Treppe stehen.

»Siehst du. Es läuft sofort schief. Kommt her und drängt sich ohne jede Vorwarnung auf. Sie wird dem armen Oliver die ganzen Ferien verderben«, sagt Veronica.

»Jetzt beruhig dich mal. Wir müssen ihr nur ein bisschen Zeit geben. Sie ist ja nicht mehr hier gewesen seit… Ja, du weißt.«

Ich gehe weiter die Treppe hinauf. Mir Zeit geben? Wofür? Um über den Immobilienmarkt zu sprechen?

Die Tür zu Olivers Zimmer ist angelehnt. Er liegt auf dem Bett und spielt ein Computerspiel auf seinem Laptop, auf dem Kopf einen gigantischen Kopfhörer. Es sieht aus, als hätte sich eine

Riesenspinne auf seinem Haar breitgemacht. Ich spüre einen Stich in meiner Brust. Ich habe ihn so lange nicht gesehen, und ich kann immer noch nicht fassen, wie groß er geworden ist. Ich klopfe an die Tür. Er hört nichts. Ich gehe ein paar Schritte hinein und bleibe stehen. Das Zimmer hat sich verändert, natürlich. Jetzt ist es Olivers.

»Hi.«

Oliver hat mich gesehen. Er lächelt, aber seine Augen sind traurig. Er blinzelt und gleitet zurück in sein Spiel. Ich nehme ihm den Kopfhörer ab und setze mich neben ihn. Er schüttelt schnell seinen Pony in die Stirn. Ich streiche ihn wieder aus dem Gesicht.

»Siehst du überhaupt was mit diesem Pony über den Augen?«, frage ich.

Das war vielleicht nicht besonders nett formuliert. Ich weiß, was er mit diesen Haarsträhnen zu machen versucht – ich hatte auch Probleme mit Pickeln, als ich jünger war. Oliver starrt weiter auf den Bildschirm.

»Du siehst richtig gut aus ohne Haare in der Stirn«, sage ich in der Hoffnung, die Situation ein wenig zu retten. Es klappt so mittelmäßig, Oliver scheint verstanden zu haben, dass ich weiß, was er verbergen will.

»Ich hab sie im Frühjahr bekommen. So gut wie niemand in meiner Klasse hat welche«, sagt er.

»Ich hatte früher auch welche, das war echt unangenehm. Ich kann dir nachher ein paar Tipps geben.«

Oliver nickt. Ich streiche ihm vorsichtig übers Haar.

»Fandest du es unangenehm?«, frage ich.

»Was? Dass du meine Pickel gesehen hast?«

»Nein, dass unten die Stimmung so gekippt ist. Entschuldige, wenn ich es schlimmer gemacht habe.«

»Ist mir egal«, sagt er und wendet sich wieder dem Bildschirm zu. »Es ist krass schwer, auf dem hier zu gamen«, fährt er fort, als er merkt, dass ich dableibe. Er zeigt auf den Laptop vor sich. »Ich vermisse meinen großen. Es ist echt scheiße, auf dem Laptop zu spielen.«

Ich nicke. Ich will ihn jetzt nicht mit all dem anderen Scheiß stören. Nicht an seinem Geburtstag. Er setzt den Kopfhörer wieder auf.

Ich gehe zum Fenster. Draußen sieht es kalt und rau aus. Das Grundstück ist zugewuchert, und überall liegen heruntergewehte Zweige. In mir steigt Wehmut auf. Als ich noch klein war, war hier alles grün und warm, soweit ich mich erinnere, und irgendwie so voller Freude. Aber klar, wir waren immer im Sommer hier. Jetzt ist es Herbst.

Ich bin noch in Gedanken und bemerke die Gestalt zuerst nicht, die sich da draußen in der Dunkelheit bewegt. Ein schwacher Schatten. Erst als sie in den Schein des Wohnzimmerfensters kommt, sehe ich, dass es Papa ist. Er geht herum und sammelt Zweige zusammen. Anscheinend will er ein Lagerfeuer machen. Papa, denke ich. Für einen kurzen Moment füllt sich meine Brust mit Wärme. Dann erinnere ich mich an das Gefühl, als ich am Boden des Ruderbootes saß.

Die Haarbürste liegt in meinem schwarzen Rucksack. Ich hole sie heraus und setze mich an den Schreibtisch. Die Bürste ist voller Haare. Ich habe sie lange nicht mehr sauber gemacht. Auf dem Schreibtisch steht ein viereckiger Spiegel mit einem gelb gestrichenen Holzrahmen. Ich hebe die Bürste zum Kopf, ziehe sie durch die Haare und spüre, wie die Borsten sich tiefer und tiefer in die Kopfhaut graben. Ich will sie gerade noch fester hineinpressen, als es an der Tür klopft.

»Ja?«, sage ich und lege die Bürste auf den Schreibtisch.

Die Klinke wird langsam heruntergedrückt. Veronica schielt durch den Türspalt. Ich sehe sie im Spiegel, ohne die Miene zu verziehen.

»Darf ich reinkommen?«

Ich schaffe es nicht, Nein zu sagen, bevor sie im Raum steht.

»Mein Schatz, ich wollte mich nur wegen vorhin entschuldigen«, sagt sie und stellt sich hinter mich.

»Wegen was?«

Sie soll es sagen. Zugeben, dass durch meine Gegenwart ein Sprung in ihrer perfekten Fassade entstanden ist. Aber sie tut es nicht.

»Weil ich vielleicht ein bisschen kurz angebunden war, als du angekommen bist. Du bist hier natürlich willkommen, jederzeit.«

Sie nimmt die Bürste und legt sie an mein Haar. Ich ziehe den Kopf weg.

»Willst du nicht, dass ich dir die Haare kämme?«, fragt sie.

»Nein.«

Damit hat sie schon vor langer Zeit aufgehört. Es gibt keinen Grund, jetzt wieder damit anzufangen. Veronica lässt die Bürste sinken. Ihr Gesicht im Spiegel ist auf null gestellt.

»Ich wusste gar nicht, dass du … na ja, wir hatten ja nicht besonders viel Kontakt … bist du direkt von dort hierhergekommen?«, sagt sie zögernd.

»Ja.«

»Und du gehst nicht mehr zurück?«

»Nein.«

»Also ist jetzt alles in Ordnung?«

»Nein.«

Sie fingert an der Bürste herum. Ihre Augen finden nirgendwo richtig Halt. Der Blick gleitet im Spiegel herum. Ich würde viel dafür geben, zu wissen, was ihr jetzt gerade durch den Kopf geht. Sie legt die Bürste weg.

»Hast du denn schon eine Wohnung?«, fragt sie.

»Noch nicht.«

»Du kannst also nirgends wohnen?«

»Doch, hier.«

Ich sehe gerade noch das beinahe unmerkliche Zucken ihres Augenlids. Doch als sie antwortet, hat sie den Mund zu einem Lächeln umgeformt.

»Ja, natürlich … absolut … du bist, wie gesagt, jederzeit willkommen.«

»Ich dränge mich also nicht auf?«, frage ich.

Das Lächeln verschwindet sofort. Sie richtet ihr Kleid an der Hüfte.

»Es ist schon spät. Du solltest jetzt vielleicht ins Bett gehen, mein Schatz. Du musst doch ziemlich müde sein.«

Sie sagt ein kurzes »Gute Nacht«, bevor sie nach draußen verschwindet. Es gab eine Zeit, in der sie stundenlang mein Haar gebürstet hat. Ich konnte Ewigkeiten stillsitzen und mich einfach von ihr umsorgen lassen. Dann hat sich alles verändert. Sie ging auf Distanz und schien das Interesse an mir als ihre kleine Puppe verloren zu haben. Als Oliver kam, übertrug sie all ihre Liebe auf ihn und hörte auf, mein Haar zu kämmen.

Ich stehe auf und gehe zum Fenster. Ich will ihr Parfüm aus dem Zimmer kriegen. Sie verwendet noch immer dasselbe. Es hat einen schweren, widerlich süßen Duft, der mir fast einen Würgereiz verursacht, wenn sie mir zu nahe kommt. Ich öffne das Fenster und lasse kalte, frische Luft herein. Vom Meer sind Vogelschreie zu hören. Vielleicht sind es die Kormorane. Der Mann mit dem Skizzenblock taucht in meinem Kopf auf. Der seltsame Sonderling. Der den Tod gezeichnet hat und einfach verschwunden ist. Ich habe das Gefühl, ihn schon einmal gesehen zu haben. Es ist irgendetwas mit seinen Augen. Seinem Blick.

Ich schließe das Fenster und lege mich aufs Bett. Die Farbe an der Decke blättert ab. Alles scheint hier abzublättern. Warum bin ich hierhergefahren? Aber das weiß ich ja.

Ich muss der Sache nur Zeit geben.

Ich darf nicht zu schnell vorgehen.

Durch die Wand neben mir höre ich Stimmen. Papa und Veronica reden in ihrem Schlafzimmer. Als ich noch klein war, habe ich immer versucht einzuschlafen, bevor sie zu reden aufhörten. Ich habe es gehasst, ganz allein in der stillen Dunkelheit zu liegen. Meine Augenlider werden schwerer und schwerer.

Das Kleid reicht mir nur bis zu den Knien. Ich hocke auf dem Boden meines Zimmers und sehe es an. Ich liebe es. Ich streiche vorsichtig mit einer Hand über den gelben Stoff. Ein Geräusch ist zu hören. Etwas, das mir entgegenrollt. Ein rundes gelbes Auge erreicht den Stoffrand. Ich hebe es auf. Da höre ich noch einmal dasselbe Geräusch, und ein neues Auge kommt angerollt. Dann noch eines und noch eines. Viele kleine gelbe Augen bleiben neben meinem Fuß liegen. Ich sammle sie vorsichtig zusammen und stehe auf. An der Wand vor mir hängt ein Bild. Es stellt eine Maus in einer Falle dar. Ihr Genick ist gebrochen. Ich gehe hin, hänge das Bild ab und stoße auf mehrere Löcher in der Wand. Ich nehme eines der Augen, die ich in der Hand habe, und drücke es in eines der Löcher. Dann noch eines und noch eines. Ich versuche, alle Löcher zu stopfen. Als ich fertig bin, trete ich ein paar Schritte zurück und betrachte die Wand. Mehr als zehn gelbe Augen starren zu mir zurück. Ich schreie.

Der kalte Schweiß rinnt mir über den Körper. Panisch versuche ich, meinen Atem zu kontrollieren. Es ist kohlschwarz im Zimmer. Meine Hand erreicht den Knopf der Nachttischlampe, und das Licht trifft auf die Wand gegenüber. Die gerahmte Zeichnung von der Maus ist weg. Stattdessen hängt dort ein gelbes Kinderkleid. Ich hieve mich aus dem Bett. Vorsichtig strecke ich eine Hand aus und streiche über den gelben Stoff. Mitten auf der Brust ist ein dunkler Fleck. Ich fühle an ihm. Veronica hat diesen Fleck nie wegbekommen, denke ich, wie sehr sie es auch versucht hat. Sie wusste nicht, dass es Blut war. Ich trete ein paar Schritte zurück, ohne das Kleid aus den Augen zu lassen. Der Fleck wird größer und größer, je länger ich ihn anstarre. Meine Augen brennen, und ich spüre, wie die Tränen zu laufen beginnen. Vielleicht weil ich mich daran erinnere, wann dieser Fleck auf das Kleid kam. Es war im selben Sommer, in dem mein kleiner Bruder starb.

Oder verschwand, genauer gesagt.

2

Der Mann mir gegenüber schreibt langsam. Er verwendet einen dünnen Kugelschreiber, und ich sehe, dass er eine ziemlich schlampige Handschrift hat. Leider kann ich nicht auf dem Kopf lesen, also weiß ich nicht, was er schreibt. Vermutlich Gedanken über mich. Oder über das, was ich ihm zu erzählen beschließe. Das, woran ich mich zu erinnern beschließe. Ein langer, schöner Brieföffner liegt auf dem Tisch. Mit einem braunen Lederschaft und einem dünnen Schneideblatt, das sicher zwanzig Zentimeter lang ist. Vielleicht mehr. Gestern lag er noch nicht dort. Mein Blick will gerade zu dem Schiff in der Flasche wandern, als er den Kopf hebt und sich die Brille aufsetzt.

»Ihr Vater heißt Casper?«, fragt er.

»Ja, Casper mit C.«

Er nickt, und sein Blick ist neugierig.

»Was ist passiert, als Sie mit ihm zusammen in diesem Ruderboot gefahren sind?«

»Das weiß ich nicht mehr.«

»Aber Sie wissen noch, dass Sie Angst hatten, sagten Sie?«

»Ja. Ich habe angefangen zu weinen. Meine Hände zitterten. Papa dachte, es sei vor Kälte.«

Er nickt erneut und macht eine Notiz auf dem grünen Block. Als wäre das eine äußerst interessante Information.

»Schaffen Sie es, weiterzuerzählen?«

Warum sollte ich das nicht schaffen?, denke ich. Die Vergangenheit ist keine Bürde für mich. Im Gegenteil.

»Sie wollen wissen, was auf der Insel passiert ist?«, frage ich.

»Gerne.«

Mein Blick bleibt an dem Brieföffner hängen und senkt sich wieder nach innen. Es ist schön wegzugleiten.

Im Badezimmerschrank ist nicht sonderlich viel. Eine Dose Schmerztabletten, eine Packung Pflaster und eine zerquetschte Zahnpastatube. Es gibt noch ein Bad im Erdgeschoss, das vermutlich besser ausgestattet ist. Rasierer vielleicht. Ich schaue in den Spiegel über dem Waschbecken. Mein Gesicht ist noch da, mit dunklen Ringen unter den Augen. Ich habe heute Nacht nicht so gut geschlafen, aber das ist egal.

Ich bin nicht hier, um mich auszuruhen.

Auf dem Weg nach unten sammle ich mein langes Haar zusammen und wickle einen Gummi um den Pferdeschwanz. Mitten in der Bewegung halte ich inne, auf halbem Weg die Treppe hinunter. Die Wand gegenüber sieht anders aus. Das große Schwarz-Weiß-Foto von der Kormoraninsel ist weg. Stattdessen hängt das Bild aus meinem Zimmer dort. Meine Kinderzeichnung von der Maus. Sie sieht zwischen all den Naturbildern äußerst deplatziert aus.

Wie eine Markierung.

Die Küche ist leer. Ich hole mein Handy heraus, um auf die Uhr zu schauen. Es ist kurz nach elf, niemand hat mich zum Frühstück geweckt. Durch das Fenster sehe ich Oliver weit unten bei den Bootshäusern. Er sitzt da, die Arme um die Beine geschlungen, und blickt aufs Meer hinaus. Er sieht einsam aus.

Ich mache den Kühlschrank auf und nehme eine Packung Dickmilch heraus. Bevor ich meine Schüssel fülle, öffne ich die Schranktür unter der Spüle und schaue in den Abfalleimer. Keine toten Mäuse heute.

Als wir barfuß nebeneinander am Strand entlanggehen, fällt mir auf, dass wir fast gleich groß sind. Oliver sagt nicht sehr viel. Wir haben uns mehrere Jahre nicht gesehen. Als wir uns zuletzt getroffen haben, war er zehn und sollte gerade eine Zahnspange kriegen. Ich weiß nicht, was meine Eltern seitdem über mich erzählt haben – bestenfalls nichts.

»Wo gehst du jetzt zur Schule?«, frage ich.

»In Nacka. Maestroschule.«

»Eine Privatschule?«

»Mhm.«

»Dann fährst du jeden Tag den ganzen Weg von Täby dorthin? Das ist doch superweit?«

»Ja.«

»Warum gehst du dahin?«

»Mama wollte es. Sie sagt, man kriegt dort gute Noten.«

Natürlich, denke ich. Ich selbst wurde in die Carlssons Schule gesteckt. Auch das war Mamas Verdienst. Oder Schuld. Mir war fast jeden Tag schlecht. Gute Noten hatte ich auch nicht. Aber ein Schuljackett mit dem richtigen Zeichen auf der Brusttasche.

»Was machst du, wenn du nicht in der Schule bist?«

»Spielen.«

»Was denn?«

Und da löst sich Olivers Zunge.

»Erst war es vor allem Overwatch, aber dann kam Fortnite, und das spielen jetzt alle. Das ist echt nice. Das Spiel kostet nichts, aber man kann eine Währung kaufen, die sie da haben, V-Buck, und dann kann man damit verschiedene Sachen für seine Spielfigur kaufen.«

Aus verschiedenen Gründen habe ich mich nie für die Computerspielwelt interessiert. Sie ist ein weißer Fleck für mich. Aber offensichtlich nicht für Oliver. Er bleibt stehen und hebt ein großes Büschel Seetang auf. Mit Daumen und Zeigefinger zerdrückt er ein paar schwarze Blasen. Ich strecke die Hand aus und zerdrücke auch eine. Ein schönes Gefühl.

»Und worum geht es in dem Spiel?«, frage ich.

»Ja, also, es sind so um die hundert Spieler, die auf einer Insel losgelassen werden, und dann soll man aufeinander schießen und sich gegenseitig töten, und wer zuletzt übrig bleibt, gewinnt.«

»Weiß Veronica, was du da spielst?«, frage ich. Wo sie schon so besorgt war, weil er dieses Buch von mir bekommen hat.

»Es ist ihr egal … Warum sagst du die ganze Zeit ›Veronica‹?«

»Weil … ich weiß nicht so recht, wir haben ein schwieriges Verhältnis.«

»Als wenn ich Papa ›Casper‹ nennen würde.« Er wendet sich ab und wirft das Tangbüschel ein paar Meter weit weg.

»Hast du Probleme mit Papa?«, frage ich.

»Nein … oder manchmal … wenn er mich ›Robin‹ nennt … aus Versehen.«

Ich verstehe ihn. Das zu hören kann nicht schön sein. Ich bin nahe daran, Oliver zu umarmen, aber ich halte mich zurück. Stattdessen lege ich leicht einen Arm um seine Schulter.

»Dann kann man auch noch an supervielen Wettkämpfen teilnehmen«, sagt er schnell. »Ich hab vor einer Weile mitgemacht und kam auf Platz vier, die besten drei durften nach New York fahren.«

»Wow. Wie viele Leute spielen denn Fortnite?«, frage ich.

»Ich glaub, es sind 150 Millionen oder so was.«

»Und man spielt mit manchen davon online?«

»Ja, man landet sozusagen in einer Lobby mit Spielern aus der ganzen Welt«, sagt Oliver.

»Ohne einen einzigen davon zu kennen?«

»Was meinst du mit kennen?«

Ja, was meine ich?

»Tja, dass es Leute sind, die du mal gesehen hast, von denen du weißt, wer sie sind?«, versuche ich es.

»Ach so, nein, wir kennen uns durch das Spiel. Alle haben ihren eigenen Stil, man weiß sofort, wer drin ist. Das funktioniert voll gut. Du solltest es auch mal ausprobieren.«

Der Gedanke, herumzulaufen und zu versuchen, so viele wie möglich zu töten, um nach New York fahren zu dürfen, ist nicht verlockend für mich.

»Ja, vielleicht«, sage ich trotzdem.

Oliver lacht auf.

»Cool, dass du da bist.«

Papa findet es schön, und Oliver findet es cool. Ich frage mich, was Veronica meint.

»Wie lange bleibst du?«, fragt Oliver.

»Noch ein paar Tage.«

»Bist du danach in der Stadt? Können wir uns dann nicht mal treffen?«, fragt er. »Nur du und ich.«

»Ja, na klar. Das wär toll.«

Oliver steigt ein Stück die Böschung hinauf und sammelt flache Steine. Er gibt mir ein paar. Wir versuchen, sie über die Wasseroberfläche hüpfen zu lassen. Er ist besser als ich. Als er wieder nach oben geht, um mehr Steine zu suchen, blicke ich aufs Meer hinaus, zu der dunklen Kormoraninsel hinüber. Papa und ich sind also dorthin gerudert, als ich klein war? Ich habe keine Erinnerung daran. Dass wir dort draußen Blumen gepflückt haben.

Oliver steht einige Meter weit weg. Ich gehe ein paar Schritte hinter ihm her. Da sehe ich es, ein Stück vom Wasser entfernt. Einen kleinen Handabdruck im Sand. Wie von einem Kind. Ich trete näher heran. Fünf kleine Finger und eine Handfläche. Ein leichter Schauer läuft mir über den Rücken.

»Oliver?«

Er wendet sich um.

»Sind manchmal Kinder hier, am Strand?«

»Hier? Nein, das ist ja unser Grundstück. Warum fragst du?«

»Dieser Handabdruck.«

Oliver kommt her.

»Wo denn?«

Ich zeige auf den Sand. Der Abdruck ist weg. Oliver schüttelt den Kopf, als Veronicas schrille Stimme zu uns herüberschallt.

»Oliver! Komm jetzt, es gibt Mittagessen!«

Oliver wendet sich zum Haus.

»Wir sollten wohl raufgehen«, sagt er. »Mama mag es nicht, wenn das Essen kalt wird.«

Ich blicke in den Sand hinunter, zu dem verschwundenen Handabdruck.

Veronica steht an der Spüle. Sie ist sorgfältig geschminkt, wie immer. Rote Lippen und leicht gepuderte Wangen. Heute hat sie ihr Haar mit einer großen elfenbeinfarbenen Klammer hochgesteckt. Eine dunkle Locke hängt bewusst nonchalant in die Stirn. Manchmal ist sie wirklich gekünstelt. Ich habe immer ihre Haltung bewundert, den langen, geraden Rücken. Eine Zeit lang hat sie versucht, mich dazu zu bringen, mit einem Buch auf dem Kopf herumzulaufen, damit ich dieselbe Haltung bekomme wie sie. Es ist ihr nicht gelungen. Sie hat ein elegantes hellgrünes Kleid an. Bedeckt mit einer großen Schürze. Natürlich. Keine Flecken. Ich bin kaum über die Schwelle getreten, als ihr Kommentar kommt.

»Schon wieder barfuß?«, fragt sie.

Aber diesmal lächelt sie und wäscht weiter ab. Ich setze mich an den großen Holztisch, Oliver gegenüber.

»Ich hab Lasagne aufgewärmt, sie steht auf dem Herd.«

Ich stehe auf und fülle meinen Teller, der auf dem Tisch steht. Er ist blau-weiß und etwas abgestoßen. Vermutlich Zweite-Wahl-Ware, die sie bei Gustavsberg gekauft hat. Sie würde es nie zugeben, aber Veronica liebt es, Schnäppchen zu machen und dann so zu tun, als wäre es altes, vererbtes Porzellan. Zumindest war das so, als ich noch zu Hause gewohnt habe. Ich habe mal versehentlich eine große Servierplatte fallen lassen. Sie zerbrach in tausend Stücke, der ganze Boden war voller blauer Scherben. Veronica tobte vor Wut. Sie zwang mich, den Teller wieder zusammenzukleben. Es ging nicht. Außerdem habe ich mich an einer der Scherben geschnitten.

»Hast du diese Nacht gut geschlafen, Emmie?«, fragt sie.

»Ja, tatsächlich … die Stille hier draußen ist so angenehm.«

Sie dreht sich zu mir und versucht, von meinem Gesicht abzulesen, ob ich es ironisch meine. Ich setze mich an den Tisch, ohne ihren Blick zu erwidern.

Die Lasagne ist erstaunlich gut. Oliver schaufelt sie innerhalb weniger Minuten in sich hinein und stellt den Teller in die Spüle. Als Veronica sich umsieht, ist er weg.

»Wo willst du hin?«, ruft sie.

Oliver antwortet nicht. Stattdessen ist das Knarzen der Treppe zu hören. Ich schenke mir ein Glas Himbeersirup mit Wasser ein. Veronica hat mir wieder den Rücken zugewandt.

»Warum isst Papa nicht mit?«, frage ich.

»Er ist müde. Kannst du mir bitte das Handtuch reichen?«

Ich strecke mich nach einem Geschirrtuch an der Wand hinter mir aus und halte es ihr hin.

»Du sagtest, du hättest noch nichts zum Wohnen gefunden«, fragt sie bekümmert. »Hast du keine Freunde, bei denen du unterkommen kannst?«

»Nein. Ich hab mit niemandem mehr Kontakt.« Ich kratze die letzten Reste Lasagne zusammen und wische mir den Mund ab. Ich ahne, worauf sie hinauswill.

»Hast du versucht, etwas zur Zwischenmiete zu kriegen? Oder Untermiete?«

»Oder Notschlafstelle.«

Veronica trocknet sorgfältig einen Teller ab, der bereits trocken ist.

»So hab ich das nicht gemeint«, sagt sie. »Ich mache mir nur ein bisschen Sorgen. Du bist 25 Jahre alt und hast keine eigene Wohnung.«

»Viele in meinem Alter wohnen bei ihren Eltern.«

Jetzt merkt sie, dass der Teller schon sehr trocken ist. Sie nimmt einen neuen aus dem Abtropfgestell.

»Ich glaube, es ist keine gute Idee, dass du bei Papa und mir wohnst«, sagt sie und bläst sich die Locke aus der Stirn.

»Das glaub ich auch.«

»Nein … na ja … wir reden noch darüber. Niemand aus unserer Familie soll in einer Notschlafstelle wohnen … Wie würde das denn aussehen?«

Es würde für ihr soziales Umfeld verheerend aussehen, das ist es, was sie meint. Sie stellt die Teller in einen Schrank.

»Was sind das für kleine Löcher in der Wand in meinem Zimmer?«, frage ich.

»Keine Ahnung, wahrscheinlich alte Nagellöcher.«

Sie schließt die Schranktür und wendet sich um, einen neugierigen Ausdruck im Gesicht.

»Tust du dich immer noch schwer mit Löchern?«

Papas Arbeitszimmer liegt neben dem Wohnzimmer, nach Norden hin. Ich stehe vor der Tür, da fällt mir plötzlich auf, wie tief die Türklinke sitzt. Als ich das letzte Mal hier war, hatte ich sie fast auf Augenhöhe.

Es ist ein toller Raum. Sechseckig, mit maßgeschreinerten Bücherregalen und Sprossenfenstern. Vermutlich sieht es hier so aus, wie es das schon immer getan hat. Die braune Möblierung, der dunkle, zerschlissene Teppich. Die Schreibtischlampe. Das Licht, das durch die mundgeblasenen Fensterscheiben auf das durchgesessene Sofa fällt. Genau ins Gesicht von Papa.

Von einem sturzbetrunkenen Papa.

Halb liegend, mit einer Schnapsflasche in der Hand. Er hat den Kopf ein klein wenig weggedreht und sieht mich nicht. Das verschafft mir ein paar Sekunden, um den Schock zu verdauen. Papa ist seit vielen Jahren trockener Alkoholiker. Der Missbrauch, den er während seiner Reportagereisen rund um die Welt betrieben hat, zerstörte irgendwann seinen Körper, und er bekam ein Ultimatum: null Alkohol oder das Grab. Was ihn dazu brachte, clean zu werden. Nicht ohne Probleme, aber er hat es geschafft.

Jetzt liegt er besoffen vor mir auf dem Sofa.

»Ich will heute kein Scheißmittagessen, hab ich doch gesagt«, nuschelt er. »Was zum Geier willst du?«

Er dreht den Kopf und sieht mich. Auch bei ihm dauert es einige Sekunden, bis er begreift.

»Emmie … wie schön. Komm und setz dich.«

Er richtet sich mühsam auf und klopft neben sich auf das Sofa. Ich setze mich in einen Sessel. Ich hasse es, wenn er so ist. Es weckt unangenehme Erinnerungen. An einem Heiligabend ist er in mein Zimmer getorkelt und hat in mein Bett gekotzt. Ich schrie und sprang heraus, und dann ist er in der Kotze in meinem Bett eingeschlafen. Ich war elf. Es war so schmerzhaft für mich, weil ich ihn geliebt habe, trotz alledem. Und das tue ich immer noch. Wenn er nüchtern ist. Wenn er der ist, der er sein soll. Wenn er nicht dieser andere wird. Verschlossen, sentimental, klebrig. Ein klägliches Häufchen Pathos. Warum muss er gerade jetzt so werden?

»Ich dachte, du trinkst nicht mehr«, bringe ich heraus.

»Das mach ich auch nicht, meine Süße, das hier ist eine riesige verdammte Ausnahme.«

Er lacht auf – oder versucht zu lachen –, es wird eher eine Art feuchtes Prusten. Dann lässt er den Kopf sinken und schielt zu mir herauf.

»Dass du hier bist, kleine Emmie … du hast keine Ahnung, was mir das bedeutet … welche Sehnsucht ich gehabt habe … Scheiße noch mal … du bist ja so lange weg gewesen, ich hab dich nicht gesehen seit … wie lange war es?«

»Das weißt du. Vier Jahre.«

»Eine verdammte Ewigkeit, Emmie … Wie ich es vermisst habe …«

Ich ertrage es eigentlich nicht, seinem besoffenen Gerede zuzuhören. Ich hab es schon früher gehört. Aber vermutlich fängt er an zu schreien oder zu weinen, wenn ich gehe.

»Was hast du vermisst?«, frage ich.

»Alles … Leben … Liebe … jemand Erwachsenen, mit dem ich reden kann, mit dem ich sein kann …«

»Veronica ist da.«

»Ist sie das? Davon hab ich nichts gemerkt.«

Er wiegt seinen Kopf ein wenig. Sein lockiges Haar fällt über die Stirn. Ich sehe, dass sich graue Strähnen hindurchziehen.

»Deine Mutter und ich sind schon vor langer Zeit aneinander vorbeigegangen … ich weiß nicht mal, ob wir uns jemals getroffen haben … wir haben seit fünf Jahren nicht mehr miteinander geschlafen.«

»Euer Sexleben interessiert mich nicht.«

»Nein, entschuldige … mich ehrlich gesagt auch nicht …«

Papa grinst schief und nimmt einen Schluck aus der Flasche. Whisky vermutlich. Den hat er jedenfalls getrunken, bevor er trocken wurde. Er lässt die Flasche sinken und versucht, den Blick auf meine Augen zu fokussieren. Unsicher, saugend. Ich mag das nicht.

»Was ist?«, frage ich.

»Deine Augen.«

»Was ist mit ihnen?«

»Das weißt du.«

Er stellt die Flasche auf den Boden und lehnt sich zurück. Der Kopf kippt zur Seite, und der Blick verschwindet im Teppich. Die Hand, die er ausstreckt, versucht, mich zu erreichen. Ich schiebe sie weg. Nach ein paar Sekunden schluchzt er auf. Ich kann kaum hören, was er sagt.

»Verzeih mir …«

»Was denn?« Ich weiß nicht, was er meint.

Er legt sich der Länge nach aufs Sofa. Langsam legt er eine Hand über die Augen, seine großen Füße zucken vor und zurück. Nach ein paar Sekunden ertönt ein erstes kurzes Schnarchen.

Der Keller ist dunkel, obwohl es hier und da kleine rechteckige Fenster gibt. Das Haus steht auf einem Steinfundament, und die kräftigen Granitblöcke bilden hier unten die Wände. Veronica hat mich gebeten, Holz für das abendliche Kaminfeuer zu holen. Vorsichtig tappe ich durch den Raum. Das Grundwasser ist durch den Zementboden nach oben gedrungen. Es ist feucht und riecht nach Schimmel. In dem kleinen Holzlager ziehen sich grobe graue Spinnennetze über das Fenster. Als ich anfange, Holzscheite in den Korb zu legen, entdecke ich, dass es aus einer rostigen Wasserleitung tropft, die an der Decke entlangführt. Am Boden hat sich eine Pfütze gebildet. Ich finde eine alte Dose mit eingetrockneter Wandfarbe und stelle sie unter das Wasserleck.

Als der Holzkorb voll ist, mache ich ein paar Schritte auf die Tür zu. Eine ganze Weile stehe ich still auf der Schwelle. Irgendwas ist mit dem Holzlager, mit der Dunkelheit dort drinnen, etwas, das ich …

Hier unterbreche ich meine Erzählung. Der Mann gegenüber sieht mich an.

»Was ist?«, fragt er.

»Ich weiß nicht recht. Da ist irgendwas mit dem Holzlager, an das ich nicht drankomme. Irgendwas, was dort passiert ist, in der Dunkelheit.«

»Ich dachte, Sie hätten gesagt, Sie wären vorher noch nie im Keller gewesen?«

»Nicht, soweit ich mich erinnere.«

Er macht eine rasche Notiz. »Ist es mit unbehaglichen Gefühlen verbunden?«

»Ja. Und einem Geruch.«

»Wonach?«

»Nach … es ist eher ein Duft, den ich nicht einordnen kann.« Noch nicht, denke ich.

Im Wohnzimmer brennt bereits ein Kaminfeuer. Veronica sitzt in einem Sessel mit einem Glas Wein vor sich auf dem Tisch. Ich stelle den Holzkorb an der Feuerstelle ab und betrachte sie. Sie lackiert sich gerade die Nägel. Knallrot.

»Ich wusste gar nicht, dass du dir die Nägel lackierst«, sage ich.

»Nicht? Tja, es gibt wohl einiges, was du nicht weißt. Du hast dich ja ziemlich lange ferngehalten. Willst du ein bisschen Wein?«

»Nein danke. Ich hole mir Wasser mit Sirup.«

Das Wasser läuft ins Glas und vermischt sich mit dem roten Sirup darin. Ich hätte mich ferngehalten, sagt sie. Als wäre ich der Familie bewusst ausgewichen. Das ist nicht wahr, und das weiß sie. Vermutlich hat sie es nur gesagt, um mich zu provozieren, aber ich habe keine Ahnung, warum. Alles, was hier im Haus vorgeht, fühlt sich an wie ein Spiel. Ich begreife nicht, wie sie es schaffen, das durchzuhalten, aber ich finde es interessant. Ein Detail löst eine Reaktion aus, zu der sich alle irgendwie zu verhalten versuchen. Ich selbst stelle bewusst keine Fragen, die eigentlich ganz natürlich wären. Wer hat das gelbe Kleid in mein Zimmer gehängt? Warum hängt meine Kinderzeichnung jetzt im Flur? Warum ist das Foto von der Kormoraninsel weg? Ich gehe davon aus, dass es eine Erklärung dafür gibt, aber sie interessiert mich nicht. Erklärungen sind oft Verfälschungen.

Ich will über sie hinauskommen. Weiter, tiefer.

Das Geräusch des knisternden Feuers ist beruhigend. Ich stelle mein Sirupwasser ein Stück neben Veronicas Weinglas ab und sinke in einen Sessel. Veronica widmet sich ihren Nägeln, äußerst sorgfältig. Die Minuten vergehen. Wir können sicher ziemlich lange still hier sitzen, denke ich. Unbehaglich, aber still.

»Papa liegt besoffen im Arbeitszimmer«, sage ich, um die Stimmung aufzuheitern.

»Ich weiß.«

»Ich dachte, er hätte aufgehört?«

»Hatte er auch.«

Veronicas punktgenaue Pinselführung deutet an, dass sie sich nicht auf eine tiefgreifendere Diskussion über Papas Trinkerei einlassen wird. Es geht ihr um andere Dinge. »Worüber habt ihr geredet, Papa und du?«, fragt sie in einem halbwegs ungezwungenen Ton, als wäre ihr die Antwort eigentlich gleichgültig.

»Euer Sexleben.«

Jetzt hält sie zum ersten Mal mit dem Pinsel inne, entfernt ihn vom Nagel und taucht ihn vorsichtig in die Flasche. Als sie beginnt, Farbe auf einen neuen Nagel zu streichen, verstehe ich, dass sie auch das nicht zu kommentieren gedenkt.

»Warst du beunruhigt, dass wir über Robin sprechen könnten?«

»Warum sollte ich das sein …? Aber wenn du über Robin sprechen willst, kannst du das mit mir tun, das ist wohl am einfachsten.«

Ich nehme einen Schluck aus meinem Glas und blicke ins Feuer. Die Flammen lecken an einem Holzscheit und werfen sich auf das nächste. Ich weiß nicht, ob es die richtige Gelegenheit ist, aber ich will es trotzdem versuchen.

»Was ist passiert, als Robin verschwunden ist?«, frage ich, ohne den Blick vom Feuer abzuwenden.

Veronica gibt einen federleichten Seufzer von sich.

»Er ist nicht verschwunden, Emmie«, sagt sie und bemüht sich, pädagogisch zu klingen. »Er ist ertrunken.«

»Ich weiß. Aber war ich da hier? Als es passiert ist?«

»Du warst hier … aber es war ein so traumatisches Erlebnis für uns alle, dass du es sicher verdrängt hast.«

»Aber kann man so was wirklich verdrängen? Dass sein kleiner Bruder ertrinkt?«

»Offensichtlich.«

Veronica wirft einen Blick in Richtung Flur. Sie will vermutlich nicht, dass Oliver sie hört.

»Du hast sehr stark reagiert, als du erfahren hast, was passiert ist, es war, als ginge dein Körper kaputt. Ihr wart euch ja so nah, du und Robin. Du hast nur noch gezittert und wurdest völlig manisch, hast die ganze Zeit komische Bewegungen gemacht und das Gesicht verzogen. Man kam nicht an dich heran … Irgendwer hat gesagt, dass du in eine Art katatonischen Zustand verfallen bist, was auch immer das ist.«

Ich weiß sehr gut, was das ist. Ich erinnere mich hingegen nicht daran, als Siebenjährige in einen solchen verfallen zu sein.

»Wie lange hat er gedauert?«, frage ich.

»Das weiß ich nicht mehr genau, aber eine ganze Weile.«

Das erklärt für mich einiges. Ich stand wohl unter Schock, war wie gelähmt. Nicht sehr verwunderlich. Veronica streicht wieder Lack auf einen Nagel. Diesmal zittert sie ein bisschen mit der Hand.

»Du hast also überhaupt keine Erinnerung daran?«, fragt sie, ohne den Blick zu heben. »An das, was damals passiert ist?«

»Nein.«

»Und es kam auch nicht ans Tageslicht, während … als ihr geredet habt, oder so?«

»Was hätte ans Tageslicht kommen sollen?«, frage ich.

»Ich weiß nicht … dass du dich an Dinge erinnerst. Damals ist ja so viel passiert, alles war ein einziges Chaos hier im Haus, überall Polizisten und Reporter und Leute, die gesucht haben. Sie dachten ja zuerst, er wäre verschwunden, und du warst ja die ganze Zeit da … aber das ist alles völlig weg?«

Zum ersten Mal landet der Pinsel etwas außerhalb des Nagels. Veronica wischt die Farbe schnell ab.

»Obwohl es vielleicht besser ist, dass du dich an nichts erinnerst«, sagt sie.

»Warum denn?«

»Weil es ein so schreckliches Ereignis war. Papa und ich waren völlig verzweifelt, wir weinten uns wochenlang in den Schlaf. Wir waren damals sicher nicht die besten Eltern. Alles war komplett aus den Fugen. Wir haben einander eine Menge dumme Sachen vorgeworfen und … puh. Du solltest besser froh sein, dass du dich nicht an die Zeit erinnerst.«

Das bin ich aber nicht. Im Gegenteil. Es geht mir schlecht, weil ich mich nicht erinnere. Als wäre ich aus einer Familientragödie herausgeschnitten worden.

»Wo ist er ertrunken?«, frage ich.

»Warum willst du das wissen?«

»Ich frage mich eben … das ist doch nicht so verwunderlich. War es unten am Steg?«

»Das wurde nie ganz geklärt.«

»Weil die Leiche nicht gefunden wurde?«

»Ja … aber das wusstest du doch all die Jahre.« Ihre dunklen Augen treffen meine. »Warum willst du jetzt alles wieder aufreißen?«

Ich habe nicht den Eindruck, dass ich etwas aufreiße. Ich will nur wissen, was mit meinem kleinen Bruder passiert ist. Ich vermisse ihn. Warum fühlt sie sich dadurch provoziert?

»Vielleicht weil ich zum ersten Mal hier bin, seit es passiert ist«, sage ich. »In diesem Haus … weil ich am Strand herumlaufe, wo wir gespielt haben … auf den Klippen sitze, auf denen wir geangelt haben … weil ich an ihn denke.«

Veronica nickt, als würde sie verstehen.

»Willst du nicht doch ein bisschen Wein?«, fragt sie.

»Nein, ich trinke momentan nicht gern Wein. Wasser mit Sirup ist völlig in Ordnung.«

Veronica nimmt selbst einen Schluck und beginnt sich wieder ihren Nägeln zuzuwenden. Ich drehe mich zum Feuer und denke an den betrunkenen Mann, der im Nebenzimmer schnarcht.

»Papa tut mir leid«, sage ich.

»Weil er wieder trinkt?«

»Ja. Ist es, weil ich aufgetaucht bin?«

Veronica stellt den Nagellack vorsichtig auf eine runde Unterlage. Sie pustet leicht auf ihre Nägel.

»Ja … das liegt nahe.«

Ich stehe ruckartig auf und stoße versehentlich mein Glas zu Boden. Es geht sofort zu Bruch. Rote Flüssigkeit verbreitet sich auf dem weißen Teppich.

»Was machst du denn?!«, schreit Veronica.

Sie stürzt in die Küche und kehrt mit einer großen Salzdose und einem feuchten Lappen zwischen den Fingerspitzen zurück.

»Hier! Streu Salz drauf und reibe es in den Fleck. Meine Nägel sind noch nicht trocken.«

Ich begreife, dass sie es ernst meint, und sinke auf den Teppich hinunter, schütte Salz aus und beginne zu reiben. Veronica steht völlig still vor mir.

»Etwas mehr Salz«, weist sie mich an.

Ich reibe sorgfältig. Ich weiß, wie wichtig das für sie ist. Veronica hasst es, wenn Dinge kaputtgehen oder zerstört werden. Alles soll heil und schön sein. Immer. Als ich fertig bin, legt sie eine Hand auf meinen Arm.

»Entschuldige. Ich wollte nicht so aufbrausend sein«, sagt sie.

Ich nicke. Sie versucht, mich zu umarmen. Ich erstarre und winde mich aus ihrem Griff. Wir setzen uns wieder. Veronica betrachtet ihre roten Nägel, als wären sie kleine Kunstwerke. Ich denke darüber nach, ins Bett zu gehen, denn angenehmer wird der Abend wohl nicht mehr.

Genau da taucht Papa in der Tür auf. Er hat jetzt einen Bademantel und Schlappen an und hält ein Bier in der Hand.

»Jetzt wollen wir dem Herrn des Hauses mal den Rausch wegwaschen. Ich liebe es, ein Herbstbad im Meer zu nehmen!«

Veronica sieht ihn gelassen an. »Willst du wirklich in diesem Zustand baden?«

»Wieso? Hast du Angst, dass ich ertrinke?«

Es wird für mehrere Sekunden still. Meine Eltern starren einander an. Man könnte mit ihren Blicken Metall schweißen. Schließlich wendet Papa sich mir zu.

»Du kannst doch mitkommen? Bitte, Emmie.«

Die herbstliche Dunkelheit hat sich über den Strand gelegt. Draußen in der Bucht gleiten einzelne Boote vorbei. Ihre Laternen sehen aus wie Christbaumbeleuchtung auf dem Wasser. Am Himmel hat der Mond begonnen, sich Licht von der Sonne zu leihen. Papa ist ein paar Schritte vor mir. Er läuft erstaunlich gerade, wenn man bedenkt, in welcher Verfassung er noch vor ein paar Stunden war. Vermutlich Routine. Es weht ein schwacher, kühler Wind, und ich bin froh, dass ich mir eine Jacke angezogen habe. Ich versuche, mir vorzustellen, wie kalt das Wasser ist. Vielleicht dreizehn oder vierzehn Grad. Und darin will er jetzt unbedingt baden.

Wir gehen am Strand entlang auf die Bootshütten zu. Ich blicke über das Wasser auf die Landzunge auf der anderen Seite. Ganz außen steht ein einsamer, heruntergekommener Leuchtturm. Ganz oben brennt Licht.

»Wer ist denn in dem Leuchtturm?«, frage ich.

»Er wird als Atelier verwendet. Von diesem Künstler, Lundgren. Er sitzt manchmal da oben und malt.«

»Ist er gut?«

»Das weiß ich nicht, ich hab nie was von ihm gesehen.«

Ich wende mich wieder zum Leuchtturm um. Da geht das Licht aus. Als hätte er uns bemerkt.

Wir kommen zu dem klapprigen Holzsteg bei den Hütten. Auf der einen Seite liegt das Ruderboot vertäut.

»Ist das dasselbe Boot, das wir hatten, als ich noch klein war?«, frage ich.

»Nein. Aber es ist dasselbe Modell, ich liebe diese Form. Kannst du dich erinnern, wie wir unsere kleinen Ausflüge darin gemacht haben?«

»Ja.«

Vor allem an das eine Mal, als ich weinend im Boot saß und schreckliche Angst hatte.

»Vielleicht sollten wir eine Runde drehen?«

»Jetzt?«, sage ich erstaunt.

»Warum nicht?«

Ich zögere. »Können wir das nicht morgen machen? Das wäre echt super.«

»Okay. Wann du willst, Süße.«

Papa beginnt sich auf dem Steg auszuziehen. Er hat nicht sehr viel an. Bademantel, Schlappen und Unterhose. Das Mondlicht beleuchtet seine Nacktheit leider überdeutlich. Ich bin nicht besonders prüde, aber ich mag es nicht, den entblößten Körper meines Vaters direkt vor mir zu sehen.

»Willst du nicht mit rein?«, lächelt er.

»Nein, ich warte hier.«

»Selber schuld.«

Er rennt ein paar Meter auf dem Steg und springt. Er ist sehr drahtig für seine ... was eigentlich? Ich muss nachdenken. Einundfünfzig sollte er sein. Das ist ja an sich kein Alter. Aber in Anbetracht seines Alkoholmissbrauchs könnte er in einem sehr viel schlechteren Zustand sein.

Ich betrachte die Ringe über seinem verschwundenen Körper. Das dunkle Wasser bewegt sich in Kreisen. Vielleicht ist dort unten Robin ertrunken. Einfach vor dem Steg in der Tiefe verschwunden. Vielleicht ist er einfach gesprungen und dachte, er könne schwimmen. Das wäre nicht untypisch für ihn gewesen. Robin war ziemlich wild. Warf sich Treppen hinunter, kletterte auf hohe Bäume und fiel herunter. Heutzutage hätte er wohl eine Buchstabenkombination als Diagnose bekommen. Er saß nie still und war die ganze Zeit laut. Das machte Veronica oft vollkommen rasend. »Er raubt mir jede Kraft«, sagte sie oft. Trotzdem kam er mit allem, was er anstellte, immer durch, weil er so lebendig und charmant war. Und sehr süß. Langes, lockiges helles Haar, das um seinen Kopf flog, wenn er herumrannte und Unsinn anstellte. Braune Augen, wie meine. Mit langen, schönen Wimpern. Es war leicht, ihn zu lieben.

Die Gedanken an Robin haben mich Papa für einen Augenblick vergessen lassen. Ich gehe zum Rand des Stegs und schaue aufs Wasser. Seine Oberfläche ist jetzt vollkommen blank. Kleine Kräuselungen vom Wind, sonst nichts. Wie lange kann er die Luft anhalten? Plötzlich spüre ich eine kalte, nasse Hand um meine Wade. Ich schreie laut, gleichzeitig taucht Papas prustender Kopf aus dem Wasser auf.

»Hab ich dich!«

Er lacht und hält mein Bein noch fester. Ich versuche loszukommen.

»Zieh dich aus und spring rein! Es ist absolut herrlich.«

Ich reiße mein Bein aus seinem Griff. Mein Herz pocht.

»Mach das nie wieder!«, schreie ich und renne, so schnell ich kann, über den Steg zurück.

»Was ist mit dir?«, ruft Papa. »Wir haben doch immer zusammen gebadet, als du noch klein warst. Emmie!«

Das ganze Haus ist dunkel. Eine kleine Rache von Veronica dafür, dass Papa und ich zum Strand gegangen sind. Ich stürze die Verandatreppe hinauf und versuche, meinen Atem unter Kontrolle zu bringen. Die Stirn ist feucht von Schweiß. Ich wische ihn weg und wende mich zum Strand um. Er ist nicht zu sehen.

Vorsichtig vermeide ich alle knarzenden Stufen auf der Treppe. Ich will Oliver nicht wecken. Als ich in mein Zimmer komme, sperre ich die Tür hinter mir ab. Das habe ich gestern nicht getan. Ich ziehe mich aus und streife mir ein Schlafshirt über. Als ich mein Haar löse, schlägt die Müdigkeit zu. Der Körper sinkt im Bett zusammen. Während ich langsam ausatme, spüre ich den Druck unten im Bauch. Die Blase. Ich muss unglaublich dringend aufs Klo.

Der Flur ist leer. Ich tappe barfuß zum Badezimmer. Als ich die Klinke herunterdrücke, merke ich, dass die Tür verschlossen ist. Aber unten im Türschlitz ist kein Licht zu sehen.

Jemand sitzt da im Dunkeln.

Ich weiche zurück. Aber es gibt noch eine zweite Toilette im Haus. So leise ich kann, bewege ich mich zur Treppe. Auf halbem Weg hinunter kommt das erste Knarzen. Das Geräusch hallt in der Stille wider. Ich nehme die letzten Stufen in einem langen Schritt und lande gebückt im Flur. Aus dem oberen Stockwerk ist nichts zu hören.

Die andere Toilette liegt hinter dem Wohnzimmer. Ich will das Licht nicht anmachen, während ich es durchquere. Das Mondlicht wirft Streifen auf den Holzboden. Der Schatten des ausgestopften Adlers reicht bis zu meinen nackten Füßen. Ich gehe vorsichtig an der einen Wand entlang, um nicht gegen Möbelstücke zu stoßen. Das Einzige, was zu hören ist, ist mein eigener Atem. Als ich fast im Flur vor der Toilette bin, halte ich inne. Das Mondlicht reicht nicht bis hierher. Ich wende mich um. Der hintere Teil des Wohnzimmers liegt im Schatten. Aus der Dunkelheit dringt plötzlich ein kurzes Knirschen von knackenden Fingern. Ich renne die wenigen Schritte zur Toilette und werfe die Tür hinter mir zu.

Es ist kurz nach Mitternacht, als ich mich wieder hinauswage. Ich habe über eine Stunde auf der Toilette gesessen. Das Erste, was ich mache, ist, das Licht einzuschalten. In der Toilette, im Wohnzimmer und auf dem ganzen Weg nach oben. Kein Papa. Kein Knacken.

Die Decke ist kühl. Ich liege still da und warte, bis meine Hände aufhören zu zittern. Er hat mich zu Tode erschreckt.

Er wollte sich dafür rächen, dass ich geschrien habe und weggerannt bin. Ich werde morgen bestimmt keine Rudertour mit ihm machen.

Ich strecke mich nach der Nachttischlampe aus und bin nur noch einen Millimeter vom Schalter entfernt, als ich sehe, wie sich etwas bewegt. Es ist die Türklinke, die langsam heruntergedrückt wird … und wieder zurück nach oben geht. Die Tür ist abgesperrt. Da kommt ein vorsichtiges Klopfen.

»Schläfst du?«, flüstert Papa durch die Tür. »Ich hab durchs Schlüsselloch gesehen, dass Licht brennt.«

Er verstummt. Ich bewege mich nicht.

»Ich wollte mich nur für die Aktion am Steg entschuldigen. Ich wollte dich nicht erschrecken, Emmie, ich bin ein bisschen betrunken und verliere manchmal den Sinn für die Grenzen«, nuschelt er. »Kannst du nicht aufmachen? Ich muss dir ein paar Dinge erklären.«

Er hat die Stimme auf ein Niveau erhoben, auf dem sie Veronica wecken kann. Das will ich lieber vermeiden, also gehe ich zur Tür.

»Ich hab keine Lust, dich reinzulassen«, sage ich leise.

»Warum denn nicht?«

»Geh ins Bett. Wir können morgen reden.«

»Da bin ich vielleicht nicht hier.«

»Warum solltest du nicht hier sein?«

»Das wollte ich dir ja erklären … es geht um die Geister der Vergangenheit.«

Ich zögere mit der Hand am Schlüssel. Papa könnte Dinge wissen, die ich sehr gern erfahren würde. Über das, woran ich mich nicht erinnere. Diese Gelegenheit kommt vielleicht nie wieder.

Ich öffne die Tür.

Papa hat sich eine Jeans und ein dunkles Shirt angezogen. Sein Haar ist immer noch feucht, und sein Atem stinkt nach Schnaps. Er geht ein paar Schritte ins Zimmer und sinkt aufs Bett. Da sehe ich die Schnapsflasche in seiner Hand.

»Verzeih mir«, sagt er.

»Das hast du schon mittags gesagt. Was soll ich dir verzeihen?«

»Das hier.«

Er hält die Flasche hoch, als vollendete Erklärung. Er schämt sich dafür, dass er trinkt. Theatralisch und ziemlich überflüssig in dieser Situation. Er schraubt den Deckel ab und nimmt einen raschen Schluck aus der Flasche. Sieht aus wie Cognac, dem Etikett nach zu urteilen. Er schluckt geräuschvoll und blickt zu Boden.

»Es war halb zwei Uhr nachts«, beginnt er mit leiser Stimme. »Wir waren drei Stunden zuvor aus Kabul weggefahren.«

Er will eine Kriegsgeschichte erzählen. Während ich vor Müdigkeit fast ohnmächtig werde. Aber ich wage ihn nicht zu unterbrechen. Er ist nicht nüchtern. Außerdem führt es vielleicht weiter zu anderen Dingen. Zu Robin.

»Ich hatte eigentlich als Reporter aufgehört, es war ein Spezialjob. Wir brauchten Geld. Es hatte am früheren Abend geschneit, der Weg war matschig und glitschig. Ich hatte einen dänischen Fotografen mit im Jeep. Wir hatten einen Tipp zu einem Dorf bekommen, das an dem Tag angegriffen worden war. Zivilisten waren von Rebellen getötet worden. Wir wollten Zeugenaussagen. Als wir uns näherten, wurde es über dem Hindukusch langsam hell, die Landschaft war berauschend schön. Der Kontrast zu dem, was in dem Dorf passiert war, war fast makaber. Wir stellten den Wagen ein Stück von den Häusern entfernt ab, um keine Aufmerksamkeit zu erregen.

Das Erste, was wir hörten, als wir ausstiegen, waren laute, verzweifelte Rufe. Ich wusste, was das war. Trauernde Frauen. Ich hatte sie schon einmal gehört. Wir wappneten uns und gingen zum ersten Haus. Es war von Unmengen von Obstbäumen umgeben. Die Frau, die öffnete, war schwarz gekleidet, ihr Gesicht war verzerrt, und sie hielt sich ein großes, schmutziges Stück Stoff vor den Mund. Ich stellte uns vor und fragte, ob wir hereinkommen dürften. Das Haus bestand aus nur einem Raum. Die Familie, die dort wohnte, schlief und aß am selben Ort. Ich glaube, sie waren sieben, die Eltern und fünf Kinder. Der Vater saß auf dem Boden in der Dunkelheit, seine Wangen waren nass von Tränen, er hatte getrocknetes Blut auf der Stirn. Im Arm hielt er ein Kind, ein kleines Mädchen. Ihr dunkles Haar hing über seine Knie. Zuerst dachte ich, sie sei tot. Als ich fragte, antwortete einer der älteren Söhne, er konnte etwas Englisch. Sie war nicht tot. Sie war zerstört. Ich bat den Sohn, mit hinauszukommen und zu erzählen. Der Däne blieb im Raum, um einige Fotos zu machen.«

Papa ist ganz in seiner Geschichte versunken. Ich lehne mich gegen die Tür.

»Der Sohn zog die Tür hinter uns zu und deutete mit einer Geste an, dass wir ein Stück weiter weg gehen sollten. Er wollte nicht, dass man unser Gespräch drinnen hören konnte. Wir blieben unter einem Apfelbaum stehen. Ich fragte, was dem Mädchen passiert war, und der Sohn fing an zu erzählen. Sie war weggelaufen und hatte sich hinter einer Steinmauer versteckt, als die Rebellen kamen. Alle anderen hatten sich im Haus eingeschlossen. Zwei Rebellen mit Gewehren traten die Tür ein und zogen die Eltern mit sich nach draußen, zur Steinmauer hinüber. Der Tochter, sie war vier Jahre alt, waren die Kleider heruntergerissen worden. Einer der Rebellen vergewaltigte sie auf dem Boden. Das Mädchen schrie. Der Vater versuchte, zu ihr zu rennen, aber er wurde mit einem Gewehr niedergeschlagen. Als der Soldat fertig war, trat der nächste vor und tat dasselbe. Das Mädchen wurde von drei Männern vergewaltigt. Als sie fertig waren, stießen sie mit den Füßen etwas Kies über den Körper des Mädchens und gingen davon. Der Sohn verstummte. Wir kehrten zum Haus zurück. Der Däne kam heraus. Du solltest besser nicht mehr reingehen, sagte er. Das Mädchen ist gestorben.«

Papa hört auf zu reden. Er hat in kurzen Sätzen berichtet, fast wie bei einem Referat. Die Stimme hat seine Gefühle nicht offenbart. Erst jetzt sieht er zu mir auf.

»Etwas ist in mir zerbrochen, dort, an diesem Morgen … ich wurde zu einem kaputten Menschen … das bisschen Hoffnung, das ich noch hatte, zersprang …«

Ich stehe immer noch mit dem Rücken zur Tür. Seine schreckliche Geschichte hat sich tief in mich eingeätzt.

»Hast du danach angefangen zu trinken?«, frage ich vorsichtig.

»Nein. Das hatte andere Gründe.«

Er nimmt wieder einen Schluck aus der Flasche. Diesmal habe ich ein gewisses Verständnis dafür. Trotzdem frage ich mich, wo der Zusammenhang ist.

»Warum erinnerst du dich gerade jetzt daran?«

»Weil ich mich so fühle wie an diesem Morgen … fast … wenn du nicht wärst, würde ich ins Wasser gehen … du bedeutest mir so viel …«, flüstert er. »Seit Robin verschwunden ist, hab ich ja nur noch dich.«

»Wie, nur mich … was ist mit Oliver?«

»Er ist nicht meiner.«

Papa steht ruckartig auf. Ein wenig von dem drahtigen Körper, der am Steg sichtbar wurde, kommt zum Vorschein. Er steuert direkt auf die Tür zu. Er hat nicht vor, sich weiter mit mir zu unterhalten. Nicht heute. Das sehe ich an seinem verbissenen Gesichtsausdruck. Ich halte ihn auf, bevor er das Zimmer verlässt.

»Hast du vorhin unten im Wohnzimmer gesessen?«, frage ich.

»Nein.«

»Und hast mit den Fingern geknackt?«

Er schüttelt den Kopf und geht zur Tür hinaus. Als ich sie zuziehen will, sehe ich Veronica mit wirrem Haar in einem gelben Morgenrock ein Stück weiter hinten im Flur stehen. Sie sieht aus wie ein Riesenküken unter Elektroschock. Ich schließe die Tür. *Er ist nicht meiner.* War Oliver etwa nicht sein Kind? Oder war das nur besoffenes Gerede? Ich gehe zum Fenster und ziehe an der Schnur der Spieluhr. Die schöne, traurige Melodie lässt mich davongleiten.

Ich liege am Strand, die Arme neben dem Körper. Es ist dunkel. Ich liege schon lange so da. Der Sand fühlt sich an wie ein Teil von mir. Ich bohre vorsichtig die Ellenbogen hinein. Die Sandkörner sind warm und weich. Ich lasse sie zwischen meinen Fingern hindurchrieseln und fühle mich sicher und ruhig. Bis ich den Kopf ein wenig drehe. Zuerst sehe ich nur einen kleinen Handabdruck, wie von einem Kind. Dann noch einen und noch einen. Die Abdrücke erstrecken sich über den ganzen Strand, über mein Sichtfeld hinaus. Ich bin völlig paralysiert. Ich versuche, meine Hand auszustrecken, um einen Abdruck in meiner Nähe zu verwischen, doch vergeblich. Ich schreie. Der Rest meines Körpers erwacht zum Leben, und ich kann mich wieder bewegen. Ich schnelle hoch, zum Abdruck hin. Grabe und grabe, um ihn wegzukriegen. Der Sand fliegt um mich herum. Ich mache beim nächsten Abdruck weiter und sehe die kräftige Welle nicht kommen, bis sie mich überspült. Ich kann mich im Sand nicht festhalten. Die Welle reißt mich mit hinaus. Meine Lunge füllt sich mit Wasser. Die Sandkörner kratzen in der Kehle. Ich werde von der Strömung herumgeschleudert. Ist es überhaupt die Strömung? Etwas zieht mich nach unten. Es fühlt sich an wie eine Hand um mein linkes Fußgelenk. Ich blicke zu meinem Bein hinunter. Eine grobe Männerhand hält mich mit krampfhaftem Griff fest. Ich strample und strample, doch ich komme nicht los. Ich werde weiter in die dunkle Tiefe hinuntergezogen. Ich schließe die Augen. Plötzlich lässt die Hand los, und ich treibe langsam nach oben. Meine angespannten Lippen sind das Erste, was an die Oberfläche kommt. Ich nehme einen tiefen Atemzug. Das Wasser liegt jetzt still da. Nur mein Atem ist zu hören. Ich habe überlebt, auch diesmal. Das Schweigen wird von einem widerhallenden Lachen durchbrochen. Ich werfe mich herum und versuche fieberhaft zu sehen, woher das Lachen kommt. Und da ist er. Papa. Nur ein paar Meter von mir entfernt im Wasser. Er lacht und lacht und streckt die Zunge heraus. Sie ist voller kleiner blutiger Löcher.

Das Licht schmerzt in den Augen. Es dauert lange, bis ich begreife, wo ich bin. Ich habe fürchterliches Herzklopfen. Der Schweiß läuft mir den ganzen Körper hinunter, und der Brustkorb pumpt. Alles dreht sich. Erst als ich das gelbe Kleid an der Wand sehe, lande ich räumlich. Ich bin in dem Haus auf der Insel. In meinem Zimmer. In meinem Bett. Ich hatte wieder einen Albtraum. Ich fahre hoch und schnappe mir atemlos meine Kleider.

Die anderen sitzen in der Küche und frühstücken. Es riecht

nach Kaffee und Bratdunst. Papa hat ein Leichtbier vor sich und einen reuevollen Ausdruck im Gesicht. Ich wende mich jäh um und gehe zur Tür.

»Emmie? Was ist los?« Veronicas Stimme reagiert zuerst. Vermutlich denkt sie an das warme Frühstück. Frisch gebratener Bacon liegt auf einem Teller, daneben steht eine Schüssel mit dampfendem Rührei.

»Ich muss einen Spaziergang machen«, presse ich mit halb geschlossenem Mund hervor.

»Casper!«, sagt Veronica mit auffordernder Stimme.

Papa steht halbherzig auf und versucht, mich am Arm zu nehmen. Ich schubse ihn auf den Stuhl zurück und eile in den Flur in Richtung Haustür. Barfuß. Ich renne los, über das Grundstück, auf den Wald zu. Hinter mir höre ich Veronica rufen. Ich weiß, dass sie mir nicht nachläuft. Sie hat ja nur ihren Morgenrock an.

Im Norden weist das Haus zum Kiefernwald hin. Dem tiefen Wald, der sich bis zur anderen Seite der Insel erstreckt. Irgendwo mittendrin liegt der Moorsumpf. Ich glaube jedenfalls, dass er so heißt. Wir haben dort immer Kaulquappen gefangen, Robin und ich. Wir hatten ein großes Marmeladenglas als Aquarium. Ich versuche, an konkrete Dinge zu denken, als ich in den Wald renne. Um runterzukommen. Den Mann im Leuchtturm. Lundgren. Den Sonderling. Der von der Kormoraninsel verschwunden ist, sobald ich unseren Namen erwähnt habe. Warum habe ich auf seine Augen reagiert? Was ist mit ihm? Irgendetwas ist seltsam.

Ich bin schon ein gutes Stück zwischen den Kiefern hindurchgelaufen, hinein in den Wald, als ich meine Schritte verlangsame und zu gehen beginne. Mein Atem beruhigt sich, während die ersten Regentropfen fallen. Zuerst nur nieselnd, da die Baumkronen die meisten Tropfen auffangen. Doch nach einer Weile schüttet es. Ich drücke mich gegen einen großen Stamm und drehe den Kopf nach oben. Die weichen Regentropfen rinnen mir übers Gesicht. Die Haut kühlt ab.

Stück für Stück gleiten die Bilder des Albtraums fort. Ich bin allein in einem großen Wald. Niemand kommt an mich heran. Niemand kann mir etwas tun.

Ich weiß nicht, wie lange ich dort am Stamm stehe. Der Regen dringt durch meine Kleider. Die Feuchtigkeit löst einen schwachen Duft aus dem Stoff. Einen Duft, der mich zurückversetzt in eine andere Zeit. An einen ganz anderen Ort, aber mit demselben Duft von feuchtem Stoff, der mir in die Nase steigt. Ein kleiner Badeort an der französischen Atlantikküste, nahe der spanischen Grenze. Ein Park, ein weicher Regen. Damals versuchte ich, in einem Schlafsack auf einer Bank zu schlafen. Die Feuchtigkeit drang durch den Stoff und hielt mich wach. Ein Stück entfernt sah ich Ratten, groß wie Katzen, in schwarzen Müllsäcken wühlen. Das Licht einer Straßenlaterne spiegelte sich im Plastik. Ich drehte mich zur Lehne der Bank und schloss die Augen. Ich war kurz davor, einzuschlafen, als ich einen leichten Druck am Bein spürte. Ich fuhr hoch und riss die Augen auf. Eine alte Frau hockte neben der Bank, die Hand um meine Wade. Sie hatte ein Tier neben sich, an einer Leine. Ich sah nicht, was für ein Tier es war. Ihr Griff um mein Bein wurde fester. Plötzlich lächelte sie, und ich erinnere mich, was für schöne Zähne sie hatte. Weiß und breit. Dann ließ sie mich los, stand auf und ging davon.

Meine Erinnerung wird von ein paar kurzen Schreien in einiger Entfernung unterbrochen. Rehe? Aber die klingen nicht so. Ich gehe weiter in den Wald hinein, schleiche leise über nasse Blaubeersträucher … da sehe ich ihn wieder. Den Jungfuchs. Mit dem hübschen rot-weißen Schwanz. Er steht ganz still da, mitten auf einer Lichtung. Ich gleite hinter einen Baum und betrachte ihn. Da hebt er den Kopf. Bewegt die Nase in der Luft vor und zurück, als würde er wittern. Dann blickt er in meine Richtung. Er sieht mich direkt an, lange. Er hat keine Angst, und ich bin fast verzaubert.

Es ist magisch.

»Emmie!«

Veronicas Stimme. Die Magie ist gebrochen, und der Fuchs verschwindet von der Lichtung. Ich drehe mich um. Sie steht ein Stück entfernt zwischen ein paar Bäumen. Ihr feuchtes Haar hängt ihr ins Gesicht, und sie streckt eine Hand nach mir aus. Das Herz pocht in meiner Brust. Was zum Teufel tut sie hier? Ich trete zwischen den Bäumen hervor und bleibe genau vor ihr stehen.

»Verdammt, was machst du da? Warum läufst du mir nach? Ich will allein sein!«

Ich stürze fort und renne tiefer in den Wald hinein. Es ist nicht einfach, zwischen den moosbedeckten Steinen und dem wuchernden Gestrüpp vorwärtszukommen, aber die Wut gibt mir Energie. Nicht genug damit, dass sie im Haus jeden meiner Schritte bewacht. Jetzt verfolgt sie mich auch noch in den Wald. Sie hat sie wohl nicht mehr alle. Ich platsche in den Rand eines Sumpfes und muss die Füße wieder herauszerren. Eine fette Kröte springt vor mir auf und verschwindet im dunklen Gestrüpp. Ich weiß nicht, in welche Richtung ich renne. Es spielt keine Rolle. Wenn ich nur von ihr wegkomme. Als ich über einen morschen Ast springe, spüre ich einen stechenden Schmerz im Fuß. Ich verliere das Gleichgewicht und falle hin.

Aus meiner Fußsohle läuft Blut. Ich blicke zurück. Kurz vor dem Ast liegt eine kaputte Flasche im Moos. Ich bin genau auf eine große Glasspitze getreten. Ich versuche, mich hinzustellen. Es geht nicht. Ich kann nicht auf den zerschnittenen Fuß treten. Ich lehne mich an einen groben Stamm und sinke wieder zu Boden. In der Fußsohle pocht es.

Alles ist Veronicas Schuld. Ich versuche, die Tränen wegzublinzeln, die in mir hochsteigen.

»Was hast du denn gemacht?«

Sie taucht hinter einem großen, entwurzelten Baum auf, heftig außer Atem. Trotzdem hält sie die Luft an, als ihr Blick auf meinen blutigen Fuß fällt.

»Das sieht tief aus«, sagt sie und berührt den Fuß.

Sie bekommt Blut an die Hand und wischt sie sofort an der Hose ab. Ohne die Miene zu verziehen. Ihr Blick, als sie sich aufrichtet, ist beinahe fremd.

»Du kannst nicht auf einem Bein nach Hause hüpfen«, sagt sie. Ihre Stimme klingt effektiv und unsentimental. »Leg den Arm um mich. Zieh den Fuß nach oben, sodass du keine Erde in die Wunde kriegst. Wir machen eine Pause, wenn du müde wirst. Komm jetzt.«

Ich lege einen Arm um ihre Schultern. Ich habe keine Wahl. Zusammen gehen wir halb hüpfend, halb hinkend zurück. Wäre die Situation zwischen uns eine andere gewesen, hätte ich jetzt vermutlich geweint. Das tue ich nicht. Ich bin nur dankbar, dass sie den ganzen Weg zurück still ist.

Als wir uns dem Haus nähern, lasse ich Veronica los und hüpfe auf einem Bein zur Treppe. Mit dem Geländer als Stütze hieve ich mich auf einen Stuhl auf der Veranda. Veronica kommt mir hinterher. Sie nimmt eine Zeitung und legt sie unter meinen Fuß, damit ich den Boden nicht vollblute. Ich betrachte die kräftige Wunde an der Fußsohle und hoffe inständig, dass sie nicht genäht werden muss.

Ich bin schon genug zusammengeflickt worden.

»Warum bist du barfuß gelaufen?«

Oliver ist mit dem Handy in der Hand vor mir aufgetaucht. Ich sehe, dass Papa ihm gefolgt und ein Stück weiter hinten stehen geblieben ist.

»Ich bin nicht gegangen, ich bin gerannt. Ich war wütend.«

»Warum denn?«

»Scheiß drauf…«

Oliver entdeckt die Blutflecken auf der Treppe. Er macht ein paar Fotos mit dem Handy. Aber als er sich herunterbeugt, um Fotos von dem blutenden Fuß zu machen, reicht es mir.

»Geh weg!«, sage ich.

»Ich will nur ein Bild für Insta machen«, sagt Oliver.

Ich habe kein Instagram. Oder irgendwelche anderen sozialen Medien. Das wäre nicht gut für mich, hat man mir gesagt. Ich schubse Oliver weg. Er ist auf dem Weg ins Haus, da höre ich Papas Stimme.

»Du lädst diese Fotos nicht hoch… reiß dich jetzt zusammen«, sagt er leise.

Ich begegne Papas Blick, als er sich zu mir umwendet. Er kapiert, dass ich es gehört habe. Unbewusst knackt er wieder mit den Fingern.

Veronica kommt mit einer Schüssel und einem Schwamm, einem Handtuch, einem großen Pflaster und einer Rolle Mullbinden heraus. Sie kniet sich vor mich hin, zieht meinen Fuß in die Schüssel und beginnt die Wunde zu waschen. Es brennt, ist aber notwendig. Ich habe nicht die Absicht, an Blutvergiftung zu sterben. Als der Fuß sauber ist, trocknet sie ihn vorsichtig mit dem Handtuch und klebt das Pflaster darauf. Dann fängt sie an, den Fuß langsam mit der Mullbinde zu umwickeln.

»Du musst schon verstehen, dass wir unruhig werden, wenn du so was machst«, sagt sie leise. »Einfach so aus dem Haus stürzen.«

»Warum denn? Weil ich im Wald vielleicht jemanden treffen könnte, der sieht, dass ich barfuß bin, und so die ganze Familie blamiere?«

Veronica reagiert nicht. Sie wickelt nur weiter. Ich schaue ihren gebeugten Kopf an und bekomme plötzlich den Impuls, ihr übers Haar zu streichen.

»Entschuldige, dass ich dich da draußen angeschrien habe«, sage ich. »Das wollte ich nicht. Ich war aus dem Gleichgewicht.«

»Warum?«

»Ich hatte einen scheußlichen Albtraum, und der hatte mich im Wald immer noch nicht losgelassen.«

Veronica hat den Kopf noch immer nicht gehoben.

»Albtraum wovon?«, fragt sie.

»Papa«, flüstere ich leise genug, dass es nicht bis zu ihm auf der anderen Seite der Veranda hinüberdringt.

Veronica richtet sich auf. Ich sehe gerade noch, dass sie Tränen in den Augen hat, als sie im Haus verschwindet. Sie weint. Papa sieht ihr nach. Er hat es auch gesehen.

»Tut's weh?«

Papa kommt her und setzt sich vor mir auf das Geländer. Ich merke, dass er angetrunken ist. Nicht besoffen, wie gestern, aber auch nicht ganz nüchtern.

»Nicht so schlimm«, antworte ich. »Veronica hat die Wunde versorgt.«

»Sie ist gut in so was.«

Er lehnt sich ein wenig nach vorn, und für den Bruchteil einer Sekunde sehe ich seine löchrige Zunge aus dem Albtraum vor mir. Das Bild verschwindet blitzschnell, aber er muss etwas bemerkt haben.

»Was ist?«, fragt er.

»Nichts.«

Er steht auf und geht vor dem verbundenen Fuß in die Hocke. Als er die Hand ausstreckt, um ihn zu berühren, ziehe ich den Fuß zurück. Seine Hand hält inne, und er beugt den Kopf zum Holzboden.

»Warum darf ich dich nicht anfassen?« Er flüstert beinahe.

Ich winde mich. Ich will hier weg. Ich will wieder in den Wald.

»Lundgren«, sagt er leise in Richtung der Planken.

»Was … was ist mit ihm?«

»Vielleicht ist es seine Schuld.«

Ich weiß nicht, wovon er spricht. Er hebt langsam den Kopf. Seine Augen haben wieder dieselbe Schärfe wie heute Nacht. Als er das über Oliver gesagt hat.

»Lundgren hat ein ungesundes Verhältnis zu Kindern«, sagt er.

»Und was hat das mit mir zu tun? Ich bin kein Kind.«

»Aber du warst eins.«

3

Der Mann mir gegenüber hat jetzt ein kleines, dünnes Seidentuch in der Hand. Er reibt damit seine Brillengläser, als wollte er Schmutz wegbekommen. Er reibt schon, seit ich von Papa erzählt habe. Von meinem Albtraum. Reibt wortlos. Ich warte ab. Er ist derjenige, der es wissen will, aber ich verstehe seine Reaktion nicht richtig. Sein intensives Reiben. Schließlich lässt er das Seidentuch sinken und betrachtet mich. Ich erwarte, dass er etwas sagt, was auch immer, aber er schweigt.

»Sind wir fertig?«, frage ich nach einer Weile.

Er schüttelt leicht den Kopf. Sein Haar fällt in einer braunen Strähne über die Stirn. Ich frage mich, wie alt er ist. Vielleicht Papas Alter? Da, endlich, sagt er etwas.

»Erzählen Sie von Ihrem verschwundenen Bruder.«

Ich wusste, dass er danach fragen würde, früher oder später. Er wäre dumm, wenn nicht. Ich weiß also, was ich antworten werde.

»Das kann ich nicht.«

»Warum nicht?«

Weil wir noch nicht an dem Punkt sind, denke ich. Er geht zu schnell voran. Er glaubt, im guten wie im schlechten Sinne, dass ich entzifferbar bin.

»Weil ich mich nicht besonders gut an Robin erinnere«, antworte ich. »Ich weiß nur noch, dass er süß war und Tiere gequält hat.«

Jetzt kommt der Kugelschreiber wieder zum Einsatz. Eine kurze Notiz.

»Und Sie sind noch nicht darauf gekommen, warum Sie damals im Keller solches Unbehagen gespürt haben?«, fragt er mit dem Stift auf dem Block. »Beim Holzlager?«

»Nein.«

»Könnte es etwas mit Ihrem Vater zu tun haben?«

Ich versuche nachzudenken. Mich in den Keller zu versetzen, vor allem ihm zuliebe, aber meine Erinnerung ist leer. Oder eher schwarz. Zwar steigt eine Empfindung von Veronica in mir hoch. Von ihrem widerlich süßen Parfüm. Aber das erwähne ich nicht, es ist zu vage. Vielleicht wird es später noch klarer.

»Ich glaube nicht, dass es was mit Papa zu tun hat«, sage ich.

Der Mann betrachtet mich. Als wollte er ergründen, ob ich lüge.

Nach ein paar Sekunden nickt er und macht eine Geste mit der Hand. Er will, dass ich weitererzähle. Ich weiß nicht genau, wo ich aufgehört habe, also beginne ich mit dem Ersten, was mir in den Kopf kommt.

Der Rasen glitzert von silbrigem Tau, als ich zum Gartentor gehe. Ich muss ein bisschen vom Haus wegkommen. Von der Familie. Ich gehe den schmalen, lehmigen Weg entlang. Heute habe ich Schuhe an.

Der Weg führt an mehreren leer stehenden Häusern vorbei, vermutlich Sommerhäuser. Recht langweilige Bauten. Viereckig, braun gestrichen. An einem von ihnen hängt eine halb kaputte blau-gelbe Flagge über der Tür. Ich kann mich nicht mehr erinnern, wer hier gewohnt hat. Vermutlich niemand mit Kindern. Die Wunde am Fuß zwingt mich zu hinken, doch ich habe keine Eile. Ich mache einen Schritt nach dem anderen und sauge die Düfte des Waldes ein. Die Sonne ist auf dem Weg nach oben. Sie wärmt nicht besonders stark, aber ich genieße die kühle Luft. Der Herbst ist die beste Jahreszeit.

Ich denke an Oliver. Ich habe ihn vermisst und mich gefragt, wie es ihm geht. Ich war elf, als er geboren wurde. Als ich hörte, dass er auf die Welt gekommen war, schloss ich mich in meinem Zimmer ein und weinte. Ich wollte keinen neuen kleinen Bruder. Ich vermisste Robin noch immer. Es wurde nicht besser, als sie aus dem Krankenhaus nach Hause kamen. Veronica behielt Oliver für sich. Ich durfte mich dem Baby kaum nähern oder es berühren. Sie wachte über ihn wie über ein hilfloses Küken, das den ganzen Tag beschützt werden musste. Wir kamen einander nie nahe in Olivers ersten Jahren. So wie Robin und ich es getan hatten. Dann wurde ich ein Teenager und entfernte mich sowohl von Oliver als auch von der Familie. Es vergingen einige Jahre, bis wir als Geschwister wieder in Kontakt kamen. Es fing eines Abends an, als ich die Idee hatte, die Familie zu Hause in dem gelben Vierzigerjahrehaus mit dem kleinen Garten zu besuchen. Ich trat durch die Gartentür und sah einen kleinen Jungen mit kurz geschorenem Haar unter einem Apfelbaum sitzen. Das war Oliver. Ich ging zu ihm und setzte mich neben ihn. Tränen liefen seine Wangen hinunter, und zwischen seinen Knien hielt er die Fäuste fest geballt. Es war eine Zeit, in der meine Eltern Krieg gegeneinander führten. Ich nahm seine Hand und streichelte sie. Wir sagten nicht sehr viel. Er war damals acht. Seit diesem Abend versuchte ich, Kontakt mit ihm zu haben, sooft ich konnte. Es ging mir in dieser Zeit selbst nicht so gut. Aber wir konnten trotzdem eine Art Band zueinander knüpfen. Ganz ohne Einwirkung der Eltern.

Dieses Band will ich behalten. Egal, ob er Papas Sohn ist oder nicht. Er ist trotzdem mein kleiner Bruder. Ich will nicht noch einen verlieren.

Ich hinke zu der größeren Straße, die ins Inselinnere führt.

Die Wunde am Fuß tut immer noch weh. Bis hierher durften wir gehen, Robin und ich. Bis zur Kreuzung, aber nicht weiter. Wir durften nicht auf die große Straße. Dort konnten Autos und Traktoren kommen, und alles, womit Erwachsene einem Angst einzujagen versuchen. Also gingen wir natürlich manchmal auf sie hinaus. Hand in Hand. Auf Robins Initiative, weil er der Rastlosere und Neugierigere war. Wenn ein Auto kam, sprangen wir in den Straßengraben. Traktoren kamen nie, zu Robins Enttäuschung.

Man sagt, wir haben ein Körpergedächtnis. Dass physische Wiederholungen uns in die Vergangenheit versetzen können. Vielleicht ist das so. Als ich hier auf der Straße gehe, allein im peitschenden Wind, spüre ich beinahe Robins Hand in meiner. Als wäre ich zu einem kleinen Mädchen geschrumpft, mit einem kleinen Bruder neben mir.

Ich mag das Gefühl nicht. Ich will nicht erinnert werden. Ich beschleunige meinen Schritt, so gut es geht. In einiger Entfernung kommt ein Transportmoped in hoher Geschwindigkeit auf mich zu. Der Typ, der es fährt, hat langes blondes Haar, das ihm um die Schultern flattert. Ich trete zur Seite. Als er vorbeifährt, nickt er leicht mit dem Kopf. Ich wende mich nach ihm um. Irgendetwas in dem kurzen Aufblitzen seines Gesichts ruft eine Reaktion in mir hervor. Als hätte ich ihn schon einmal gesehen. Aber wohl kaum in meiner Zeit als Kind auf der Insel. Ich beginne in meinem Gesichtergedächtnis zu kramen.

Ein paar Hundert Meter weiter fällt der Groschen. Tobias. Ein Typ, mit dem ich vor vielen Jahren zusammen war. Er hatte dieselbe Gesichtsform und dieselben langen blonden Haare wie der auf dem Transportmoped. Ein süßer Typ, in vielerlei Hinsicht. In mancherlei Hinsicht auch nicht. Er fuhr im Winter Taxi und kümmerte sich den Rest des Jahres in einem großen Stall um die Pferde. Wir hatten uns auf einem Fest auf Södermalm kennengelernt, uns betrunken und waren zusammen nach Hause gegangen. Am nächsten Morgen lud er mich auf einen Kaffee ein. Dann verschwand er. Es dauerte einige Wochen, bis er sich wieder meldete, und ein paar weitere Monate, bis ich kapiert hatte, was er trieb. Drogen. Das war in der Situation, in der ich mich damals befand, nicht gerade optimal. Ich war zerbrechlich und verwirrt und versuchte, mich von einem Berg von Schuld zu befreien. Was Tobias zu bieten hatte, war eine vorübergehende Flucht. Ich kapierte ziemlich schnell, dass die Drogen mich der Dunkelheit viel näher brachten, gegen die ich ankämpfte. Als ich Schluss machte, weinte er eine Weile, bis er ein neues Mädchen traf.

Ich wandere weiter ins Inselinnere und trete gedankenverloren gegen kleine Steine, die im Weg liegen. Ich fühle mich viel besser. Der graue Schleier, der sonst wie tote Spinnweben über meinen Gedanken liegt, hält einen gewissen Abstand. Heute kann ich klar denken. Nichts, was in unserem Haus vorgeht, berührt mich in diesem Moment. Ich weiß, dass es auf kurze Sicht ist. Vielleicht währt es nur für die Dauer des Spaziergangs, vielleicht senkt sich der Schleier wieder, sobald ich zum Gartentor zurückkomme. Aber es fühlt sich leicht und befreiend an, hier herumzulaufen, und ich merke, dass sich Gedanken über die Zukunft einschleichen. Das ist viele Jahre nicht mehr passiert. Die Zukunft war nicht greifbar, eingekapselt in Angst und Furcht. Normalerweise denke ich lieber zurück. An das, von dem ich etwas weiß, zu dem ich Stellung beziehen kann. Aber jetzt versuche ich, nach vorn zu denken, weit nach vorn. Papa und Veronica werden eines Tages sterben. Dann erbe ich das Sommerhaus. Ich und Oliver. Dann können wir es abbrennen und ein neues bauen. Oder alles verkaufen und reich werden.

Ich bleibe am Straßenrand stehen. Hier haben Veronica und ich immer Blumen gepflückt. Das waren ganz besondere Stunden für mich. Wir saßen in der Hocke nebeneinander, und sie brachte mir bei, dass man die Stängel so weit unten wie möglich abbrechen sollte. Und dann brachte sie mir die Namen bei. Wiesenkerbel, Butterblume und Wald-Storchschnabel, Mittsommerblume. Hinterher wand sie daraus hübsche kleine Kränze, setzte sie auf meinen Kopf und machte Unmengen von Fotos. Das war zu der Zeit, als ich sie noch »Mama« nannte.

Ich verdränge die Erinnerung und denke stattdessen an mein zukünftiges Erbe. Leider habe ich keine nennenswerte Ausbildung – die habe ich vor einigen Jahren abgebrochen –, also wären große Mengen Geld eine echte Hilfe. Vermutlich würde ich reisen. Ich war in den letzten Jahren sehr viel unterwegs, aber fast alle Reisen gingen nach innen. Es wäre toll, in die andere Richtung zu reisen. In die Welt hinaus. Städte und Länder zu sehen und gesunde Menschen zu treffen. Menschen, die nicht das wollen, was du nicht liefern kannst. Das wäre fantastisch. Aber das setzt wie gesagt voraus, dass meine Eltern sterben. Ich laufe schneller, und meine Schritte werden noch etwas federnder.

Die kurvige Straße ist in eine lange, gerade Strecke übergegangen. Auf der einen Seite ist sie von dichtem Wald gesäumt. Auf der anderen steht ein hoher, schmaler Holzturm. Als ich klein war, hingen dort Feuerwehrschläuche. Papa nahm mich einmal mit auf eine Übung. Alle erwachsenen Männer auf der Insel waren dabei. Soweit ich weiß, hat es hier draußen noch nie irgendwo gebrannt. Ich bin exakt auf der Höhe des Holzturms, als ich das Knirschen hinter mir höre.

Ich wende mich um. Weit entfernt ist ein Fahrradfahrer zu sehen. Ein Mann. Er bremst. Ich erkenne ihn. Es ist der Mann von der Fähre. Der mit der zerschlissenen Wildlederjacke. Er steht still, die Beine links und rechts neben dem marineblauen Fahrrad. Ich gehe weiter.

Nach ein paar Sekunden beginnt das Knirschen wieder. Ich warte darauf, dass er mich überholt. Er tut es nicht. Das Knirschen kommt nicht näher. Es bleibt im selben Abstand. Was zum Teufel treibt er? Ich wende mich wieder um. Es dauert ein paar Sekunden, bis er reagiert, dann hält er an. Wir sehen einander an. In meinen Schläfen beginnt es zu pochen. Jetzt reicht es. Ich gehe mit kurzen, schnellen Schritten auf ihn zu. Als ich ein paar Meter von ihm entfernt bin, bleibe ich stehen. Er ist groß. Gut gebaut. Er hat einen dunklen Pullover an. Als ich noch einen Schritt näher komme, sehe ich, dass er ein Feuermal über der linken Wange hat. Einen lila-rötlichen Fleck, der vom Nasenflügel bis zum Auge hinaufreicht.

»Hallo«, sage ich mit lauter Stimme.

Er antwortet nicht.

»Wohnst du hier auf der Insel?«

Er öffnet den Mund. Kein Laut dringt heraus. Seine Augenlider senken sich eine Spur. Der Blick ist nach unten gerichtet, ein Stück unter meinen Hals. Auf die Höhe meiner Brüste. Sabbernde Blicke auf meine Brüste von hormonstrotzenden Männern ekeln mich an.

»Hast du ein Problem mit dem Fahrrad?«, frage ich.

Keine Antwort. Vielleicht hat man ihm die Zunge herausgeschnitten. Ich drehe mich um und gehe weiter. Nicht zu schnell, ich will nicht ängstlich wirken. Hinter mir ist es still. Er muss mit seinem Fahrrad noch dastehen. Unnötig scheußliche Bilder schießen mir durch den Kopf. Übergriffe. Aber es ist ja mitten am Tag. Auf einer kleinen Insel. Die Sonne scheint. Was kann schon passieren? Da höre ich das Knirschen durch die Stille. Er hat wieder zu treten begonnen. Hinter mir her. Meine Schrittlänge vergrößert sich merklich. Ich spüre nicht einmal mehr die Wunde am Fuß. Nach ein paar Minuten biege ich von der Straße ab. Ein schmaler Pfad führt hinunter zum Wasser. Die ersten Meter renne ich fast, bevor ich mich umdrehe. Er fährt oben auf der Straße vorbei. Vorbei an dem Pfad. Ich atme auf.

Unten am Wasser liegt eine alte Bootswerft. Ein großes Holzgebäude mit dünnen Bretterwänden und Schienen zum Wasser hinunter. Eine schwarz gestrichene Tür hängt nur noch in einer Angel. Ich schiebe sie ein Stück auf und schaue hinein. Die Sonne dringt durch Spalten und Löcher. Schmale Lichtstreifen fallen kreuz und quer durch den riesigen Raum. In der Mitte steht ein löchriges Wrack. Ein alter Kutter mit weißen, abgeblätterten Seiten. Er ist links und rechts mit groben Planken aufgebockt. Vermutlich ein Fischerboot, das seinen Dienst getan hat. Von der Decke hängen dunkle Seile und Takelagen, an den Wänden lehnen große Bootshaken. Alle Fenster sind mit Fischernetzen verhängt. Eine dicke Staubschicht bedeckt einen großen Anker aus Eisen. Es riecht nach Öl und Rost. Hier scheint seit Ewigkeiten niemand mehr gewesen zu sein. Das Ganze sieht aus wie eine Kulisse aus einem Horrorfilm. Zumindest in meiner Fantasie. Ich trete ein und hole mein Handy heraus. Ich will das Szenenbild fotografieren.

Mein Verhältnis zu Bildern ist kompliziert. Während meiner gesamten Teenagerzeit war mir die Bildsprache sehr nah. Filme. Gemälde. Poster. Fotografien. Sehr viel näher als Text oder Musik. Ich habe immer Zuflucht zu Bildern gesucht, wenn ich Trost oder Inspiration brauchte. Habe sie aus Büchern ausgeschnitten und übers Bett gehängt. Das Komplizierte daran war natürlich, dass Veronica Fotografin war.

Ich krieche ein Stück unter den Kutter. Er hat ein großes Loch im Boden. Vielleicht ist er auf Grund gelaufen und musste aus dem Verkehr gezogen werden. Ich mache ein paar Aufnahmen durch das Loch hindurch. Kaputte Planken, die sich vom Licht in der Kajüte darüber abheben. Surrealistisch. Als ich herauskrieche, höre ich einen schwachen, dumpfen Schlag. Von draußen. Ich lasse mein Handy sinken und halte den Atem an. Das Einzige, was zu hören ist, sind ein paar ferne Möwen. Ich gehe in eine Ecke, hebe das Handy von Neuem und filme den Raum, von der kaputten Tür über den Anker und den traurigen Kutter, dann weiter über die andere Wand zu den Fenstern mit den Fischernetzen hin. Als die Linse die letzte Scheibe passiert, zucke ich zusammen. Draußen vor dem Fenster hat sich etwas bewegt. Glaube ich. Etwas ist in dem Moment verschwunden, als ich die Kamera daran vorbeigleiten ließ. Mit ein paar schnellen Schritten bin ich bei der Tür, reiße sie auf und stürze hinaus. Draußen ist alles leer. Auf dieser Seite. Ich traue mich nicht, auf der anderen nachzusehen. Mit dem Handy in der Hand renne ich bis hinauf zur Straße, ohne mich umzudrehen.

Ich bleibe am Gartentor stehen und ringe nach Atem. Nichts ist passiert. Das meiste hat sich in meiner Fantasie abgespielt. Wie immer. Als ich meinen Blick auf das Haus richte, senkt sich der graue Schleier wieder, wie ein Vorhang vor dem Gehirn.

In der Küche liegt ein Zettel. Veronica und Oliver sind zur anderen Seite der Insel gefahren, um einzukaufen. Ich gehe zu

Papas Arbeitszimmer. Diesmal liegt er nicht besoffen auf dem Sofa. Er sitzt vor dem Computer und schreibt, mit Kopfhörern auf den Ohren. Schön. Ich werde ihn nicht stören.

Im Bootshaus ist es dunkel. Das passt gut. Ich setze mich auf eine alte Holzkiste und hole mein Handy heraus. Die gefilmte Sequenz von der Werft ist nicht sehr lang. Als sie das letzte Fenster erreicht, sehe ich die Bewegung. Die, die ich schon dort gesehen hatte. Ich gehe zurück und stoppe den Film genau in dem Moment, als die Bewegung beginnt. Als ich ins Bild zoome, sehe ich das, was ich geahnt hatte. Ein Stück vom Gesicht des Fahrradfahrers. Es ist verschwommen, aber es besteht kein Zweifel: Er war derjenige, der draußen vor der Werft herumgeschlichen ist. Der Mann mit dem Feuermal.

Ich speichere den Film.

Am Strand ziehe ich die Schuhe aus. Es ist schön, im Sand zu gehen, so schmerzt die Wunde am Fuß weniger. Der Wind hat abgenommen, auf den Wellen schwimmen fast keine Schaumkronen. Ich hoffe, ich sehe keine kleinen Handabdrücke. Ein paar Möwen schreien draußen auf der Landzunge. Ich werfe einen Blick zum Leuchtturm. Es muss ein fantastisches Atelier sein dort oben. In alle Richtungen eine phänomenale Aussicht auf Meer und Inseln, Vögel und Boote. Dort steht er und malt, seit ich klein war. Lundgren. Der Mann, der ein ungesundes Verhältnis zu Kindern hat. Ich werde Papa bitten, mehr darüber zu erzählen.

Eine Welle sucht sich ihren Weg bis zu meinen Füßen. Das Wasser ist frisch. Ich beuge mich zu dem kalten Sand hinunter. Mein Zeigefinger schreibt mit großen Buchstaben »ROBIN«.

In diesem Moment fällt es mir ein.

Der Kleiderschrank in der Ecke meines Zimmers. Ich öffne ihn und beuge mich hinein. Ganz hinten muss es ein loses Brett geben. Dahinter liegt ein Geheimnis. Ein Buch, ein Tagebuch. Wenn es noch dort ist. Ich löse das Brett vorsichtig, und da ist es. Klein, blau und sehr dünn. Ich ziehe es heraus, drücke das Brett wieder fest und setze mich auf den Boden, mit dem Rücken zur Wand. Das Buch zittert ein wenig in meinen Händen. Ich will es nicht sofort öffnen. Meine Halsschlagader pocht. Wie immer, wenn ich aufgeregt bin. Oder nervös. Und das bewirkt jetzt also ein altes Tagebuch? Als würde es Geheimnisse über mein Leben als Kind enthalten. Was es vermutlich nicht tut.

Ich war sechs, als ich es zum ersten Mal benutzt habe. Papa hatte den ganzen Sommer über mit mir Schreiben geübt, und zum Schluss hatte ich es gelernt. Da bekam ich das Buch von ihm.

Ich atme tief durch und öffne es. Alles ist in großen Buchstaben geschrieben. Krakelig, aber absolut leserlich. Die ersten Seiten sind datiert und mehr oder weniger eine Aufzählung verschiedener Tiere, die ich begraben habe. Nicht besonders spannend. Die letzten neun Seiten sind umso interessanter. Auf allen steht dasselbe: WILL NICHT WILL NICHT … Vier Worte auf jeder Seite, das ganze Buch hindurch. Ich mache es zu und starre in den Raum hinaus. WILL NICHT WILL NICHT …

Ich stehe auf und lege das Buch unter mein Kopfkissen. Es fängt an zu jucken. Erst an den Schenkeln, dann an den Armen. Ich ziehe meine Nägel über die Haut, fester und fester. Die Angst zieht den Brustkorb zusammen. Ich brauche Luft.

Die Veranda ist leer. Veronica und Oliver sind noch nicht zurück. Ich setze mich auf einen Stuhl. Das Jucken hat fast aufgehört, und ich verschränke die Hände in meinem Schoß. Die letzten Seiten des Tagebuchs flimmern vor meinen Augen. Was war es, das ich nicht wollte? Ich habe keine Ahnung, und trotzdem reagiert mein ganzer Körper. Ich fange fast an zu weinen.

»Wie geht es mit dem Fuß heute?«, höre ich Papas Stimme aus der Türöffnung.

Er tritt auf die Veranda hinaus und setzt sich ein Stück von mir entfernt hin. Sein Haar ist wirr, als wäre er gerade aufgewacht, und er hält eine Banane in der Hand. Ich drehe mich ein wenig von ihm weg. Seine Anwesenheit kühlt die Gefühle ab und hält die Tränen zurück. Ich will mich ihm nicht öffnen.

»Ganz okay«, antworte ich. »Was macht dein Kater?«

Er zuckt zusammen.

»Ich hab gestern nichts getrunken. Ein paar Bier, nicht mehr, ich glaube, ich bin jetzt damit durch.«

»Mit dem Trinken?«

Er antwortet nicht. Stattdessen fängt er an, die Banane zu schälen. Nicht dass ich ein Experte für Alkoholismus wäre, aber das dürfte wohl kaum eine Sucht sein, die man auf Knopfdruck an- und abstellen kann. Aber vielleicht ist es, wie er sagt: Er hatte einen Rückfall, und jetzt ist er vorbei. Das wäre gut. Ich brauche ihn. Nüchtern. Ich weiß, dass es Dinge gibt, die er mir erzählen will. Vielleicht Dinge, die uns beiden helfen können.

Früher oder später.

»Wollen wir eine Runde im Wald gehen?«, fragt er und nimmt einen Bissen von der Banane.

»Nicht jetzt, mein Fuß tut weh.«

Das ist eine brauchbare Entschuldigung, auch wenn es nicht

wahr ist. Ich habe momentan keine Lust, mit ihm allein zu sein. Im Wald.

Veronica hat Mittagessen eingekauft und den Tisch gedeckt. Melone und Schinken und Quiche aus der Mikrowelle. Anfänglich wird am Tisch nicht viel geredet. Oliver sagt keinen Ton, und Papa trinkt Wasser. Veronica macht ihrem Unmut über das Angebot im Laden Luft.

»Die nehmen vollkommen irrwitzige Preise.«

»So ist das auf den Inseln, das weißt du doch. Alles muss ja mit dem Boot hertransportiert werden«, sagt Papa. Er sieht maßlos interessiert aus.

»Aber hundertsiebzig Kronen für eine Haarbürste?«

»Brauchst du denn eine?«

»Nein, aber trotzdem! Man wundert sich eben.«

Ich hinke zur Anrichte, um mehr Holundersirup zu holen.

»Das kommt davon, wenn man barfuß läuft.«

Sie gibt ihren Kommentar hinter meinem Rücken ab. Als ich mich umdrehe, hat sie sich zu Papa vorgebeugt

»Hast du gehört, dass Loui Svärd wieder aufgetaucht ist?«, sagt sie.

Zum ersten Mal zeigt Papa Interesse. Er hält mit seinem Melonenstück auf dem halben Weg zum Mund inne.

»Hier auf der Insel?«, fragt er.

»Ja. Sie haben im Laden darüber getratscht.«

»Wer ist das?«, fragt Oliver.

»Ein wahnsinnig unangenehmer Mensch. Vor ein paar Jahren ist er ins Gefängnis gekommen«, antwortet Papa und steckt das Melonenstück in den Mund.

»Wofür?«, frage ich und setze mich an den Tisch.

»Er hat sich eines Nachts unten am Fähranleger an einem

Mädchen vergriffen … hat sie überfallen, als sie aus dem Schiff gestiegen ist, und sie ins …«

»Casper«, unterbricht ihn Veronica. »Jetzt reicht es. Wir haben Kinder am Tisch.«

Ich sehe an Olivers Reaktion, dass er gerne jedes Detail gehört hätte.

»Er ist also wieder auf freiem Fuß?«, fährt Papa fort.

»Offenbar. Müssen wir uns jetzt hier draußen auch noch mit so jemandem herumschlagen.«

Ich frage mich, ob »auch noch« eine Anspielung auf mich ist.

»Wo wohnt er?«, frage ich.

»Bei seiner Mutter, unten bei Marsviken. Eine schreckliche Familie. Der Vater hat sich vor ein paar Jahren zu Tode gesoffen. Loui selbst soll ziemlich speziell sein.«

»Was heißt das?«, fragt Oliver.

»Dass er nicht ganz richtig im Kopf ist.«

»Wie sieht er aus?«, frage ich.

»Keine Ahnung, ich hab ihn nicht mehr gesehen, seit du ein Kind warst. Er war hässlich, hatte irgendein großes Muttermal im Gesicht. Warum willst du das wissen?«

Weil er mich vor ein paar Stunden verfolgt und sich dann unten an der Werft angeschlichen hat. Aber damit will ich die Familie nicht erschrecken.

»Ich bin nur neugierig«, sage ich.

Als wir fertig gegessen haben, bin ich kurz davor, Veronica von meinem Besuch draußen auf der Kormoraninsel neulich zu erzählen. Vor allem, weil ich weiß, dass sie das wahrscheinlich provozieren wird. Aber ich verbeiße es mir. Vielleicht kann ich es bei einer besseren Gelegenheit anbringen. Vielleicht bei einer Gelegenheit, bei der ich ihr das Felsrondell zeige, das wir beide fotografiert haben.

Hier unterbreche ich meine Erzählung. Inzwischen habe ich gelernt, das Reaktionsmuster des Mannes einzuschätzen. Er ist sehr strikt darin, mich nicht zu unterbrechen. Er will, dass das, was ich erzähle, ungehindert fließt. Aber hier und da macht er eine kleine Markierung. Manchmal mit der Hand, manchmal mit einer erhobenen Augenbraue oder einem diskreten Räuspern. Eine Markierung, die zeigt, dass er sich in meinen Fluss einschalten will. Wie jetzt, als er sich vorbeugt.

»Es scheint sehr wichtig für Sie zu sein, Ihre Mutter auf unterschiedliche Art zu provozieren.«

»Aha? Darüber habe ich noch nie nachgedacht … aber vielleicht ist das so.«

»Und warum ist das so?«

Ich überlege ein paar Sekunden lang.

»Ich weiß nicht genau, aber ich glaube, der Grund ist Scham.«

»Ihre Scham?«

Wessen denn sonst?, denke ich.

»Ja, vermutlich«, antworte ich. »Sie werden das später schon noch verstehen.«

Es ist fast fünf Uhr, als ich auf die Landzunge hinausgehe. Ganz am Ende liegt der einsame Leuchtturm. Die Landzunge ist kahl, und es hat kräftig aufgefrischt. Der Wind zerrt an meiner Jacke, die Wellen brechen sich an den großen Steinen am Strand. Der Weg ist von dornigen Schlehenbüschen gesäumt. Hier und da muss ich mich durchs Dickicht zwängen. Zur Familie habe ich gesagt, ich wolle mich bewegen. Mit dem unterschwelligen Hinweis, dass ich meine Ruhe brauche. Ich gehe davon aus, dass Veronica mir dieses Mal nicht folgen wird. Vielleicht steht sie mit dem Fernglas an einem Fenster im ersten Stock, aber bitte, soll sie doch. Ich bin auf dem Weg zu

Lundgren. Zu seinem Atelier. Ob er da ist, weiß ich nicht, es ist ein Schuss ins Blaue.

Papa hat angedeutet, dass er pädophil ist. Und mit ihm sollen wir also jeden Sommer hier draußen Seite an Seite gewohnt haben? Robin und ich. Hatten wir Kontakt mit ihm? Nicht, dass ich wüsste. Aber irgendetwas war mit seinen Augen. Ich will sie noch einmal sehen. Sehen, ob ich mich an etwas erinnere.

Auf halbem Weg tauchen die Trittsteine auf. Robin und ich sind hier einmal entlanggelaufen. Wir haben die platten Steine bis zum Leuchtturm hinaus gezählt. Eigentlich durften wir nicht dorthin, aber wir haben es trotzdem gemacht. Natürlich. Ich bleibe stehen und blicke zu dem hohen Gebäude empor. Irgendwas ist damals passiert, als wir dorthin gegangen sind. Wir kamen zum Leuchtturm und schlüpften durch die morsche Holztür hinein, im Glauben, es sei leer dort drinnen. Die Tür wehte hinter uns zu. Wir kriegten sie nicht mehr auf. Wir waren vor Schreck wie gelähmt und hielten uns im Dunkeln aneinander fest. Da tauchte ein Gesicht auf der anderen Seite der dreckigen Fensterscheibe auf. Jemand starrte uns mit aufgerissenen Augen an. Dann hörten wir ein Klacken, und die Tür sprang auf. Nach einer langen Zeit wagte ich mich hinaus. Draußen war es leer. Die ganze Bucht war verlassen. Ich nahm Robin bei der Hand und fing an zu rennen. Keiner von uns beiden wandte sich um. Wir haben es nie Papa und Veronica erzählt.

Oliver und ich haben keine solchen gemeinsamen Erinnerungen, wir haben keine kleinen Abenteuer zusammen erlebt.

Ich bleibe vor dem Leuchtturm stehen. Oben im Atelier brennt kein Licht, aber es ist immer noch halbwegs hell, er kann also sehr gut hier sein. Die Holztür ist schwarz gestrichen, genau wie in meiner Erinnerung. Vermutlich ist es dieselbe wie damals, als Robin und ich hier waren.

Ich drücke die Klinke hinunter. Die Tür ist unverschlossen.

Ich trete einen Schritt hinein. Es ist dunkel und eng, und ein langer Bootshaken versperrt den Weg. Ich steige darüber. An der Wand hängen grobe Seile mit Bleigewichten, daneben eine hübsche Petroleumlampe mit zersprungenem Glas. Auf dem Steinboden liegen ein paar Anker. Es ist sehr unordentlich. Ich muss einen großen Schritt über einen riesigen, halb kaputten Styroporball machen, um zur Treppe zu kommen, die in die Dunkelheit hinaufführt.

»Hallo?«

Keine Antwort.

Die alte Holztreppe ist wackelig. Die Stufen geben nach, also steige ich vorsichtig darauf. Die Treppe führt direkt ins Atelier, aber Lundgren ist nicht da. Schade. Ich betrete den großen gläsernen Raum. Das Erste, was ich bemerke, ist ein stattliches Fernrohr auf einem Holzgestell am Fenster. Ich bücke mich, drücke das Auge gegen die runde Linse und sehe einen Strand. Sehr detailliert. Ein paar rote Bootshäuser, ein Holzsteg, und am Steg liegt ein Ruderboot vertäut.

Es ist der Strand unter unserem Haus. Er kann also hier stehen und alles sehen, was wir da unten treiben.

Das wissen wohl weder Papa noch Veronica.

Ich sehe mich im Raum um. An der anderen Wand steht eine Holzstaffelei. Sein Gewehr hat er gegen ein Regal gelehnt, und daneben liegt eine braune Tasche auf dem Boden. Vorsichtig löse ich den Verschluss und öffne sie. Vor allem Farbtuben und Pinsel sind darin. Aber in einem Winkel liegen eine dunkle Perücke und ein Kartenspiel. Vielleicht verkleidet er sich abends und legt Patiencen auf dem Fußboden – er ist ja ein Sonderling. Oder er macht Zaubertricks mit den Karten, um Kinder anzulocken.

Der restliche Raum ist voller Gemälde und Aquarelle. Sie stehen an den Wänden, liegen auf dem Boden oder lehnen in den Fenstern. Etliche davon zeigen Motive aus den Schären. Sie sind schön. Ich gehe zu einem der Fenster, in dem ein paar gerahmte Aquarelle stehen. Detailreiche Bilder von Vögeln, Felsen und Wellen. Eines der Aquarelle unterscheidet sich von den anderen. Es ist nicht so groß, vielleicht vierzig mal dreißig Zentimeter. Zwei Kinder sind darauf. Ein Mädchen und ein Junge an einem Strand. Das Mädchen hat ein gelbes Kleid an. Der Junge trägt ein knallrotes T-Shirt und grüne Shorts. Der Junge macht einen Handstand vor dem Mädchen. Sein T-Shirt ist ein bisschen heruntergerutscht, sodass man den Bauch sieht. In meiner Brust zieht sich etwas zusammen. Robin und ich. Ich in meinem gelben Kleid, er in seinem Lieblings-T-Shirt. Am Strand bei unserem Haus. Ich atme tief ein und schiele zu dem Fernrohr hinüber. Lundgren hat also hier gestanden und uns beobachtet. Uns abgemalt. Mich und meinen kleinen Bruder. *Er hat ein ungesundes Verhältnis zu Kindern.* Ich beuge mich zu dem Aquarell vor. Unten in der einen Ecke sieht man Lundgrens schmale, zierliche Signatur und eine Jahreszahl. Das Jahr, in dem Robin verschwand.

Ich richte mich auf. Mein erster Impuls ist, so schnell wie möglich von hier zu verschwinden. Als der Impuls sich gelegt hat, strecke ich eine Hand aus und nehme das Bild.

Es nieselt, als ich aus dem Leuchtturm komme. Ich bin schockiert und wütend und drücke das Aquarell unter meine Jacke. Ich will zu Lundgren und ihn fragen, warum zur Hölle er Robin und mich als Kinder gemalt hat. Auf dem Weg von der

Landzunge zurück wende ich mich um. Im Walddickicht hinter dem Leuchtturm kann ich zwischen den Bäumen eine Gestalt erahnen. Wenn ich mir sicher wäre, dass es Lundgren ist, würde ich hingehen. Aber das bin ich nicht. Es kann genauso gut Loui Svärd sein.

Die Tür zum Stauraum unter der Treppe gleitet völlig geräuschlos auf. Ich zwänge mich hinein und ziehe sie zu. Es bleibt ein Spalt, durch den ein Streifen Licht fällt. Mein Körper findet hier drinnen kaum Platz, meine Beine werden gegen mein Kinn gedrückt. Ich sitze lange Zeit still da. Unsere heimliche Höhle. Als die Augen sich an das Halbdunkel gewöhnt haben, gelingt es mir mit etwas Mühe, das Aquarell aus der Jacke zu ziehen. Es ist sehr präzise gearbeitet, fast fotografisch genau. Man kann dort, wo das T-Shirt heruntergerutscht ist, sogar Robins Nabel sehen. Ich kriege einen Kloß im Hals, als ich seinen dünnen Körper betrachte. Er ist aus meinem Leben verschwunden und eigentlich erst jetzt wieder aufgetaucht. Robin war da. Wir haben uns unter der großen Fichte an Eichhörnchen angeschlichen und im Moorsumpf Kaulquappen gefangen. Er wollte mit meinem kleinen Finger im Mund einschlafen. Jetzt ist er nicht mehr da. Mein kleiner Bruder. Der mir wie ein Schatten folgte. Es konnte mich verrückt machen, ihn immer an den Fersen zu haben, aber sobald er lachte und einen Purzelbaum schlug, war alles wie weggeblasen. Er war das Beste, was ich hatte.

Ein paar Tränen rinnen mir herunter, ohne dass ich sie wegwische. Der Schmerz in der Brust lässt mich den Atem anhalten. Ich habe seit vielen Jahren nicht mehr so intensiv um Robin getrauert. Einerseits, weil es wehtat, andererseits, weil es niemand anders in der Familie zu tun schien. Papa vielleicht, aber er hat vor allem gesoffen.

Ich drücke die Zeichnung an meine Brust und lehne den Kopf gegen die Wand. Hier haben wir uns immer versteckt. Zusammengepresst wie siamesische Zwillinge. Genau vor mir entdecke ich plötzlich einen Zettel, der in einem Spalt steckt. Ich ziehe ihn heraus. Die Buchstaben sind groß und krakelig. *RETTE UNS VOR DER WEIẞEN DAME.* Ich erschaudere am ganzen Körper. War das die Weiße Dame auf dem Speicher, oder war es die andere weiße Dame im Haus? Mit den unlackierten Nägeln und den Händen, die uns auf die Wangen schlagen durften, ohne dass wir begriffen, warum. Haben wir hier drinnen Schutz gesucht? Ich versuche, mich zu erinnern. Als ich den Kopf drehe, sitzt Robin neben mir. Sein lockiges Haar, seine langen Wimpern. Seine schmale Hand liegt auf meinem Knie.

Er sieht ängstlich aus.

»Was hast du da drin gemacht?«

Veronica steht mit einer Kanne in der Hand in der Küchentür. Ich winde mich aus dem Stauraum und richte mich auf.

»An Robin gedacht«, sage ich.

»Aber Emmie … gibt es nichts anderes, woran du denken solltest?«

»Wie zum Beispiel?«

»Wie zum Beispiel, was du mit deinem Leben anfangen willst. Das ist doch viel wichtiger als … Was hast du da?«

Veronica hat das Bild in meiner Hand entdeckt.

»Ein Aquarell.«

»Wo hast du das her?«

»Von diesem Künstler, Lundgren. Ich hab es in seinem Atelier gefunden.«

Veronica donnert beinahe mit der Kanne gegen den Türrahmen. Sie verpasst ihn um einen Zentimeter.

Ich halte das Bild vor ihr hoch.

»Siehst du das Kleid? Das muss ja wohl ich sein. Und der Junge muss Robin sein. Siehst du das T-Shirt? Es ist in dem Sommer gemalt worden, in dem er …«

Veronica tritt einen Schritt vor und reißt mir das Bild aus der Hand.

»Du kannst doch nicht einfach seine Bilder stehlen! Bist du verrückt geworden? Bist du einfach hingegangen und hast es dir genommen?«

»Was zum Teufel meinst du damit?«, fauche ich. »Ich hab es nicht geklaut. Ich hab es genommen, weil ich wissen wollte, warum er uns gemalt hat!«

»Das geht dich gar nichts an!«

Veronica dreht sich mit dem Bild in der Hand um. Ich zerre an ihrem Arm.

»Das geht mich wohl was an! Ich bin hier gemalt worden. Warum bist du so wütend?«

Veronica hält inne und senkt den Arm mit dem Bild. Ihr Gesicht ist dicht an meinem.

»Weil du es die ganze Zeit verdirbst«, sagt sie mit sehr beherrschter Stimme.

»Wem?«

Ich beiße mir fest auf die Unterlippe. Ich habe mich seit Langem nicht mehr so gefühlt. Ich habe vor Kurzem einen Ort verlassen, an dem die Abstumpfung alle Frustration verschwinden ließ. Jetzt vibriert mein ganzer Körper. Nicht genug damit, dass sie rasend wird, weil ich mir dieses Bild ausgeliehen habe. Ich verderbe es offenbar auch allen anderen hier. Ohne zu wissen, wie. Ich sehe das gelbe Kleid an der Wand an. Das Lundgren gemalt hat. Als ich es herunternehme, klaffen mir die Löcher in der Wand entgegen. Aber diesmal sind es mehr. Deutlich mehr. Ich ahne, wer sie gemacht hat. Veronica versucht, mich zu quälen. Mich aus ihrem perfekten Leben zu verscheuchen. Die Übelkeit steigt in mir auf, und ich hänge das Kleid wieder über die Löcher. So leicht wird sie mich nicht los.

Die Lampe im Esszimmer brennt. Keine Kerzen an diesem Abend. Papa sitzt am Tischende und zupft ein paar Fichtennadeln aus seinem Norwegerpulli. Oliver hat ein Comicheft auf dem Schoß, in dem er heimlich liest. Und Veronica serviert ihr geschmackloses Roastbeef, ohne eine Miene zu verziehen. Niemand sagt ein Wort. So ist es immer in dieser Familie. Ausbrüche und Peinlichkeiten werden mit Wein oder Schweigen hinuntergespült.

»Kann ich einen Schluck haben?«, frage ich und strecke mein Glas in Richtung der Flasche, die vor Veronica steht.

»Ich dachte, du magst keinen Wein mehr?«, sagt sie.

»Tu ich auch nicht, aber jetzt gerade will ich welchen. Ist das ein Problem?«

»Überhaupt nicht«, sagt sie, aber ihre Hand ist unsicher, als sie das Glas füllt. Es läuft beinahe über.

»Prost«, sage ich und nehme einen Schluck.

Veronica prostet nicht zurück, obwohl sie die Einzige ist, die ebenfalls Wein trinkt. Schon als wir uns hingesetzt haben, fand ich es seltsam, dass sie Weingläser gedeckt hat, im Hinblick auf Papa. Aber das ist nicht meine Sache. Sie haben ja fünf Jahre nicht mehr miteinander geschlafen, also gibt es sicher auch sonst spezielle Spielregeln zwischen ihnen.

Das Roastbeef schmeckt mehr oder weniger nach nichts. Veronica würzt fast nie etwas. Ich mahle ordentlich Pfeffer über meinen Teller und salze kräftig. Ich sehe, dass sie es zur

Kenntnis nimmt, und lächele ihr zu. Ich bin immer noch wütend.

»Aber wir wollen doch sicher jetzt nicht die ganze Zeit stumm dasitzen«, sagt sie plötzlich. Ihre Stimme klingt forciert. »Hab ich schon von damals erzählt, als ich Isabella Rossellini für eine italienische Modezeitung fotografiert habe?«

»Ja, hundertmal«, sagt Papa.

Aber Veronica fährt fort, als hätte sie ihn nicht gehört.

»Das war wirklich sehr witzig. Sie war ja, und ist es wohl immer noch, eine große Berühmtheit, und ich war vor dem Treffen ziemlich nervös. Ich hatte dreißig Minuten bekommen, in einem Raum, den irgendeine Produktionsfirma ausgewählt hatte. Er hatte bunte Tapeten und war voller Blumen. An der einen Wand stand ein gigantischer Porzellanhund. Ich fragte sie, ob sie wolle, dass ich die Bilder aus einem bestimmten Winkel mache, viele Promis sind ja sehr empfindlich, was die Perspektive auf ihr Gesicht angeht. Sie nicht, ganz im Gegenteil. Sie sagte, ich könne Bilder machen, wovon ich wolle, Hauptsache, wir würden fertig. Also hab ich angefangen, sie von allen Seiten zu fotografieren.«

Oliver versucht, eine Erbse am Tellerrand entlangzurollen. Papa sieht aus, als wäre er im Halbschlaf. Aber ich höre zu. Ich frage mich, worauf sie hinauswill. Ob es nur ein verzweifelter Versuch ist, den Ausbruch im Flur zu übertünchen. Zu demonstrieren, dass sie ihn abgehakt hat. Oder ob sie einfach allgemein nervös ist. Was sie wohl mit dem Aquarell gemacht hat?

»Wie auch immer«, fährt sie fort. »Um eine lange und sehr spannende Geschichte kurz zu machen: Ich sollte zum Schluss noch ein Foto von Isabella auf dem Sofa schießen, und als ich an der Wand entlangrutschte, um den richtigen Winkel zu finden, stieß ich plötzlich gegen diesen gigantischen Porzellanhund, der umkippte, auf den Boden fiel und in tausend Stücke zersprang. Kapiert ihr?«

Veronica sieht sich mit aufgeregten Augen am Tisch um. Als hätte sie eine Neuigkeit von Weltrang verkündet. Niemand reagiert. Es ist eine ziemlich pointenlose Geschichte.

»Kann ich noch ein bisschen Wein haben?«, frage ich.

Veronica verzieht den Mund zu einer Grimasse und schiebt die Flasche herüber. Ich fülle mein Glas auf und nehme einen Schluck. Papa steht auf und schiebt seinen Teller weg.

»Ich hab draußen einen ordentlichen Haufen Reisig zusammengesammelt, wollen wir nicht rausgehen und ein Feuer machen und Marshmallows grillen und … ja, es uns gemütlich machen?«

Ich spüre eine Art warme Zärtlichkeit für ihn. Er will absolut nicht rausgehen und es sich gemütlich machen, das sehe ich. Aber er versucht es. Er will, dass es sich so anfühlt, als wären wir eine Familie. Als hätten wir etwas gemeinsam. Und wenn es nur ein paar gegrillte Marshmallows sind.

»Was für eine schöne Idee«, sage ich und kippe den restlichen Wein hinunter.

Draußen herrscht Oktoberdunkelheit. Es hat aufgehört zu regnen, aber der Reisighaufen ist natürlich feucht. Papa hat reichlich flüssigen Grillanzünder herausgeholt und sprüht den ganzen Haufen mehrmals damit ein, bevor er ihn anzündet. Nach ein paar Versuchen lodert eine hohe Flamme auf. Das Feuer erfasst langsam die Zweige. Veronica hat die Weinflasche mit nach draußen genommen. Vielleicht hat sie auch eine neue geholt. Sie gibt mir einen Plastikbecher. Natürlich, draußen trinkt man nicht aus dem Glas. Ich spüre schon den Wein vom Abendessen und will eigentlich keinen mehr, aber bevor ich sie aufhalten kann, hat sie den Becher schon bis zum Rand gefüllt.

»Prost, Emmie«, sagt sie.

Ich nicke und nippe an dem Wein. Sie nimmt mich etwas zur Seite, heraus aus dem Licht des Feuers.

»Entschuldige, dass ich vorhin im Flur ausgerastet bin«, flüstert sie. »Ich hatte gerade einen Migräneanfall und war nicht richtig bei mir. Du hast dieses Bild natürlich nicht gestohlen, das war idiotisch ausgedrückt. Tut mir leid. Ich bringe es morgen zurück.«

Ich will gerade sagen, dass ich mitkommen will, als Papa uns unterbricht.

»Was gibt es da zu flüstern?«, fragt er.

»Es geht um dich«, antwortet Veronica weich. »Wir bewundern deine Feuertechnik.«

Ihr Lächeln verunsichert Papa. Er wendet sich wieder den Flammen zu. Das Feuer hat ordentlich Fahrt aufgenommen und wärmt uns in der kühlen Luft. Alle stellen sich darum herum, niemand zu nahe am anderen. Papa steckt zähe Schaumkissen auf dünne Zweige und gibt sie uns. Jeder darf selbst grillen. Oliver hält seinen Spieß zu nah ans Feuer und verbrennt versehentlich seinen ersten.

»Kannst du nicht mal Marshmallows grillen?«, sagt Papa mit hörbar genervter Stimme. Als ob einer mehr oder weniger eine Rolle spielen würde.

Oliver steckt ein paar neue darauf und versucht es wieder. Sogar Veronica hat Probleme mit ihren – nicht damit, sie zu grillen, sondern damit, sie zu essen, ohne sich die Finger und die Lippen zu verschmieren. Sie reißt den Mund auf, als wolle sie die Titanic verschlingen. Trotzdem schafft sie es, weißes

Zeug ans Kinn zu kriegen. Ich weise sie darauf hin. Ihre Bewegung mit der Hand erfolgt blitzschnell.

Ich selbst liebe die süße, klebrige Masse. Das einzig Nervige ist, dass sie zwischen den Zähnen hängen bleibt. Die Zunge muss ordentlich arbeiten, um sie wegzubekommen.

»Jetzt bin ich mit einer kleinen Geschichte dran«, sagt Papa.

Er will offenbar nicht schlechter dastehen als Veronica.

»Es war, als ich im Norden von Kenia auf eine Herde Wasserbüffel gestoßen bin.«

Diese Geschichte habe ich definitiv schon gehört, in mehreren unterschiedlichen Versionen. Ich verliere schnell den Kontakt zu seiner Stimme und lasse den Blick ins Feuer gleiten. In die Flammen. In das Verschlingende. Harte, kräftige Äste, die sich vor meinen Augen in Staub und Asche verwandeln. Der Anblick beruhigt mich. Bei Löchern werde ich starr vor Schreck und bei Flammen ruhig.

»Können wir nicht alle zusammen ums Feuer tanzen?«, sagt Papa hoffnungsvoll.

Niemand findet die Idee gut. Papa zuckt mit den Schultern und stochert an ein paar brennenden Ästen herum. Anscheinend ist er mit der Geschichte fertig. Veronica kommt an meine Seite.

»Hör mal«, sagt sie und senkt die Stimme, »ich hab herumtelefoniert und mich wegen einer Wohnung umgehört. Monica ist ja mit einem Immobilienbesitzer verheiratet, er hat praktisch überall in der Stadt Mietshäuser. Ich hab mit ihm gesprochen und deine Lage erklärt, und er hat sofort verstanden. Es gibt da eine Einzimmerwohnung in der Skeppargatan, die er aus der Wohnungsvermittlung rausschmuggeln konnte. Wir könnten sie uns schon morgen anschauen. Wärst du interessiert?«

Sie will mich wirklich hier weghaben.

»Nein danke«, sage ich liebenswürdig.

Plötzlich springen ein paar große Funken aus dem Feuer und setzen ein Stück weiter weg das Gras in Brand. Wie können sich die Flammen dort halten? Hat er Grillanzünder verschüttet? Das Feuer kriecht knisternd durch das Reisig in Richtung Haus. Papa sieht, was passiert, stürzt nach vorn und versucht, es auszutreten. Es hilft nichts. Es verbreitet sich immer schneller.

»Wasser!«, schreit er. »Wir müssen Wasser holen!«

Oliver rennt sofort ins Haus, während Veronica ein paar Fichtenbüschel zu fassen bekommt und anfängt, auf die Flammen einzuschlagen. Ich selbst stehe völlig still da.

Es dauert nicht lange, bis die Flammen bei der staubtrockenen Holzveranda angekommen sind. Was passiert, wenn sie Feuer fängt, ist ein interessanter Gedanke. Vermutlich verschwindet das ganze Erbe. Aber gerade, als die Flammen langsam am Holzgeländer zu lecken beginnen, kommt Papa und zieht den Gartenschlauch heran. Fast manisch spritzt er über alles, was glimmt und funkelt. Endlich schafft er es, die Flammen zu ersticken, und sinkt gegen die geschwärzten Bretter des Geländers. Da kommt Oliver mit einem Eimer voll Wasser herausgerannt. Einiges schwappt auf seine Hose.

»Du verdammter Trödelhannes! Was soll der denn jetzt noch helfen? Schütt ihn dir über den Kopf, dann wachst du vielleicht auf!«, schreit Papa.

Oliver lässt den Kopf sinken und schüttet das Wasser auf dem Boden aus. Sein ganzer Körper fällt zusammen. All meine Zärtlichkeit für Papa verschwindet augenblicklich. So etwas macht man nicht mit seinem Kind. Ich wende mich um, um Veronicas Reaktion zu sehen – Oliver ist ja ihr Schützling.

Aber sie ist nicht da.

Meine Kleider riechen nach Rauch. Ich ziehe sie aus und schlüpfe in mein Schlafshirt. Als ich auf dem Rücken im Bett liege, rauscht es in meinem Kopf. Nicht ganz nüchtern. Hoffe, ich wache nicht mitten in der Nacht auf und wälze mich stundenlang von einer Seite zur anderen. Ich hab das schon öfter erlebt. Als ich um die zwanzig war, hab ich ziemlich viel gesoffen. Hab getrunken, was gerade da war, und bin oft völlig dicht in irgendeinem Bett aufgewacht. Das war keine schöne Zeit. Es ging mir beschissen, ich war fast immer deprimiert. Alkohol war für mich eine Möglichkeit zu verschwinden. Für den Moment. Das Gefühl, wieder besoffen zu sein, ist gerade völlig okay. Es vollendet den grauen Schleier, aber es lässt ihn auch verschwinden und schwächt den Druck um die Brust ab. Vielleicht ist genau das Papa passiert, als ich aufgetaucht bin. Vielleicht hat er gesoffen, um den Druck zu erleichtern.

Da höre ich das Geräusch von der Zimmerdecke. Das Knirschen. Die Weiße Dame ist wieder in Bewegung. Schleppt da oben ihre toten Kinder herum. Ich setze mich kerzengerade im Bett auf.

Als ich ein paar Schritte in den Flur hinaus gehe, sehe ich, dass die Speichertür leicht angelehnt ist. Das Vorhängeschloss ist weg. Langsam strecke ich die Hand aus und schiebe die Tür auf. Sie quietscht, und ich spüre, wie mein Herz schneller schlägt. Vor mir liegt eine ziemlich lange, schmale Holztreppe. Ich versuche, ihr mit dem Blick bis zum Ende zu folgen, aber dort oben ist es dunkel. Ich kann die letzten Stufen nicht sehen. Alle Geschichten, die Papa über den Speicher erzählt hat, beginnen sich in meinem Kopf zu drehen. Für einen Moment sehe ich etwas Weißes vorbeiflattern. Ich beschließe, dass es der Wein ist, der in meinem Kopf spukt, und gehe hinauf. Die Taschenlampe meines Handys beleuchtet die Treppe.

Der Speicher ist groß und nicht sonderlich voll. Da stehen ein paar Kartons und alte Gartenmöbel, aber ansonsten ist es ziemlich leer. Eine Leiter noch und ein paar Planken. Ich halte am Ende der Treppe inne und lausche. Das knirschende Geräusch ist immer noch da, und hier oben ist es lauter. Ganz hinten auf der anderen Seite des Raumes fällt ein wenig Mondlicht durch ein kleines Speicherfenster. Ich mache ein paar vorsichtige Schritte darauf zu und versuche gleichzeitig, mich horchend zur Geräuschquelle vorzutasten. Das Knirschen wird stärker und stärker, je weiter ich komme.

Schließlich sehe ich es.

Ein ganzes Stück über dem kleinen Speicherfenster liegt die Erklärung für das Geräusch. Das Geräusch, das mich seit meiner Kindheit verfolgt hat. Es gibt keine Weiße Dame, die mit ihren langen Nägeln kratzt. Hinter jedem der Dachbalken sitzen Wespennester in verschiedenen Größen. Es sind unglaublich viele. Manche riesengroß, andere nur wie ein Apfel. Alle kaputt und verlassen. Bis auf eines. Im Gebälk genau über der Treppe sitzt ein gigantischer Bau, der noch bewohnt ist. Zwischen zehn und zwanzig etwas träge Wespen fliegen um das Nest und an der Decke herum. Ich stehe völlig regungslos da. Ich will nicht zu nahe heran, will ihr Leben nicht stören, ihr Heim. Das tue ich schon in anderer Hinsicht. Ich setze mich schweigend neben das Fenster, um die Wespen zu betrachten. Das Licht des Fensters erleuchtet nur etwa einen Quadratmeter des Bodens vor mir, aber es beruhigt mich zu wissen, dass sie da sind. Zum ersten Mal fühle ich mich mit dem knirschenden Geräusch sicher.

Eine der Wespen kommt angeflogen und landet einen halben Meter vor mir auf dem Boden. Ein paar Sekunden bewegt sie sich nicht, dann krabbelt sie näher. Ich rühre mich nicht vom Fleck. Die kleine Wespe entfaltet vorsichtig ihre Flügel und hebt vom Boden ab. Ich folge ihr mit dem Blick, während sie auf meinem rechten Arm landet. Ich lasse sie dort sitzen. Als sie langsam beginnt, weiter hinaufzukriechen, in Richtung Hals, halte ich ganz still. Ich beuge den Kopf vorsichtig zurück und erwarte den Stich. Ich will ihn spüren. Die Beine der Wespe kitzeln leicht auf der Haut. Sie kriecht meine Kehle hinauf, über die Wange und stoppt einen Zentimeter vor meinem geschlossenen Mund. Ich halte den Atem an. Mehrere Sekunden lang sitze ich mit der Wespe an meinen Lippen da. Plötzlich hebt sie ab und fliegt unsicher zurück zum Nest.

Ich kann jetzt mehr vom Raum sehen. Zuerst denke ich, meine Augen haben sich an die Dunkelheit gewöhnt, doch dann begreife ich, dass es noch eine weitere Lichtquelle unten vor dem Fenster gibt. Ein flammendes gelbes Licht sickert in den Speicher. Ich stehe auf und blicke aus dem kleinen Fenster.

Unten im Garten steht Veronica neben dem Lagerfeuer. Sie hat es wieder angefacht. Ich lehne mich dichter an die Scheibe. Mit einer blitzartigen Bewegung wirft Veronica etwas in die Flammen. Dann dreht sie sich um und läuft schnell über das Grundstück. In Richtung Strand.

Eine dunkelgraue Jacke liegt auf dem Stuhl neben der Kommode im Flur. Ich reiße sie an mich und öffne die Eingangstür.

Draußen ist es eiskalt.

Ich finde sie ziemlich schnell. Oder eher ihre Lampe. Eine starke Taschenlampe. Sie ist auf dem Weg zum Steg.

Ich halte mich ein Stück hinter ihr. Es ist stockdunkel, und ich muss aufpassen, um nicht über Steine oder Treibholz zu stolpern. Keine Chance, dass sie mich sieht, wenn sie sich umdreht – nur ein Geräusch kann mich verraten. Sie ist auf dem Weg zu den Bootshäusern. Ich gehe ein Stück vom Strand weg nach oben und sehe, wie sie auf den Steg tritt. Sie stellt die Lampe ab, steigt ins Ruderboot, löst das Tau und nimmt die Lampe wieder. Mit der einen Hand stößt sie das Boot ab und beginnt zu rudern. Mit gleichmäßigen, ruhigen Zügen. In der Stille kann ich sie bis zum Strand hören.

Sie rudert zur Kormoraninsel.

Es gibt in dieser Richtung nichts als die Kormoraninsel.

In der Dunkelheit ist es unmöglich, das Boot selbst zu sehen, aber die Lampe leuchtet hell über das Wasser. Dann bleibt der Lichtkegel stehen. Sie ist da.

Es dauert eine Weile, bis ich sehe, wie sich das Licht über die Insel dort draußen bewegt. Sie trägt die Lampe vor sich her. Ich gehe bis zum Ende des Stegs und versuche, ihr so weit wie möglich mit dem Blick zu folgen. Da verschwindet das Licht. Entweder sie hat es ausgeschaltet, oder sie ist hinter einer Klippe. Ich stehe völlig regungslos da und starre hinüber. Von der Kälte oder meiner Betrunkenheit spüre ich nichts.

Veronica ist mitten in der Nacht zur Kormoraninsel hinausgerudert.

Ich kann mir keinen Reim darauf machen.

Da höre ich etwas, das ich nie vergessen werde. Es beginnt wie ein lautes Geräusch von der Insel her. Ein eintöniges Geräusch, wie eine Stimme. Ein klagender, zitternder Schrei, der über das stille Wasser bis zu mir herüberrollt. Ich kriege eine Gänsehaut. Es ist Veronicas Stimme. Sie ist es, die da heult.

Das Lagerfeuer ist zu Glut verglommen, als ich in den Garten zurückkomme. Ich gehe hin, um mir die Hände zu wärmen.

Die Äste sind verbrannt. Mein Blick fällt auf das Einzige, das nicht zu Asche geworden ist. Ich beuge mich hinunter. Es sieht aus wie der Rand eines Rahmens. Mit einer Ecke Aquarellpapier. Es ist ein wenig außerhalb gelandet. Ich schiebe etwas Glut hin, um Licht zu bekommen. Neben dem dunklen Rahmen ist ein Stück von Lundgrens zierlicher Signatur auf dem Papier zu sehen.

4

Ich versuche wirklich, mich zu erinnern, an das heranzukommen, was ich nicht mehr weiß. Das, was verschwindet, als ich sieben Jahre alt bin. Ich kämpfe.

»Ihnen bleibt nicht viel anderes übrig«, sagt der Mann.

Es ist eher eine trockene Feststellung als ein Versuch von Sympathie. Aber das ist okay für mich. Vor einer Weile hat der Mann sich auf ein kleines grünes Sofa gesetzt, bei der Stehlampe. Er hat mir vorgeschlagen, dass ich mich danebensetze.

»Ich ziehe es vor, Ihnen von Angesicht zu Angesicht gegenüberzusitzen«, habe ich gesagt.

Mich neben ihn zu setzen, wäre ein Grad von Intimität, den ich nicht möchte.

»Sie haben von einem Berg von Schuld gesprochen«, sagt er und legt das eine Bein über das andere.

»Eher von Schuldgefühlen.«

»Die Sie hatten?«

»Ja.«

»Weswegen?«

Ich weiß nicht recht, wie ich es so formulieren kann, dass er es versteht. Es geht um viel mehr, als ich beschreiben kann.

»Weil ich das Gefühl hatte, als Tochter gescheitert zu sein«, sage ich.

»Warum haben Sie sich so gefühlt?«

»Ich habe mich nicht einfach nur so gefühlt. Es war absolut greifbar in allen möglichen Situationen. Meine Eltern haben sich für mich geschämt. Das ist ein ziemlich scheußliches Gefühl.«

»Können Sie mir ein Beispiel geben?«

Ich kann tausend Beispiele geben, auf unterschiedlichen Ebenen, aber ich nehme das, was mir als Erstes in den Sinn kommt.

»Veronicas Schwester sollte einen holländischen Diplomaten heiraten«, sage ich. »Die Hochzeit sollte in der Botschaft stattfinden, mit einem großen Fest. Zwei Tage davor rief Veronicas Schwester an und verlangte, ich solle nicht mitkommen. Veronica verstand. Zu mir sagte sie, es gebe Menschen, die sich Sorgen machten, wie ich mich benehmen würde. Sie fand, es wäre am besten, wenn ich zu Hause bliebe, ansonsten bestünde die Gefahr, dass es peinlich für sie und ihre Schwester werden würde. Ich war damals neunzehn Jahre alt, und meine Mutter schämte sich für mich.«

»Hatte sie einen Grund, das zu tun?«

»Nicht in meinen Augen, aber offenbar in ihren. Ich war ein Fleck auf ihrem Kleid.«

Der Mann betrachtet mich und fährt mit der Hand durch sein Haar. Ich versuche, ihn nicht als Fremden zu betrachten. Er ist ein Fremder, aber ich muss ihn als Vertrauten sehen. Zumindest in gewissem Sinne. Ich erzähle ihm sehr persönliche Dinge, und er tut nicht viel mehr, als zu nicken oder sich eine kurze Notiz zu machen. Heute hat er keinen Block vor sich.

»Fühlen Sie sich immer noch so?«, fragt er.

»Schuldig?«

»Ja.«

»Nein, nicht auf diese Art. Ich habe mich auf der Insel damit auseinandergesetzt.«

Er nickt und steht vom Sofa auf. Er hat eingesehen, dass ich mich nicht neben ihn setzen werde. Als er auf seinen gewohnten Stuhl sinkt, im Halbdunkel, ist alles wieder vertraut.

»Na dann«, sagt er.

Im Flur ist eine der Türen angelehnt. Die Tür zum Schlafzimmer meiner Eltern. Veronica sitzt vor einem großen, weiß gestrichenen Schminktisch mit zugehörigem Spiegel. Sie hebt vorsichtig einen Lippenstift und nimmt den Deckel ab. Er ist knallrot und erinnert an ihren Nagellack. Sie führt den Lippenstift zum Mund und malt einen scharfen, etwas zu groben Rand auf die Oberlippe. In der nächsten Sekunde nimmt sie ein Kosmetiktuch und wischt den Lippenstift ab, um sofort von Neuem zu beginnen.

»Hallo. Hast du einen Rasierer, den ich mir leihen kann?«

Veronica zuckt zusammen. Der Lippenstift landet eine Spur außerhalb der Oberlippe. Sie sieht mich im Spiegel an.

»Was willst du damit?«

»Mir die Beine rasieren.«

»Ist das wirklich nötig?«

Ich hebe die Augenbrauen. Sie hat Angst, mir einen Rasierer zu leihen. Sie hat keine Ahnung.

»Du hast rausgemalt«, sage ich.

Sie reißt ein neues Tuch heraus und beginnt die Lippen abzureiben.

Oliver sitzt allein am Küchentisch und spielt an irgendetwas vor sich herum. Erst denke ich, es ist sein Handy, aber als ich ihm über die Schulter sehe, wird eine Mausefalle sichtbar. Ich bleibe direkt hinter ihm stehen. Er zieht den Bügel der Falle langsam nach oben, steckt seinen Mittelfinger darunter. Dann lässt er ihn zuschnappen.

Ich fahre zusammen.

»Warum machst du so was?«, sage ich schnell und vielleicht etwas zu laut. Oliver hat nicht bemerkt, dass ich hinter ihm stehe, und das Geräusch meiner Stimme lässt ihn zusammenzucken. Er zieht den Finger heraus. Ich kann einen lila-blauen Streifen erahnen, bevor er die Mausefalle wegschiebt und die Hand unter den Tisch steckt.

»Ich wollte ausprobieren, wie es sich anfühlt … eine Maus zu sein. So den Nacken gebrochen zu kriegen.«

Er sagt es ziemlich leise, während er die Falle vor sich betrachtet. Ich ziehe einen Stuhl heraus und setze mich neben ihn.

»Tut das nicht weh?«, frage ich.

»Doch.«

Ich spüre einen Stich von Sorge um meinen kleinen Bruder.

Ich stand im Badezimmer. Die Wände waren von türkisfarbenen Kacheln bedeckt. Meine Atemzüge wurden immer schneller, im Takt meiner Herzschläge. Ich blickte auf meinen Brustkorb hinunter. Er hob und senkte sich. Ich hielt mich krampfhaft am weißen Porzellanwaschbecken fest und versuchte, meinen Atem zu beruhigen. Auf dem einen Rand des Waschbeckens lag eine Zahnbürste. Sie war hellrosa mit weißen Borsten. Sie sahen weich aus. Dann ging alles ganz schnell. Ich nahm die Zahnbürste und führte sie mit einem Ruck zu meinem Auge. Als der rosa Schaft ein paar Millimeter von der Hornhaut entfernt war, schloss ich das Augenlid, aus reinem Reflex. Die Zahnbürste bohrte sich in mein geschlossenes Auge. Ich schrie.

Oliver sieht beschämt aus. Als wäre er ertappt worden. Ich will nicht, dass er sich so fühlt, und versuche, auf ein anderes Gesprächsthema zu kommen.

»Ist Papa oft so?«, frage ich. »Wie er gestern war? Am Feuer. Ist er gemein zu dir?«

»Weiß nicht … manchmal.«

»Warum denn?«

»Hm … er mag es nicht, dass ich drinnen sitze und game, er findet, ich sollte draußen sein und mich bewegen.« Er zögert kurz. »Manchmal fühlt es sich so an, als ob er mich nicht mag.«

Sein Körper sinkt eine Spur zusammen. Seine knochigen Schultern beugen sich nach vorn.

»Warum glaubst du das?«, frage ich.

Oliver beginnt an der Mausefalle herumzufingern.

»Manchmal denke ich, es ist wegen ihm«, flüstert er.

»Wem … Robin?«

Oliver sieht auf. »Niemand hat mir von ihm erzählt, außer dass es ihn gab und dass er ertrunken ist. Ich weiß kaum, wie er aussah. Wie war er?«

»Wie du«, sage ich. »Ein kleiner Bruder.«

»Er war wie ich?«, sagt Oliver mit einer Stimme, die fast ein bisschen hoffnungsvoll klingt.

»Sowohl als auch … er war, wie er war. Du bist du. Außerdem war ich ja noch klein, als er gelebt hat. Wir hatten ein anderes Verhältnis. Als du kamst, war ich schon fast ein Teenager.«

»Du warst elf«, berichtigt er rasch.

»Okay, dann eben elf.«

Oliver sieht mir in die Augen. »Mochte Papa ihn?«

»Ja, klar. Er mag dich auch … nur vielleicht auf eine andere Art«, sage ich.

»Papa hat mir einmal ein Bild von Robin gezeigt. Er war mir überhaupt nicht ähnlich.«

»Vielleicht nicht im Aussehen«, sage ich etwas unsicher.

»Weißt du, was er gesagt hat, als er mir das Bild gezeigt hat?«, sagt Oliver.

»Nein, was denn?«

»Er kommt nie mehr zurück.«

Ich sehe die Trauer in seinen Augen. Ich will ihn umarmen. Aber er steht auf, bevor ich die Arme heben kann.

»Sag Mama nichts«, sagt er. »Über die Falle.«

Ich folge seinem Rücken mit dem Blick, als er die Küche verlässt. Es ist nicht leicht, wenn man spürt, dass ein Elternteil sich wünscht, man wäre nie geboren worden.

Glauben Sie mir, ich weiß das.

Ich sinke auf den Tisch, das Gesicht in den Händen.

»Warum liegt da eine Mausefalle?«

Papa zeigt auf die Falle, während er sich auf den gusseisernen Herd hievt. Seine graue Jogginghose rutscht ein wenig herunter, als er sich setzt. Sein Haar ist nicht gekämmt.

»Veronica hat heute früh eine Maus hier gesehen«, sage ich.

»Auf dem Tisch?«

»War ein Witz, sie hat sie wohl dort vergessen. Leerst du die Fallen nie?«

»Nein. Ich finde, das ist ekelhaft. Das Wimmern. Manchmal wimmern sie, wenn der Hals nur halb gebrochen ist.«

»Und du willst ein alter Kriegsreporter sein.«

Papa lacht auf. Es geht ihm gut heute. Das sieht man an seinen Augen. Sie leben. Er sollte öfter Marshmallows grillen.

»Ich hab gestern diesen Loui Svärd gesehen«, sage ich.

»Aha … wo denn?«

»Er ist mir zu einer alten Werft gefolgt.«

Papa springt vom Herd herunter. Der joviale Ausdruck verschwindet aus seinem Gesicht. Die Lippen werden schmal.

»Und … was ist passiert?«

»Ich bin weggegangen.«

»Aber was … War er … Hat er versucht, Kontakt aufzunehmen?«

»Nein. Aber ich hab ihn gefilmt. Mit dem Handy.«

»Hat er das gemerkt?«

»Vermutlich.«

Papa schüttelt den Kopf und greift nach der Streichholzschachtel neben dem Herd. Er zündet ein Streichholz an. Wir blicken beide auf die bläulich gelbe Flamme.

»Du weißt, was er getan hat«, sagt Papa. »Er ist gefährlich. Krank. So was geht nicht vorbei, Emmie. Wie lange er auch eingesperrt war, das ist nichts, was einfach verschwindet. Du solltest nicht allein hier auf der Insel herumlaufen.«

Er bläst die Flamme aus.

»Ich fahr bald in die Stadt«, sage ich und richte mich etwas im Stuhl auf.

»Fährst du nach Hause? Nach Täby?«

»Nein. Da bin ich nicht willkommen. Das hat Veronica sehr deutlich gemacht.«

»Das entscheidet nicht sie«, sagt Papa mit fester Stimme.

»Ich finde irgendwas zum Wohnen, das ist kein Problem. Hast du einen Rasierer, den ich mir leihen kann?«

»Natürlich, Süße.«

So einfach ist das. Er denkt zumindest nicht, ich will mir die Pulsadern aufschneiden. Er füllt Wasser in einen Topf und stellt ihn auf den Herd. Kaffee ist in Vorbereitung.

»Du, Papa … Warum gibt es kein einziges Foto von Robin im Haus?«

»Das musst du Mama fragen.«

»Veronica.«

Er wendet sich um, den Melitta-Filter in der Hand.

»Kannst du sie nicht wenigstens ab und zu ›Mama‹ nennen, sie würde sich so freuen.«

»Genau deshalb.«

»Magst du sie denn überhaupt nicht?«

»Wirkt es so?«

Er antwortet nicht.

Das Wasser kocht, und er gießt es vorsichtig in den Filter, den Rücken zu mir gewandt. Der Duft nach frisch gebrühtem Kaffee zieht durch die Küche.

»Sie bemüht sich«, sagt er schließlich. »Es würde dir vielleicht selbst besser gehen, wenn du sie ein bisschen reinlassen würdest.«

In die Dunkelheit?, denke ich. Gern. Sie würde sich sofort verlaufen und in einen Abgrund fallen.

»Warum kümmert dich das Verhältnis von Veronica und mir?«, sage ich. »Du und sie, ihr seid doch schon vor langer Zeit ›aneinander vorbeigegangen‹?«

»Es geht nicht um sie. Es geht um die Familie.«

»Deine oder ihre?«

»Unsere.«

Es ist fast rührend, wie er sich nostalgisch an die Vergangenheit klammert. Sentimental. Vielleicht ist das das Einzige, was er noch hat. Erinnerungen groß wie Grabsteine.

»Ich muss einen Artikel über Namibia fertig schreiben«, sagt er.

Er nimmt die Kaffeekanne mit nach draußen.

Eigentlich gibt es keinen Grund, dass ich mir die Beine rasiere. Nicht hier draußen. Es ist eher eine Gewohnheit. Dort, wo ich war, war es eine Möglichkeit, an mir selbst festzuhalten. Feste Routinen zu haben. Hier gibt es anderes, woran ich mich festhalten kann. Die Erinnerung an Robin zum Beispiel. Ich ziehe einen nackten Fuß über den schönen, gebeizten Holzboden und sehe mich um. Ich liebe diese Küche. Immer noch. Die Vitrinenschränke sind taubenblau mit hellgelben Rahmen um die kleinen Glasfenster. Veronica hatte ein Foto von

Monets Küche in Frankreich gesehen. Sie hat mir das Bild gezeigt. Ich weiß immer noch, wie der Raum aussah. Wie ein Märchenzimmer, voller mystischer Werkzeuge und Flaschen und Kräuterregale. Und Schränke in Taubenblau. Sie hat das Bild ausgeschnitten. Ich durfte es eine Weile über meinem Bett hängen haben. Dann ist es verschwunden.

Auch das.

Ich fülle ein Glas mit kaltem Wasser. Aus irgendeinem Grund schmeckt das Wasser hier draußen extrem gut. Ohne Beigeschmack. Als ich das Glas abstelle, sehe ich einen Mann draußen über den Rasen kommen. Es ist Lundgren. Sein dunkelgrüner Mantel flattert im Wind. Zwei abgetragene Schnürstiefel schreiten geradewegs auf die Veranda zu. Sein Gesicht ist flammend rot, und das Haar steht fast senkrecht nach oben, bis auf ein paar Strähnen, die an der Stirn kleben. Er scheint heftig außer Atem zu sein. Die Arme pendeln vor und zurück, um den Rest des kräftigen Körpers mitzuziehen. Als er bei der Treppe angelangt ist, hält er jäh inne. Ich lehne mich über das Spülbecken, um besser sehen zu können. Veronica tritt auf die Veranda hinaus. Sie hat ein kirschrotes, viel zu dünnes Kleid an. Beinahe schwerelos geht sie auf Lundgren zu, ohne zu grüßen. Sein Mund setzt sich sofort in Bewegung. Man sieht, dass er erregt ist. Speichelspritzer schießen zwischen seinen Lippen hervor. Veronica scheint nicht so viel zu sagen. Vorsichtig löse ich den Haken des Küchenfensters und schiebe es einen Spalt auf.

»Aber ich weiß doch, dass es hier ist! Ich hab gesehen, wie sie damit vom Leuchtturm weggegangen ist!«

Lundgren gestikuliert wild mit der einen Hand in Richtung Haus. Da öffnet Veronica den Mund.

»Ich weiß nicht, wovon du sprichst«, sagt sie ungerührt.

Lundgren starrt sie an. Ihre kühle Stimme provoziert ihn noch mehr.

»Ich hab doch gesagt, ich will nichts mit euch zu tun haben, und das meine ich auch so! Ich will kein Herumgerenne auf meinem Gelände. Das kann böse ausgehen!«

»Für wen?«

»Setz dich nicht auf ein zu hohes Ross, Veronica. Du am allerwenigsten. Du weißt, dass ich gesehen habe, was ich gesehen habe. Vergiss das nicht!«

Lundgren spuckt den letzten Satz förmlich aus und wedelt mit dem Zeigefinger vor Veronica herum. Ich sehe sie nur im Profil. Sie wirkt starr, selbst für ihre Begriffe. Ich bin vollkommen auf das Gespräch konzentriert und merke nicht, dass mein Arm langsam zum Hebel des Wasserhahns vor mir heruntergesunken ist. Ein schnelles, hartes, strömendes Geräusch ertönt. Mein ganzer Arm wird von heißem Wasser geflutet. Ich schreie auf und mache den Hahn zu. Als ich wieder nach draußen sehe, haben sowohl Veronica als auch Lundgren sich in meine Richtung umgedreht. Ich ducke mich hinter die Spüle. Scheiße!

Bereits auf dem Weg ins Badezimmer habe ich angefangen zu hyperventilieren. Ich vermeide es, auf meinen Brustkorb hinunterzuschauen. Ich weiß, dass er pumpt.

Der Toilettendeckel. Ich klappe ihn herunter und setze mich, um meinen Körper wieder unter Kontrolle zu bekommen. Augen zu. Es ist gut, die Augen zu schließen. Die Lippen zusammenzupressen. Die Beine zusammenzuhalten. Es beginnt in den Händen zu stechen. Die Fingerspitzen verlieren langsam das Gefühl, als wären sie …

Hier unterbricht mich der Mann mitten im Satz. Das tut er fast nie. Es dauert ein paar Sekunden, bis ich wieder im Raum anwesend bin.

»Hatten Sie eine Panikattacke?«, fragt er.

Ich lege den Kopf schief und sehe ihn an. Will er, dass ich nie fertig werde? Warum unterbricht er mich mit unnötigen Fragen?

»Ja, vermutlich«, sage ich.

»Warum?«

»Weil ich beim Lauschen ertappt wurde, nehme ich an. Ich hatte das Aquarell ja genommen. Es wäre gut, wenn Sie mich in Zukunft nicht mehr unterbrechen würden. Zumindest nicht mitten im Fluss.«

»Nein, natürlich, Entschuldigung.«

Er sieht nicht so aus, als würde er es wirklich meinen, aber ich habe keine Zeit, ihn zu analysieren. Unsere Rollen sind anders herum.

Ich bekomme den Atem unter Kontrolle. Nach ein paar Sekunden wage ich es, die Augen wieder zu öffnen, aber die Gefahr ist noch nicht vorüber. Auf dem Waschbeckenrand liegt eine Zahnbürste. Sie ist dunkelblau mit weißer Schrift darauf. Ich gehe zum Waschbecken. Zur Zahnbürste. Neben ihr liegt eine runde gelbe Seife. Ich betrachte die beiden Gegenstände. Als ich den Blick hebe, sehe ich meine Augen im Spiegel. Braune Augen, große. Überwölbt von kräftigen Augenbrauen. Mit einem anderen Selbstbild hätte ich sie schön gefunden. Ich schaue auf die Zahnbürste hinunter. Mit einer schnellen Bewegung stoße ich sie ins Waschbecken und nehme die gelbe Seife in die Hand. Sie ist weich und glatt. Ich drehe den Hahn auf und beginne mir die Hände zu waschen. Lange, lange, und dann noch einmal.

Vor einer Weile hat mich eine gut ausgebildete Person über Zwangsstörungen aufgeklärt. Ich hatte gefragt, warum ich so oft das Bedürfnis habe, mir die Hände zu waschen. Extrem häufig und unglaublich sorgfältig. »Eventuell leiden Sie an OCD«, sagte sie. »Obsessive-Compulsive Disorder. Sie waschen sich vielleicht die Hände, um Zwangsgedanken zu kanalisieren.«

Ich hebe die Hände zum Gesicht. Ist es das, was ich gerade tue? Meine Zwangsgedanken zu der Zahnbürste kanalisieren? Ich drehe den Hahn zu und schalte die Dusche ein.

Der Frotteebademantel scheuert an meinen nackten Fußgelenken. Er ist nicht so weich und angenehm, wie er sicher einmal war. Jetzt ist er rau und steif. Als wäre er unzählige Male gewaschen worden. Ich mache einen weiteren Knoten in das Band um die Taille.

Veronica hat sich umgezogen. Das kirschrote Ding ist durch einen grauen Strickpullover ersetzt worden. Was sie dazu trägt, ist nicht zu sehen, weil sie mit einer großen hellblauen Tasse vor sich am Tisch sitzt. Sie tunkt vorsichtig einen Teebeutel hinein. Rauf und runter. Ich gehe zum Kühlschrank und hole eine Packung Saft heraus. Sie sagt nichts. Es ist, als hätte sie nicht bemerkt, dass ich ins Zimmer gekommen bin. Ich nehme ein Glas aus einem der Küchenschränke, fülle es mit Saft und schütte alles auf einmal in mich hinein. Dann knalle ich das Glas etwas zu fest auf die Arbeitsfläche. Keine Reaktion. Schließlich räuspere ich mich.

»Was wollte Lundgren?«

Immer noch nichts. Veronica tunkt weiter den Teebeutel in die Tasse. Wie viel Tee, glaubt sie, kriegt sie aus dem Scheißbeutel heraus? Endlich hält sie in der Bewegung inne, hebt den

Teebeutel über die Tasse und lässt die letzten Tropfen ablaufen. Dann legt sie ihn sorgsam auf einen kleinen Teller daneben. Ohne auf die Tischdecke zu tropfen.

»Warum läufst du im Bademantel herum?«, sagt sie in einem skeptischen Tonfall und hebt dabei eine Augenbraue.

»Ich hab meine Zwangsgedanken weggeduscht«, antworte ich, ohne die Miene zu verziehen.

»Geht das so leicht?«

»Wenn man die Routine hat. Was wollte Lundgren?«

»Du solltest deine Zehennägel schneiden.« Sie betrachtet meine Füße. Ich schaue hinunter. Die Nägel sind lang. Etwas zu lang. »Hygiene ist die äußere Moral des Menschen, das weißt du.«

»Willst du nicht antworten? Was wollte er?«, sage ich entschlossen.

»Er wollte das Bild zurück, das du im Atelier gestohlen hast.«

Sie sieht mich nicht an, als sie das sagt. Ihre Hand führt die Tasse mit dem heißen Getränk zum Mund. Ich werde immer genervter. Ich gehe ein paar Schritte um den Tisch und stelle mich auf die andere Seite, Veronica gegenüber.

»Wolltest du es nicht zurückgeben?«

Sie stellt die Tasse hin, ohne den Blick zu heben. »Ich konnte es nicht finden«, sagt sie.

Das ist der Tropfen, der das Fass zum Überlaufen bringt.

»Du hast es doch heute Nacht verbrannt«, sage ich. »Im Garten. Im Lagerfeuer. Weißt du das nicht mehr, oder was?«

Jetzt reagiert sie. Endlich. Schnell, fast mechanisch, dreht sie das Gesicht zu mir.

»Spionierst du mir nach?«

»Nein. Ich hab es vom Speicherfenster aus gesehen.«

Ihr Gesicht ist unbeweglich. Wie eine Totenmaske. Schließlich wendet sie den Blick von mir ab und beginnt an der Teetasse herumzufingern.

»Ich hab das Aquarell nicht verbrannt«, sagt sie. »Du musst dich getäuscht haben, Schatz.«

Vielleicht ist es mein Blick, der ihr unangenehm ist. Die Fragen, die in ihm liegen. Sie steht auf und stellt die Teetasse auf die Arbeitsfläche, nicht einmal zur Hälfte getrunken.

»Hab ich Lundgren als Kind mal getroffen?«, frage ich.

»Jedenfalls nicht, dass ich wüsste«, antwortet Veronica.

»Kennst du ihn gut?«, frage ich.

»Ich verkehre nicht mit Leuten dieser Art«, antwortet sie gemessen.

»Solchen, die nicht segeln?«

»Weißt du, manchmal bist du ziemlich kindisch.«

Sie ist auf dem Weg aus der Küche, als ich mich entscheide.

»Es gibt etwas, worüber ich nachgedacht habe«, sage ich. »Warum habt ihr, Papa oder du, nie gefragt, wie es mir ergangen ist? Ihr habt kein Wort darüber verloren, seit ich hier bin.«

Sie bleibt hinter mir stehen, das höre ich trotz ihrer weichen Ballerinas. Ihre Atemzüge sind sehr laut und deutlich. Ich lasse ihr die Zeit, die sie braucht.

»Tja …«, sagt sie schließlich, noch immer hinter meinem Rücken, »wir wollten wohl nicht daran rühren. Wir wussten nicht, wie du reagieren würdest. Ob du wollen würdest, dass wir uns einmischen. Du wolltest ja nie Besuch von uns, du hast uns die ganze Zeit auf Abstand gehalten. Wir dachten wohl, du willst nicht darüber reden.«

»Ich bin eure Tochter.«

Meine zuvor stabile Stimme zittert eine Spur, als ich das sage. Veronica kommt um den Tisch herum und fängt meinen Blick ein. Sie hat begonnen, an ihrer Nagelhaut zu zupfen.

»Es war wohl vor allem Papa, der wollte, dass wir nicht darin herumwühlen«, sagt sie. »Er hatte das Gefühl, er würde nicht noch mehr negative Felder um sich herum aushalten.«

»Ich bin also ein negatives Feld?«

»Nein, mein Schatz, nicht für mich.«

Sie greift nach ihrer halb ausgetrunkenen Teetasse und setzt sich wieder. Langsam nimmt sie einen Schluck, der inzwischen vermutlich lauwarm ist. Als sie zu sprechen beginnt, ist ihre Stimme weich, gleichsam auf Vertraulichkeit eingestellt. Vielleicht, weil ich im Bademantel dastehe.

»Jetzt, wo du es doch zur Sprache gebracht hast – kannst du nicht ein bisschen von deiner Behandlung erzählen?«, sagt sie, legt ihre Hände auf den Tisch und beugt sich zu mir vor. »Hattest du viele Gespräche?«

»Einige.«

Ich ziehe den Stuhl vor mir heraus und setze mich hin.

»Und hattest du das Gefühl, sie haben dir geholfen?«, fragt sie und nimmt einen neuen Schluck aus der Tasse.

»Manchmal.«

»In welcher Hinsicht?«

»In vielerlei Hinsicht«, antworte ich kurz, aber sie lässt sich nicht entmutigen.

»Habt ihr viel in der Kindheit gegraben, wie es so schön heißt?«, fragt Veronica mit einem kurzen Lachen.

Ich verschränke meine Arme über der Brust. »Machst du dir Sorgen?«

»Überhaupt nicht. Ich habe mir nichts vorzuwerfen. Aber seid ihr zu etwas vorgedrungen?«, sagt sie und sieht mich mit einem festen, intensiven Blick an.

»Was sollte das sein?«

»Na ja, dass du irgendwelche Erklärungen dafür bekommen hast, warum es dir so schlecht ging?«

Ich schiebe den Stuhl zurück. Ich mag es nicht, von ihr ins Kreuzverhör genommen zu werden. Auch wenn ich sie dazu eingeladen habe. Sie saugt mehr und mehr Luft aus dem Raum, und ich will nicht erstickt werden.

»Nein«, sage ich. »Aber ich habe nächste Woche eine Hypnosesitzung. Vielleicht gibt es danach mehr zu erzählen.«

Veronicas eines Auge zuckt. Ihre Hand zittert ein wenig, als sie die Teetasse abstellt.

»Warum um alles in der Welt willst du dich hypnotisieren lassen?«, fragt sie. »Wofür soll das gut sein?«

Ihre Ausdrucksweise kann wirklich sehr herablassend sein.

»Es soll dafür gut sein, mehr über das zu erfahren, woran ich mich nicht erinnere«, sage ich.

»Darf ich hier vielleicht ganz kurz unterbrechen?«, sagt der Mann im Dunkeln.

Ich hatte mir schon gedacht, dass er neugierig werden würde. Ich lerne immer mehr über seine Agenda. Für einen Moment denke ich, ich sollte ihm etwas Lustiges erzählen. Nur um ihn zum Lächeln zu bringen. Er verzieht nie den Mund. Er öffnet nicht einmal richtig die Lippen, wenn er spricht. Aber ich lasse es sein. Stattdessen nehme ich die Gelegenheit wahr, einen Schluck aus dem Glas Wasser zu trinken, das er immer vor mich hinstellt. Es hat Zimmertemperatur und ist nicht annähernd so gut wie das Wasser im Haus auf der Insel. Er sieht erstaunt aus, als ich gurgle, bevor ich es hinunterschlucke.

»Worüber wollen Sie sprechen?«, frage ich.

»Die Hypnose. Wollten Sie sich wirklich hypnotisieren lassen?«

»Ja. Aber das hat sich nicht ergeben. Macht aber nichts. Es ist trotzdem alles herausgekommen.«

»Sie haben mehr über das erfahren, woran Sie sich nicht mehr erinnern konnten?«

»Ja, viel mehr. Leider.«

»Leider?«

»Ja.«

»Wie haben Sie es erfahren?«

Ich antworte nicht, und der Mann sieht mir an, dass ich jetzt nicht darauf eingehen will. Das kommt später.

Es weht ein kalter Wind. Ich habe mir von Oliver Gummistiefel geliehen und mir eine graue Strickmütze über den Kopf gezogen. Ich wende mich ein paarmal um, um zu kontrollieren, ob mich jemand beobachtet. Veronica beispielsweise. Papa sitzt vor dem Computer und arbeitet. Er hat über den Reisebericht gejammert, den er über seine Zeit in Namibia schreiben soll. Es ist Papa zufolge kein Superauftrag, aber die Bezahlung ist offenbar gut. Ich nehme an, er braucht Geld. Ich weiß nicht genau, wie die finanzielle Lage meiner Eltern ist, aber keiner von ihnen hat einen festen Job, und Veronicas Zeit als gefragte Fotografin ist seit vielen Jahren vorbei. Auf der anderen Seite kommt sie aus einer wohlhabenden Familie, vielleicht leben sie von Geld, das dort herkommt. Sozial treten sie ziemlich prahlerisch auf. Zumindest Veronica. Für sie war es schon immer wichtig, sich gesellschaftlich auf der richtigen Ebene zu befinden. Mit den richtigen Leuten Umgang zu haben und sich dort zu zeigen, wo es wichtig ist. Papa hat meistens mitgemacht, ohne etwas zu sagen. Aber ich kann mich täuschen. Er kann ziemlich empfindlich sein, wenn er nicht genügend Aufmerksamkeit für die Dinge bekommt, die er tut. Also ergänzen sie einander vielleicht. Auch wenn sie es im Bett nicht tun. »Ich weiß nicht mal, ob wir uns jemals getroffen haben«, hat Papa gesagt. Das war sehr traurig zu hören. Es sind trotz allem meine Eltern. Vielleicht haben sie sich nie geliebt. Sind nie glücklich gewesen. Das würde einiges erklären.

Aber nicht alles.

Ich kämpfe mich im kalten Wind voran, und bald kann ich den Leuchtturm erahnen. Meine Schritte sind entschlossen, obwohl ich nicht genau weiß, was ich mit dem Besuch bezwecke. Ich denke über das Aquarell nach. Es ist vermutlich nicht erlaubt, mit einem Fernrohr Privatgrundstücke auszuspionieren und halb nackte kleine Kinder abzuzeichnen.

Aber leider hat Veronica den Beweis für Lundgrens unbefugtes Eindringen verbrannt.

Diesmal reiße ich die Tür zum Leuchtturm auf. Ich versuche es nicht einmal mit einem Klopfen. Im Atelier brennt Licht. Ich renne die Treppe hinauf und bekomme Atemnot, als ich die letzte Stufe erreiche. Ein paar tiefe Atemzüge senken meinen Puls eine Spur.

»Hallo«, sage ich.

Lundgren blickt hinter einer großen Leinwand auf einer Staffelei hervor. Seine Brille sitzt schief auf der Nase, und die Haare stehen in alle Richtungen. Auf der einen Wange hat er einen roten Farbklecks. Er sieht heruntergekommen aus. Jedes Mal, wenn ich ihn sehe, sieht er noch heruntergekommener aus. Und die Abstände sind ja nicht groß. Langsam lässt er den Pinsel sinken, den er in der Hand hält, und wartet darauf, dass ich etwas sage.

»Also, ich wollte nur vorbeikommen und um Entschuldigung bitten, dass ich mir Ihr Bild ausgeliehen habe«, sage ich.

»Hat Veronica dich geschickt?«, fragt Lundgren misstrauisch, während er den Pinsel niederlegt.

»Nein.«

Wir sehen einander an. Er verzieht keine Miene. Ich winde mich ein bisschen.

»Ich habe gesehen, dass es mich und meinen kleinen Bruder gezeigt hat, Robin. Unten an unserem Strand.«

Lundgren kratzt mit einem krummen Zeigefinger ein wenig an dem roten Fleck auf der Wange. Ich gehe ein paar Schritte nach vorn. Er verströmt einen merkwürdigen Geruch. Terpentin, Kaffeesatz, ich weiß nicht.

»Ich hab zufällig gehört, was Sie zu Veronica gesagt haben«, sage ich. »Dass Sie etwas gesehen haben, das …«

Lundgren bekommt einen heftigen Hustenanfall. Er wird kreidebleich im Gesicht und gerät ins Wanken. Der Hocker, auf dem er sitzt, fällt beinahe um. Mit ungeheurer Kraft schlägt er sich mit einer Hand gegen die Brust. Ein dumpfes Stöhnen dringt aus seinem Mund. Ich warte den Husten ab. Als er wieder normal atmet, trete ich näher an die Staffelei heran. Etwas zu nah, spüre ich. Instinktiv mache ich wieder einen Schritt zurück.

»Sie sagten, Sie hätten ›gesehen, was Sie gesehen haben‹. Was war das? Hatte es etwas mit meinem kleinen Bruder zu tun? Haben Sie gesehen, wie er ertrunken ist?«

Lundgren erstarrt. Sein Kopf schwankt merkwürdig. Seine Augen blicken an mir vorbei. Sie sehen vollkommen leer aus, als wäre er nicht richtig anwesend. Es fällt mir schwer, sein Verhalten zu deuten.

Nach einigen Sekunden des Schweigens räuspert er sich. Der leere Blick wagt sich in meine Augen. Seine Stimme ist heiser von dem Hustenanfall.

»Das haben sie dir also gesagt?«, sagt er. »Dass dein kleiner Bruder ertrunken ist?«

»Ja.«

Sein gesamter Gesichtsausdruck verändert sich. Die Augen werden kohlschwarz. Die Wangen nehmen denselben roten Farbton an wie vorhin, als er zu unserem Haus marschiert kam. Der Mund bewegt sich, ohne dass ein Ton herauskommt. Plötzlich springt er auf. Die Staffelei fällt in der Bewegung um. Das Bild fegt über den Boden.

»Raus hier!«, schreit er. »Jetzt! Ich will nichts mit euch zu tun haben! Kapiert ihr das nicht?«

Er gestikuliert wild zur Treppe hin. Ich wende mich um und trete ein paar schnelle Schritte zurück. Gerade, als ich die erste Stufe hinuntergehen will, drehe ich den Kopf. Das Bild auf dem Boden ist das halb fertige Ölgemälde von einem Jungen in einer engen Badehose am Strand.

Der Wind peitscht mir ins Gesicht. Ich gehe denselben Weg zurück, während die Gedanken mir durch den Kopf schießen. Das Herz pocht mir in der Brust. Der Junge auf dem Bild im Atelier war Oliver. Der Kloß im Hals wandert hinauf und hinunter. Erst Robin und ich, und jetzt Oliver. Alle waren wir Lundgrens ungesunden Augen ausgesetzt. *Das haben sie dir also gesagt?* Es ist offensichtlich, dass Lundgren etwas über Robins Tod weiß. Vielleicht hatte er sogar etwas damit zu tun. Er scheint uns ja von seinem dreckigen kleinen Loch da oben ziemlich gut im Auge behalten zu haben.

Ich sehe sie bereits, bevor ich aufs Grundstück komme. Sie sitzt in einem halb offenen Fenster im oberen Stockwerk. Was ich nicht sehe, bevor ich beim Haus bin, ist, dass sie raucht.

Alle meine Gedanken vom Leuchtturm bleiben stehen. Ich kann mich nicht erinnern, Veronica jemals rauchen gesehen zu haben. Als sie mich bemerkt, sitzt sie ein paar Sekunden regungslos da, bevor sie das Fenster ganz öffnet.

»Wo warst du?«, fragt sie.

»Bei Lundgren.«

Sie lässt die Zigarette sinken.

»Wieso das?«

»Um mich dafür zu entschuldigen, dass ich das Bild genommen habe.«

Sie drückt die Zigarette auf dem Fensterbrett aus und schlägt das Fenster zu. Ihr Körper verschwindet hinter dem Vorhang.

Papa schreibt am Computer. Auf seiner Nasenspitze sitzt eine runde Brille mit dickem schwarzem Rahmen. Neben ihm steht ein großes Glas Wasser. Hoffe ich. Er blickt auf.

»Störe ich?«, frage ich.

»Nie. Komm rein.«

Er schiebt sich die Brille auf die Stirn. Ich setze mich aufs Sofa.

»Veronica raucht«, sage ich.

Er sieht verlegen aus. Vielleicht hat er das gar nicht gewusst.

»Sie ist nicht so richtig sie selbst«, sagt er langsam. »Momentan.«

»Und das hat natürlich mit mir zu tun.«

Er kommt und setzt sich neben mich aufs Sofa.

»Du weißt, dass Mama eine Frau ist, die ihr Dasein absolut unter Kontrolle haben will. Von der kleinsten Falte im Kleid bis zum Gesprächsthema am Esstisch.«

»Und jetzt hat sie das nicht?«

»Offenbar nicht.«

»Und du auch nicht«, sage ich und werfe einen raschen Blick auf das Wasserglas auf dem Schreibtisch.

Papa versteht, worauf ich anspiele. Er zieht seine Jogginghose ein Stück hoch, sodass die Waden sichtbar werden. An dem einen Fußgelenk hat er eine Narbe. Kein Berufsunfall, eine Motorsäge, die ihm in Täby einmal ausgerutscht ist.

»Manchmal wird das Dasein ein paar Zentimeter verschoben«, sagt er. »Und das hat dann Konsequenzen.«

Er legt vorsichtig eine Hand auf meine Schulter. Ich lasse ihn gewähren.

»Der Schmetterlingseffekt«, sage ich.

»So ungefähr.«

»Und der Schmetterling bin ich, oder?«

Ich blicke in seine leuchtend blauen Augen und versuche, eine Antwort zu finden. Eine Antwort, von der ich weiß, dass er sie nie laut sagen würde. Das tut er auch nicht. Aber er lächelt und schüttelt verneinend den Kopf. Ich nicke. Auch wenn ich mit der Antwort nicht zufrieden bin, muss sie mir genug sein. In diesem Moment. Seine Hand streicht mir ein wenig über die Schultern.

Eigentlich sollte ich von meinem Erlebnis im Atelier erzählen. Es sitzt mir noch immer in den Knochen. Von dem Bild von Oliver. Aber dann muss ich auch von dem Aquarell erzählen. Von Lundgrens Gespräch mit Veronica. Und das will ich nicht. Ich weiß nicht, welche Rolle Papa in dem Geschehen hat.

»Lundgren«, sage ich. »Hat Veronica viel Kontakt mit ihm?«

Die Frage überrascht ihn. Er zieht die Hand von meiner Schulter.

»Nicht, dass ich wüsste.«

Er steht auf und geht zum Fenster. Lange Zeit bewegt er sich nicht. Sein Atem hinterlässt einen nebligen Fleck auf der

Scheibe. Ich will das Schweigen nicht brechen. Von meinem Platz auf dem Sofa aus kann ich nur eines seiner Augen sehen. Es sieht feucht aus.

»Ich liebe dieses Haus wirklich, Emmie.« Seine Stimme ist leise, eher zum Fenster gerichtet als zu mir. »Es gibt hier so viele Erinnerungen.« Er lehnt die Stirn gegen die Scheibe und seufzt tief. »Erinnerungen an die Zeit, in der wir tatsächlich eine glückliche Familie waren. Wir vier.«

Er hebt die Hand zum Auge. Ich nehme an, er wischt eine Träne weg.

»Haben wir hier irgendwelche alten Fotoalben?«, frage ich. »Von damals, als wir klein waren?«

»Es steht eins im Wohnzimmer.«

Papa ist vor einem Bücherschrank neben dem Kamin in die Hocke gegangen. Ich stehe gleich dahinter. Er sucht im untersten Fach.

»Komisch …«, sagt er. »Sie stehen normalerweise hier. Veronica!«

»Ja?«

Ihre Stimme kommt aus der Küche. Laut, um einen laufenden Wasserhahn zu übertönen.

»Wo sind die Alben?«

»Welche denn?«

»Die mit Emmie und Robin.«

Das Geräusch des Wasserhahns verstummt. Papa und ich warten. Ist sie im Müllsack verschwunden?

»Wahrscheinlich sind sie in der Stadt«, lässt sie schließlich verlauten.

»Aber im Sommer waren sie doch noch hier«, insistiert Papa.

»Meine Güte! Musst du jetzt damit nerven?«

Veronica ist in der Türöffnung erschienen. Sie hat ein Handtuch über der Schulter hängen. Der Kochlöffel in ihrer Hand zeigt direkt auf Papa.

»Wolltest du nicht die Dachrinne reparieren?«

Ich lasse meine Eltern allein und gehe langsam durchs Haus. Die knarzende Treppe hoch und weiter durch den Flur. An den Wänden hängen Fotos, die Veronica gemacht hat. Porträts und Landschaftsbilder. Alle schwarz-weiß. Sie war relativ erfolgreich als Fotografin, soweit ich weiß. Hat sich in Künstlerkreisen bewegt. Papa und sie haben sich im Ausland kennengelernt. Sie war als Fotografin auf einer Reportagereise, und er hat von irgendeinem Krieg berichtet. Ich weiß nicht mehr, von welchem. Zwei Kinder später hatten beide ihre Karriere auf Eis gelegt. Sie blieb zu Hause, um sich um mich und Robin zu kümmern. Papa hörte als Korrespondent auf. Wir wurden eine Familie. Ich habe einige schöne Kindheitserinnerungen. Nicht sehr viele konkrete, aber wenn ich an diese Zeit denke, ist sie voller Licht und einem Gefühl der Sicherheit. Und Spiel. Jedenfalls die ersten Jahre.

Die Dinge verändern sich.

»Darf ich eine Sekunde stören?«

Der Mann ist diesmal deutlich diskreter, unsicher wegen meiner Reaktion. Aber mein Erzählfluss hat ein klein wenig gestockt, und ich habe nichts dagegen, dass er mich unterbricht.

»Das haben Sie schon getan«, sage ich und lächle ein bisschen.

Er lächelt auch diesmal nicht zurück.

»Was wollen Sie denn wissen?«, frage ich.

Er will immer etwas wissen, wenn ich ihn hereinlasse. Das ist wohl Teil seines Auftrags.

»Es fühlt sich an, als würde Ihnen gerade die Richtung fehlen«, sagt er. »Als würden Sie in Ihrer eigenen Geschichte im Kreis laufen.«

Ich lehne mich ein wenig zurück. Das Licht der großen Stehlampe ist manchmal unangenehm. Ich habe ihn schon gefragt, ob wir hier keine andere Beleuchtung haben können, aber das lässt sich offenbar »nicht machen«.

»Vielleicht haben Sie recht«, sage ich.

Und das hat er. Als er mich unterbrochen hat, befand ich mich in einer Art Limbo in der Geschichte, verwirrt. Mitten in etwas, von dem ich nicht begriff, was es war.

»Es ist, als könnten Sie nicht so richtig mit allem, was passiert ist, umgehen. Der Besuch bei Lundgren zum Beispiel. Es fühlt sich so an, als hätten Sie ihn etwas zu schnell abgehakt.«

Vielleicht habe ich das, denke ich. Trotzdem bin ich diejenige, die erzählt, und er ist derjenige, der zuhört. Ich fühle mich nicht wohl damit, dass er versucht, das, was ich von mir gebe, zu steuern. Es kommt, wie es kommt, in meinem Tempo. Und ich bin noch lange nicht fertig.

An der Wand über dem Bett, in dem ich liege, sitzt eine Fliege. Sie hat sich seit einer Stunde nicht bewegt. Ich auch nicht. Ich habe regungslos dagelegen und die Fliege angestarrt. Und an unsere Familie gedacht. Unsere erste Familie. Papa, Mama, Robin und ich. An die Zeit, als Veronica noch Mama war. Bevor sie sich ganz in die Weiße Dame verwandelt hat.

Dann denke ich an Robin. Immer mehr Erinnerungen tauchen auf. Ich erinnere mich, wie die ganze Familie immer zu unbewohnten Inseln hinausgefahren ist. Zu dieser Zeit hatten wir ein kleines Motorboot, in dem uns Papa sehr gerne versammelt hat. Wir haben an kahlen Klippen angelegt und sind manchmal über Nacht geblieben. Robin und ich wollten unbedingt in unseren Schlafsäcken draußen auf den Felsen schlafen, obwohl es genügend Platz im Boot gab. Wir lagen in der pechschwarzen Dunkelheit und zählten die Sterne. Robin hatte gerade zählen gelernt, und ich habe mich über ihn lustig gemacht, wenn er die Zahlen verwechselt hat.

Ich starre weiter die Fliege an. Sie hat angefangen, die Beine etwas zu bewegen. Biegt sie nach vorn und hinten. Die Begegnung mit Lundgren schleicht sich langsam in meine Gedanken. Vielleicht hat er Robin die ganzen Jahre nachspioniert? Und jetzt ist das Fernrohr stattdessen auf den Jungen in der engen Badehose eingestellt. Oliver. Was will er von ihm?

Plötzlich hebt die Fliege ab und fliegt in den Raum hinein. Ich setze mich im Bett auf. Mein Blick fällt auf das gelbe Kleid an der Wand. Es hängt ruhig an seinem Platz. Ich bekomme auf einmal Lust, es in kleine Stücke zu zerschneiden. Die Erinnerung an mich selbst zu zerfetzen. Alle Spuren von der, die ich war, zu zerstören. Von dem kleinen Mädchen, das sie in diesem seit Jahren unberührten Zimmer eingesperrt haben. Es ist ein Impuls, den ich nicht zum ersten Mal habe.

Ich war siebzehn, als ich von zu Hause ausgezogen bin. Ich hatte meinen ersten Freund kennengelernt. Er war älter als ich, vielleicht sechsundzwanzig. Manchmal erinnerte er mich an Papa. Wir wohnten fast sieben Monate zusammen in einem winzig kleinen Apartment. Ich war von der Liebe zu ihm völlig absorbiert. Sie dominierte alles und führte dazu, dass ich in vielem nachsichtig war. Die Misshandlung war nie körperlich, nur psychisch, aber er konnte furchtbar wütend werden. Eines Tages habe ich es nicht mehr ausgehalten. Ich packte alle meine Sachen zusammen und zog zu einer alten Freundin.

Sofia. Ihre Eltern hatten eine große Villa in Täby. Mit Kachelöfen. Ich verbrannte alles, was ich mitgenommen hatte. Alles, was mich an das Mädchen erinnerte, das erniedrigt worden war. Löschte die Erinnerung an die aus, die ich gewesen war. Das half, für den Moment. Heute würde ich wohl nichts mehr verbrennen, um eine Erinnerung auszulöschen.

Aber sag niemals nie.

Ich sehe das Kleid an. Zum Glück gibt es keine Schere in der Nähe. Ich würde es vermutlich bitter bereuen, wenn ich es zerschneiden würde. Wenn ich es sehe, bin ich Robin näher.

Die Vorhänge sind offen, und durch die großen Fenster fällt graues Licht in den Flur. Ich stehe in einem davon und blicke in den Garten hinaus. Veronica geht mit forschen Schritten über den Rasen. Entfernt sich vom Haus. Sie hat einen langen grünen Parka mit vielen Taschen an. Ausnahmsweise einmal ist sie dem Wetter gemäß gekleidet. In der rechten Hand hält sie eine Kamera. Sie verschwindet in Richtung Strand. In Richtung Lundgren.

»Wo wollte Veronica hin?«, frage ich.

»Ich weiß nicht, ein paar Fotos machen, glaube ich.«

Oliver sitzt am Küchentisch und tippt auf seinem Handy herum. Ich gehe zum Kühlschrank und hole ein paar Eier heraus.

»Willst du ein bisschen Rührei?«

Ich wedele mit der Eierpackung.

»Nein danke«, antwortet er, ohne den Blick vom Handy abzuwenden.

Ich schlage ein Ei in die Pfanne. Es läuft aus. Die durchsichtige Flüssigkeit bekommt sofort einen weißlichen Farbton. Fasziniert beobachte ich die Veränderung. Dann drehe ich mich mit dem Pfannenwender in der Hand zu Oliver um.

»Weißt du, dass dieser komische Künstler im Leuchtturm dich gemalt hat?«

Jetzt blickt er auf.

»Mich? Wieso das denn?«

»Vielleicht findet er dich hübsch«, sage ich und lege den Pfannenwender neben den Herd. Oder er will ekelhafte und undenkbare Dinge mit dir machen, geht es mir durch den Kopf, ohne dass ich es ausspreche.

»Hör auf…«

Oliver schüttelt den Kopf und schaut wieder auf sein Handy. Ich schlage noch ein Ei in die Pfanne und rühre mit dem Pfannenwender um.

»Warst du mal draußen beim Leuchtturm? In seinem Atelier?«, frage ich.

»Nein. Ich war mal auf dem Weg, aber da hat Papa gesagt, ich dürfte nicht hingehen«, antwortet Oliver unbeeindruckt, ohne den Blick vom Bildschirm abzuwenden.

»Warum denn nicht?«

Er zuckt mit den Schultern, und das stört mich irgendwie. Ich will, dass er vorsichtig ist. Sonst endet er vielleicht wie Robin.

»Papa meint, er ist pädophil«, sage ich. »Du weißt, was das ist?«

»Klar.« Er verdreht die Augen. »Warum denkt er das?«

»Ich weiß nicht… aber ich glaube, er hat recht.«

»Warst du im Leuchtturm?«, fragt Oliver.

»Ich war heute dort. Da habe ich das Bild von dir gesehen. Du standest unten am Strand, in der Badehose.« Ich spüre ein Ziehen im Bauch, wenn ich daran denke.

Oliver steckt das Handy in seine Hosentasche.

»Wie lange bleibst du?«, fragt er.

Er scheint meine Andeutungen überhaupt nicht zu verstehen.

»Ich fahre bald wieder, glaub ich.«

»Kannst du nicht die Ferien über bleiben?«

»Vielleicht. Wenn ich es packe.«

Oliver geht zum Herd und wirft einen Blick in die Bratpfanne. »Tote Sonnen.«

Es ist Nachmittag, und das Meer ist unruhig. Die Wellen rollen vor und zurück. Das Wasser sieht dunkel und kalt aus. Ich sitze in eine dicke Decke eingewickelt auf der Veranda und ziehe die Beine zum Körper, um mich zu wärmen. Papa hat gesagt, Veronica sei zurzeit nicht sie selbst. Das ist ein ziemlich angenehmer Gedanke. Dass ich sie aus dem Gleichgewicht gebracht habe.

Ein Schmetterling fliegt vorbei. Seine Flügel sind hellgelb mit schwarzem Muster. Was macht er um diese Jahreszeit hier? Ich betrachte den Schmetterling ein paar Sekunden lang. Er kämpft wirklich sehr, um sich im Wind vorwärtszubewegen. Die Flügel biegen sich fast durch. Der Schmetterlingseffekt, denke ich und stecke die Hand in meinen Rucksack. Ich ziehe ein ziemlich dünnes Buch heraus. *La Casita* von Inga Ehrström. Es wurde irgendwann in den Sechzigerjahren geschrieben. Ich bin schon fast damit durch. Es ist eine schöne Erzählung, poetisch und traurig. Über eine Mutter und ihre psychisch kranke Tochter, die allein auf einer einsamen Ranch in Südamerika leben. Die Mutter versucht, ihre Tochter zu verstehen und ihr zu helfen, aber sie verwendet die falsche Technik. Es hat den gegenteiligen Effekt. Ich habe den Schluss noch nicht gelesen. Ich habe mich dagegen gewehrt, weil ich ahne, was passieren wird. Ein knatterndes Geräusch lenkt meine Aufmerksamkeit vom Buch ab. Ein Ein-Mann-Hubschrauber hebt gerade aus der Bucht hinter dem Leuchtturm ab. Die Nase steuert aufs Wasser zu. Er nimmt an Fahrt auf und fliegt über die Kormoraninsel. Ich folge ihm mit dem Blick, bis er aus meinem Sichtfeld verschwindet. Dann schlage ich das Buch auf und beginne zu lesen.

Das Gartentor quietscht. Veronica kommt zurück. Sie geht schnell durch den Garten, ohne aufzusehen. Mit langen, zielstrebigen Schritten erreicht sie die Treppe. Sie scheint in einer anderen Welt zu sein. Ich sitze stumm da. Sie bemerkt mich nicht, bis sie die letzte Treppenstufe genommen hat.

»Huch, ich hab dich gar nicht gesehen. Hallo.«

Ich nicke ihr zu und werfe einen Blick auf die Kamera in ihrer Hand.

»Ich war auf dem Aussichtsberg und hab Vögel fotografiert«, erklärt sie, ohne dass ich gefragt habe.

»Hast du den Rettungshubschrauber gesehen?«

»Hubschrauber? Nein.«

Merkwürdig. Wenn Veronica oben auf dem Aussichtsberg war, müsste sie den Hubschrauber eigentlich gesehen haben. Es ist ja der höchste Punkt der Insel.

»Er ist hinter dem Leuchtturm losgeflogen«, sage ich. »Meinst du, es ist was mit Lundgren passiert?«

»Keine Ahnung, woher soll ich das wissen? Du hast ihn doch zuletzt getroffen.«

Ich bin mir nicht ganz sicher, ob das stimmt.

»Was liest du?«, fragt sie in leichtem Ton.

»Einen Feel-bad-Roman über eine Mutter und ihre Tochter. Autobiografisch.«

»Ist er gut?«

»Er ist wahr.«

Veronica fingert ein bisschen an der Kamera herum. Sie weiß nicht, wie sie das Gespräch beenden soll. Nach dem Buch zu fragen, war ein Fehler.

»Nicht, dass dir kalt wird«, sagt sie und verschwindet nach drinnen.

Ich lese das Buch fertig. Der Schluss ist, wie ich befürchtet hatte. Veronica hätte er gefallen.

Ich gehe an der Landzunge vorbei und direkt zur Bucht dahinter. Lundgrens Haus liegt am Fuß eines hohen Abhangs, den man nicht so leicht hinunterkommt. Teilweise muss ich rutschen. Aber ich will dorthin. Ich will wissen, ob er derjenige war, der im Hubschrauber weggeflogen wurde. Ich hoffe nicht. Es gibt noch so vieles, was ich ihn fragen will. Ich stolpere das letzte Stück zu seinem Hof hinunter. Alles ist still und stumm. Als die Sonne zwischen den Wolken durchbricht, werden die Strahlen von ein paar Flaschen drüben an der Hauswand reflektiert. Das verbreitet einen eigentümlichen Frieden. Vor mir steht ein sehr schönes altes Haus. Gezimmert. Rot gestrichen, mit grünen Fensterverkleidungen. An die eine Wand sind ein paar Hechtköpfe genagelt. Der Hof vor dem Haus ist leer bis auf eine braune Eisenpumpe in der Mitte. Ich gehe zur Tür.

Auf einmal fühlt es sich falsch an. Falsch, dass ich hier bin. Falsch, dass ich mich aufdränge. Trotzdem hebe ich meine Hand. Klopf, klopf. Nichts passiert. Ein paar schmutzig gelbe Vorhänge hängen im Fenster daneben. Hinter der Scheibe ist es dunkel. Ich drücke die Türklinke herunter. Die Tür springt weit auf. Ein paar Sekunden vergehen.

»Hallo …? Hier ist Emmie Fagerström«, sage ich vorsichtig.

Totenstille.

Ich denke nach. Das Wahrscheinlichste ist, dass Lundgren mit dem Hubschrauber weggebracht wurde. Der kam ja von hier. Aber es ist nicht hundertprozentig sicher. Er könnte auch mit dem Boot draußen sein. Er könnte auf der Kormoraninsel sein und Skizzen machen oder in der Bucht Netze auswerfen. Oder einfach im Haus sitzen und den Mund halten.

Ich trete ein paar Schritte in den dunklen Flur. Auf der linken Seite fällt der Sonnenschein durch ein Fenster und erleuchtet einen engen kleinen Raum mit einem winzigen Tisch und einem Eisenherd. Die Küche. Es riecht muffig. Ich gehe hindurch. Dahinter liegt ein etwas größerer Raum. Dort stehen eine Bank mit einer Decke darüber und ein paar weiße Sprossenstühle. Kein Teppich liegt darin. Die Wände sind von braun gemusterten Tapeten bedeckt. Und sie sind völlig leer. Keines seiner Bilder hängt dort. Auf einem Regal hinter der Bank liegt ein großer Skizzenblock, wie der, den er auf der Kormoraninsel hatte. Ich greife danach und fange an, darin zu blättern. Es sind keine Skizzen von der Kormoraninsel. Der ganze Block ist voll mit mehr oder weniger sorgfältigen Kohlezeichnungen eines kleinen nackten Jungen. Eines Jungen, der Robin erschreckend ähnlich sieht – und Robin hat oft nackt am Strand gebadet.

Ich schlage den Block zu und sehe mich im Zimmer um. Könnte Robin sogar hier gewesen sein? Bei Lundgren zu Hause? In diesem Raum? Ohne dass Veronica und Papa es wussten? Der Block zittert in meinen Händen. Ich lege ihn schnell zurück und stürze aus dem Haus.

Der zuvor so friedliche Hof fühlt sich jetzt völlig anders an. Ich stürme den Abhang hinauf, ohne mich noch einmal umzuwenden. Erst, als ich die Landzunge erreiche, halte ich inne und hole Atem. Ziemlich weit draußen, auf der Höhe der Kormoraninsel, schweben große schwarze Vögel in Kreisen über dem Wasser. Rund herum, rund herum. »Omen«, hatte Lundgren gesagt, als wir uns dort begegnet sind. Vielleicht ist die tote Insel wirklich ein Omen. Ich habe das Wort gegoogelt, als ich nach Hause kam, auch wenn ich ungefähr wusste, was es bedeutet: Vorwarnung, Vorzeichen von schlimmen Ereignissen im Leben.

Dachte Lundgren an sich selbst?

Oder an jemand anderen?

Im Flur werfe ich die Jacke von mir und streife mir die Schuhe ab. Kein Geräusch ist im Erdgeschoss zu hören, niemand scheint da zu sein. Auf der dunklen Kommode liegt eine Kamera. Veronicas.

Ich schließe die Badezimmertür und ignoriere die dunkelblaue Zahnbürste. Der Toilettendeckel ist zugeklappt. Ich nehme die Kamera und klicke mich durch das Menü bis zur Bildergalerie. Zu den zuletzt gemachten Fotos. Ein paar von der Kormoraninsel, ein paar vom Strand. Das Datum auf dem Bildschirm zeigt, dass sie vor mehreren Wochen aufgenommen wurden. Und vom Aussichtsberg gibt es überhaupt keine Bilder.

Kein einziges.

5

Alles ist wie immer. Wie die letzten Male. Wir sitzen im Zimmer des Mannes, zumindest nennt er es sein Zimmer. In dem fensterlosen. Heute scheint er weniger begierig, etwas zu hören. Vielleicht hatte er eine schlechte Nacht, hat unruhig geschlafen.

»Wollen wir ein bisschen reden?«, beginne ich.

»Absolut, Entschuldigung, ich… es gibt ein paar Dinge, die mich heute Nacht wach gehalten haben.«

»Was für Dinge?«, frage ich.

»Die Hände. Dass Sie sich die ganze Zeit die Hände waschen.«

Ich bin fast gerührt, oder eher peinlich berührt. Dieser ernste Mann wurde um den Schlaf gebracht, weil ich darauf fixiert bin, mir die Hände zu waschen. Ein Glück, dass es nicht die Füße sind, denke ich. Dann hätte er wohl eine Woche nicht geschlafen.

»Ist das etwas, das Sie aufhorchen lässt?«, frage ich.

»Ja.«

»Dass es aus Zwangsgedanken entspringt?«

Er nickt.

»Und sind Sie diese Nacht auf etwas gekommen?«

»Es gibt nicht so viel, worauf ich kommen kann«, sagt er. »Es muss von Ihnen kommen.«

Meine Zwangsgedanken also. Die in Händewaschen münden.

»Kann es nicht einfach übertriebene Reinlichkeit sein?«, versuche ich es.

»Nicht in Ihrem Fall.«

Er sagt das in einem sehr kurz angebundenen und korrekten

Tonfall. Als wollte er eine Tatsache markieren. Um Reinlichkeit geht es nicht. Das weiß ich auch. Ich will ihn nur testen.

»Wie lange haben Sie schon dieses zwanghafte Bedürfnis, sich die Hände zu waschen?«, fährt er fort.

»Seit ich denken kann.«

Er sieht erstaunt aus. »Schon, als Sie klein waren?«

»›Klein‹ ist für mich ein diffuser Begriff«, sage ich. »Ich weiß nur, dass ich es schon immer hatte. Meine Eltern hat es wohl eine Weile irritiert. Am schwierigsten war es in der Schule, weil ich die ganze Zeit zum Waschbecken musste. Ich habe es auf Neurodermitis geschoben, auf Juckreiz.«

»Aber Sie haben deshalb nie Hilfe gesucht?«

»Meine Eltern haben keine Hilfe gesucht. Sie hatten anderes zu tun. Und als ich erwachsen wurde, gab es Dinge, die wichtiger waren.«

Der Mann nickt. Ich hoffe, er kann heute Nacht besser schlafen.

Die Tür zum Badezimmer ist unverschlossen, also nehme ich an, dass niemand drin ist. Das ist falsch. Oliver steigt gerade aus der Duschkabine und zieht ein Frotteehandtuch an sich.

»Oh! Entschuldige, ich dachte …«

Ich verstumme und starre Olivers nackten Rücken an. Ein Stück über der Taille ist ein großer, runder Ring. Wie ein hellroter Teller.

»Was hast du da gemacht?«

»Was meinst du damit?«

Oliver versucht zu sehen, was ich anschaue. Er geht zum Spiegel und dreht sich um. Das Glas ist beschlagen. Er wischt ein bisschen mit dem Handtuch. Da sieht er ihn. Den Teller.

»Shit …«, sagt er.

»Hast du dich gestoßen?«

»Nein.« Oliver streicht mit der Hand über das große, runde Mal. Er sieht eher verblüfft als besorgt aus.

»Was ist das denn? Tut es weh?«, sage ich.

»Ich spüre gar nichts.«

»Ich hole Papa.«

Die Küche ist leer.

»Papa!«

»Was ist? Warum schreist du denn so?«

Veronica taucht mit einer Plastiktüte in der Hand auf.

»Es geht um Oliver, er hat einen Wahnsinnsfleck auf dem Rücken, wie ein großer, runder Teller.«

Veronica lässt die Tüte sofort zu Boden fallen. Sie nimmt die Treppe in ein paar langen Schritten, und ich laufe hinterher.

Oliver hat sich eine Unterhose angezogen. Er steht immer noch vor dem Spiegel und betrachtet seinen Rücken.

»Schau«, sagt er und wendet den Kopf zu Veronica. »Was zum Geier ist das hier?«

Es dauert ein paar Sekunden, bis Veronica reagiert. Vorsichtig bewegt sie ihre Hand über den roten Kreis.

»Das ist ein Zeckenbiss. Sieht nach Borreliose aus. Wie lange hast du das schon?«

Ich bemerke den besorgten Unterton, auch wenn sie ihn zu verbergen versucht.

»Weiß ich doch nicht, ist ja am Rücken. Ist das gefährlich?«

»Im schlimmsten Fall. Wir müssen sofort rüberfahren und schauen, dass du Penicillin bekommst. Zieh dich an.«

Veronica scheucht mich aus der Tür.

Oliver sieht nicht sonderlich beunruhigt aus. »Wieso Penicillin? Wie gefährlich kann denn ein Zeckenbiss sein?«, murmelt er.

Oliver interessiert sich vermutlich nicht für Nachrichten über Schädlinge in den Schären. So etwas kommt in seinem Computerspiel wohl eher nicht vor. Aber ich habe einiges darüber gelesen. Vor allem über Borrelien. Bakterien, die im Worst Case Infektionen verursachen, die sich bis ins Nervensystem ausbreiten und Menschen lähmen können. Ob es das ist, was Oliver hat, weiß ich nicht. Aber bei einem roten Fleck, der groß wie eine Pizza ist, ist Veronicas Reaktion völlig verständlich. Ich ziehe Oliver mit in sein Zimmer und sehe zu, dass er so schnell wie möglich in die Kleider kommt.

Ein Hupen ist vom Gartentor aus zu hören. Veronica sitzt schon im Auto. Vermutlich will sie eine bestimmte Fähre erreichen. Ich schubse Oliver, damit er sich beeilt.

»Zeckenbiss?«, fragt Papa.

Er nickt in Richtung Auto, das gerade wegfährt.

»Offenbar.«

»Es ist sicher nicht so schlimm«, sagt er ruhig. »Ich ziehe mir jeden zweiten Tag Zecken aus dem Körper. Gestern saß eine in meinem Bauchnabel, die Veronica rausmachen musste … Das mit der Pinzette kann sie gut«, fügt er hinzu. Als wäre das eine von sehr wenigen positiven Eigenschaften, die Veronica besitzt. »Das wird schon werden, du wirst sehen.«

Im dritten Küchenschrank finde ich ihn: einen großen grünen Feldstecher. Ich hänge ihn mir um den Hals. Ich will zum Aussichtsberg. Veronica hat behauptet, sie sei dort gewesen, ohne den Hubschrauber zu sehen, der von Lundgrens Haus weggeflogen ist. Das glaube ich keine Sekunde.

Es dauert nicht lange, bis ich zu dem Pfad komme, der zum Berg hinaufführt. Er geht mitten durch den Wald, und nach einer Viertelstunde bin ich da. Es ist ein ziemlich hoher Berg für eine so kleine Insel. Hoch genug, um einen guten Blick über die Baumwipfel zu haben. Die Wolken haben sich verzogen, als ich oben ankomme. Die Sonne breitet sich aus, und die Aussicht ist fantastisch. Ich bin fast ein bisschen ergriffen. Ein 360-Grad-Blick über die gesamte Insel und übers Meer. Es sind immer noch einige Segelboote draußen, und hier und da wird das Wasser von voranbrausenden Motorbooten durchpflügt. Ich lasse mich bei dem großen Steinhaufen nieder und blicke durch den Feldstecher. Er vergrößert stark. Als ich die Schärfe einstelle, kann ich die Menschen auf den Booten sehen. Ich folge ein paar Seglern, bis sie hinter den Inseln verschwinden. Nach einer Weile wird es ruhig in der Bucht. Ich senke das Fernglas und hole mein Handy heraus. Es sind mehrere Stunden vergangen, seit Oliver und Veronica weggefahren sind. Ich rufe Veronica an, aber sie nimmt nicht ab. Olivers Handynummer hab ich nicht mal eingespeichert, also kann ich nur warten. Ich stehe auf und wende mich dem zu, wofür ich hergekommen bin. Dem Leuchtturm und der Bucht bei Lundgrens Haus. Man sieht sie deutlich. Zwar von Weitem, aber nichts verstellt die Sicht. Also müsste Veronica den Rettungshubschrauber gesehen haben, wenn sie hier war. Was sie jedoch bestreitet.

Also war sie nicht hier.

Ich hebe den Feldstecher und richte ihn auf den Leuchtturm. Auf die Atelierfenster ganz oben. Jemand bewegt sich dort drinnen. Ich kann nicht erkennen, wer es ist, sehe nur eine Gestalt, die im Atelier herumläuft. Lundgren? Aber wer wurde dann abtransportiert? Ich drehe am Fernglas, um ein schärferes Bild zu bekommen. Es hilft nichts. Ich kann nicht einmal ausmachen, ob es ein Mann oder eine Frau ist.

Ich lasse das Fernglas über das Wasser und die Insel unter

mir gleiten. Ein Stück entfernt verläuft die Straße, die zum Laden führt. Darauf kommt ein Fahrradfahrer angerollt. In meine Richtung. Ein paar Sekunden später wird deutlich, wer es ist. Loui Svärd. Sein Oberkörper ist nackt, das Shirt hat er sich um die Taille gebunden. Er verschwindet in einer Kurve. Als er wieder auftaucht, ist er ein Stück hinter dem Berg. Dort bremst er. Die Straße ist vollkommen leer. Ich kann nicht nachvollziehen, warum er stehen bleibt. Oder warum er direkt zu mir hinaufschaut. Hat er die Sonnenreflexe in den Gläsern des Feldstechers gesehen? Bei dem Gedanken lasse ich das Fernglas sinken. Jetzt wirkt er deutlich kleiner. Unbewusst ziehe ich mich hinter den Steinhaufen zurück, im Schutz der Steine setze ich das Fernglas wieder an die Augen. Er fährt wieder. Langsam, als würde er nach etwas suchen. Nach einer Weile findet er es. Einen schmalen Weg, der von der großen Straße aus in den Wald führt. Er biegt darauf ein. Ich drehe den Feldstecher nach unten. Der Waldweg geht geradeaus weiter. Früher oder später muss er den Pfad zum Berg hinauf kreuzen.

Er ist auf dem Weg hierher.

Ich versuche, ruhig zu bleiben. Vielleicht ist er nur ein Naturmensch, der die Aussicht bewundern will. Verdammt noch mal. Er hat es auf mich abgesehen. Er hat sich ein Opfer ausgesucht. Den Pfad hinunterrennen ist keine Option. Dort kann er jeden Moment ankommen. Leider gibt es einen Grund dafür, dass der Pfad an dieser Stelle verläuft: Alle anderen Seiten des Berges bestehen aus Felsen.

Ich hebe das Fernglas und blicke wieder hinunter. Vielleicht rege ich mich unnötig auf?

Falsch.

Als ich zwischen ein paar Kiefern einen rasierten Schädel erahne, weiß ich, was zu tun ist. Flucht.

Ich stolpere zum Rand des Berggipfels. Er fällt jäh zum Wald hin ab. Scheiße! Ich muss die Felsen hinunter. Klettern oder rutschen? Rutschen. Ich lege mich auf den Bauch und gleite abwärts, bis meine Füße den ersten Felsvorsprung erreichen. Als ich zum Stehen komme, bin ich nur ein paar Meter unter dem Steinhaufen. Hier wird er mich innerhalb von drei Sekunden finden.

Ich strecke das eine Bein aus und versuche, einen Absatz ein bisschen weiter unten zu erreichen. Meine Zehen berühren den Fels. Ich drücke mich gegen den Berg und verlagere das Gewicht auf das untere Bein. Der Körper rutscht nach, und ich lande auf einem kleinen Felsabsatz. Nicht so viel weiter unter dem Steinhaufen, aber verdeckt von einer hervorstehenden Felsnase ein Stück weiter oben. Hier dürfte er mich nicht sehen.

Ich krieche auf dem kleinen Absatz zur Kante und blicke in die Tiefe. Es ist sehr weit bis zu den Felsblöcken dort unten. Nicht so weit wie damals am Skinnarviksberget, aber fast.

Da höre ich ihn. Er ist oben beim Steinhaufen. Zuerst ist es ein heftiges Keuchen. Er hat es schnell hierhergeschafft. Dann ein trockenes Knirschen. Er geht da oben herum. Ich drehe den Kopf zur Seite und blicke hinauf. Zwischen ein paar Felsspalten sehe ich seine Beine. Die Füße bewegen sich auf den Felsrand über mir zu. Dort bleiben sie stehen.

Er bewegt sich nicht mehr. Ich höre seinen Atem in der Stille. Da klingelt mein Handy. Besser gesagt, es vibriert – ich habe es leise gestellt. Das dumpfe Summen klingt für mich wie das Nebelhorn eines Ozeandampfers. Ich zerre mein Handy heraus und schalte es aus. Gerade noch kann ich sehen, dass es Papa ist. Dann verstummt das Geräusch. Hat Loui das Handy gehört? Ich blicke auf das Wasser hinaus. Am Himmel schreien ein paar Möwen. Warum können sie nicht lauter schreien? Als ich wieder nach oben schaue, sind die Beine verschwunden. Er könnte gegangen sein. Gedacht haben, das Opfer sei weg. Aber nach dem, was bei der Werft passiert ist, wage ich mich darauf nicht zu verlassen. Wenn ich nach oben klettere, sitzt er vielleicht an den Steinhaufen gelehnt.

Ich verharre reglos.

Es dauert nicht lange, bis mir klar wird, wie weh es tut, komplett unbeweglich auf einer Klippe zu sitzen. Die Beine unter mir zusammengefaltet. In meinen Unterschenkeln pocht es. Als ich allmählich einen Krampf in der einen Wade bekomme, sehe ich ein, dass es nicht mehr geht. Ich muss mich bewegen. In die einzig mögliche Richtung. Nach oben, zum Steinhaufen. Ich richte mich auf und bekomme wieder Blut in die Beine. Immer noch sehe ich nichts dort auf der Plattform. Ich strecke eine Hand aus und beginne mich auf demselben Weg hochzuziehen, den ich gekommen bin. Es geht sehr langsam. Der kleinste Fehltritt, und ich falle in die Tiefe. Direkt den Felsen hinunter. Diesen Sturz überlebe ich nicht.

Als ich schließlich die Hände über den Rand des Plateaus schiebe, ringt mein ganzer Körper nach Luft. Aber ich habe es geschafft. Mit einer letzten Kraftanstrengung ziehe ich mich auf den flachen Boden und kippe auf den Rücken. Der Himmel ist immer noch strahlend blau. Die Sonne scheint. Alles ist wie vorher. Ich höre auf zu keuchen und setze mich auf. Während der ganzen Kletterei war ich auf eine einzige Sache fokussiert: nicht loszulassen. Jetzt fokussiere ich mich auf die nächste Sache. Loui Svärd. Ich drehe den Kopf. Er sitzt nicht halb nackt an den Steinhaufen gelehnt. Er steht ein paar Meter weiter weg. Wo der einzige Weg in den Wald hinunter beginnt. Er hat sich sein Shirt angezogen. Mund und Augen sind starr. Die aufgepumpten Arme hängen an den Seiten herunter. Mein Herz macht fünfzehn Doppelschläge in der Sekunde, aber ich bewege mich nicht. Ich habe gerade eine lebensgefährliche Klettertour überstanden und bin merkwürdig ruhig. Als ob mir nichts etwas anhaben könnte.

Aber das kann es.

Ich stehe auf. Etwas wackelig. Meine Beine sind von der Tortur unten auf dem Felsvorsprung immer noch mitgenommen.

Er bewegt sich nicht.

Wir sind ein paar Meter voneinander entfernt. Ich fahre mir mit der Hand durch die Haare, lasse sie über die Schultern flattern. Seine Augen sind immer noch völlig starr. Der Blick ist tot. Veronicas Worte dröhnen in meinen Ohren. *Er ist nicht ganz richtig im Kopf.* Ich mache einen Schritt auf ihn zu. Seine eine Hand zieht sich zusammen, als würde er sie um einen Stein schließen.

»Willst du mich vergewaltigen?«, sage ich so eiskalt, wie ich kann.

Die Sonne spiegelt sich in den Glimmersteinen des Steinhaufens. Ein paar Reflexe treffen ihn in den Augen, und er wendet den Kopf ab. Ein säuerlicher Geruch geht von seinem Körper aus. Aus den Augenwinkeln sehe ich, dass eine Sturmmöwe sich am Rand des Plateaus niedergelassen hat, ungefähr dort, wo ich hochgeklettert bin. Louis Mund bewegt sich nicht. Er hat offenbar nicht die Absicht, etwas zu sagen.

»Ich hab in der alten Werft einen Film mit dem Handy gemacht«, sage ich, so ruhig es geht. »Ich hab gesehen, dass du vor dem Fenster gestanden hast. Du bist mit auf dem Film.«

Ich hole mein Smartphone heraus und versuche, so selbstsicher zu agieren wie möglich.

»Willst du ihn sehen? Er ist nicht so …«

»Du kommst her und zerstörst.«

Er unterbricht mich mitten im Satz, mit leiser, harter Stimme. Sein toter Blick ist erwacht. Da bekomme ich Angst. Richtige Angst.

»Was zerstöre ich?«, frage ich.

Er geht einen Schritt nach vorn. Jetzt kann er mich in einer einzigen Bewegung erreichen. Sein Atem erinnert an versengtes Metall. Die geballten Fäuste öffnen sich wieder. Er kann mich niederschlagen. Mir die Kleider herunterreißen. Die Chance, dass meine Schreie andere Ohren erreichen würden, geht gegen null. Das weiß er.

»Was zerstöre ich?«, wiederhole ich.

»Mich.«

Es dauert ein paar Sekunden, bis mein Gehirn explodiert. *Mich*. Ein kleines Wort, das einen Vulkan von unbändiger Wut entzündet. Mir wird schwarz vor Augen. Ich lehne mich einen halben Meter zurück und hole Schwung. Mit aller Kraft versetze ich ihm einen Kopfstoß, genau über der Nase. Er gerät ins Wanken und stolpert nach hinten. Ich schlage gegen seine Brust. Er verliert das Gleichgewicht. Ich sehe nicht mehr, ob er über die Kante stürzt. Ich stürme blind den Pfad hinunter.

Das Erste, was ich sehe, als ich auf unser Grundstück komme, ist Oliver. Er sitzt auf der Veranda mit seinem Laptop auf dem Schoß. Ich halte inne, um Luft zu holen, bevor ich zu ihm gehe.

»Wie lief's beim Arzt?«, frage ich und versuche, normal zu klingen.

»Gut.«

Er antwortet, ohne vom Laptop aufzusehen.

»Hast du Penicillin gekriegt?«

»Schau mal«, sagt er und dreht den Bildschirm in meine Richtung. »Ich hab ein neues Spiel von Mama bekommen. Ist voll cool.«

Er dreht den Laptop zurück und verschwindet in dem neuen Spiel. Seine Borreliose ist offenbar nicht ganz so schlimm.

Weder Papa noch Veronica sind in der Küche. Ich lege den Feldstecher in den Schrank und schenke mir ein Glas Wasser ein. Und noch eines. Als ich das dritte Glas fülle, bin ich wieder einigermaßen ruhig. Loui hat gesagt, ich sei gekommen, um zu zerstören. Ihn, hat er gesagt. Durch meine bloße Existenz habe ich ihn Dingen ausgesetzt, denen er nicht ausgesetzt werden wollte. Der Versuchung. Da sind mir die Sicherungen durchgebrannt. Als wäre ich selbst diesen Dingen ausgesetzt worden. Von der Versuchung zerstört worden.

Veronica rauscht herein, eine Aura von Zigarettenrauch um sich. »Wo warst du? Papa hat versucht, dich zu erreichen.«

»Ich war oben auf dem Aussichtsberg«, antworte ich. »Ich wollte sehen, ob man von dort Lundgrens Haus sehen kann.«

Das perlt komplett an ihr ab.

»Was hast du mit deiner Stirn gemacht?«, fragt sie. »Sie ist ja ganz geschwollen und rot!«

»Ich bin beim Runtergehen gestolpert.«

»Du solltest wirklich etwas vorsichtiger sein.«

Mein ganzes Nervensystem liegt nach dem, was auf dem Berg passiert ist, in Fetzen. Kritik ertrage ich jetzt überhaupt nicht. Ich drehe mich zu Veronica, sodass ihr Gesicht nur ein paar Zentimeter von meinem entfernt ist. Ich senke die Stimme, so weit ich kann, ohne dass sie an Schärfe verliert.

»In diesem Haus bist du diejenige, die verdammt vorsichtig sein sollte«, sage ich und wende mich um.

»Hast du Lundgrens Haus denn gesehen?«, fragt sie hinter mir. Sie klingt völlig unbeeindruckt.

»Ja. Verdammt deutlich. Ohne Fernglas. Du musst blind sein.«

Oliver ist von der Veranda verschwunden. Ich setze mich aufs Geländer und trinke mein Wasser aus. Es ist kalt und gut. Hinten am Gartentor hält ein schwarzes Auto. Ein dunkel gekleideter Mann und eine Frau in einer hellen Jacke steigen aus. Die Frau knöpft sich die Jacke zu und öffnet das Tor.

»Wer ist denn das?«, sagt Papa.

Er steht in der Tür und blickt in Richtung Auto.

»Keine Ahnung.«

Das Paar geht durch das Tor und zum Haus hinauf. Das feuchte Laub schmatzt unter den kräftigen Schnürstiefeln des Mannes. Die Frau schiebt mit der einen Hand ihren roten Pferdeschwanz nach hinten und hält uns einen Ausweis hin.

»Hallo. Wir kommen von der Polizei. Es geht um Ihren Nachbarn, Anton Lundgren.«

»Aha? Was ist passiert?«, fragt Papa eine Spur unruhig.

»Genau das versuchen wir herauszufinden. Er wurde gestern Nachmittag auf den Klippen unter seinem Haus gefunden.«

»Lebt er?«, frage ich.

»Ja, aber er ist ziemlich schwer verletzt und liegt im Krankenhaus«, sagt der Mann.

In diesem Moment tritt Veronica auf die Veranda heraus.

»Das ist meine Frau«, sagt Papa und wendet sich Veronica zu. »Die beiden sind von der Polizei. Es geht um Lundgren, er war wohl derjenige, der gestern weggeflogen wurde.«

»Oje«, sagt sie. »Können wir Ihnen etwas anbieten?«

»Nein danke«, sagt die Frau mit dem Pferdeschwanz. »Wir wollen nur wissen, ob Sie irgendetwas gesehen haben, ob jemand von Ihnen gestern in der Nähe seines Hauses war?«

Sowohl Papa als auch ich schütteln den Kopf. Ich etwas zögerlicher. Ich war ja tatsächlich dort. Sogar in seinem Haus. Und hatte dort drinnen einen Skizzenblock in der Hand. Aber das war ja nach dem Hubschraubereinsatz, also behalte ich es für mich.

Sie wendet sich Veronica zu.

»Haben Sie etwas gesehen, das uns weiterhelfen könnte?«

»Nein. Ich war gestern oben auf dem Aussichtsberg und habe fotografiert, das liegt in der anderen Richtung.«

Ich betrachte Veronica. Auf dem Aussichtsberg beim Fotografieren war sie definitiv nicht – das ist eine glatte Lüge. Vielleicht war sie dort und hat sich die Lippen geschminkt. Ich wende mich dem Pferdeschwanz zu.

»Hatten Sie schon einmal mit Lundgren zu tun?«

»Wie meinen Sie das?«

»Ja … ob er polizeibekannt ist, oder wie Sie das nennen.«

»Darauf kann ich nicht antworten.«

Die Polizisten lassen eine Visitenkarte da und bitten uns, uns zu melden, wenn uns etwas einfällt. Dann fahren sie weg. Veronica geht sofort zurück ins Haus.

»Schrecklich«, sagt Papa ohne besonders viel Gefühl in der Stimme.

»Ja. Was, meinst du, ist passiert?«

Papa zuckt leicht mit den Schultern.

»Keine Ahnung. Vielleicht hatte Lundgren einen Herzinfarkt und ist hinuntergestürzt, oder er ist nur abgerutscht … oder er ist freiwillig gesprungen.«

»Oder über den Rand gestoßen worden«, sage ich.

Die Gleichgültigkeit verlässt Papas Gesicht für einen Augenblick.

»Wer sollte ihn gestoßen haben?«

Ich rudere zurück. Ich will das nicht weiter erklären.

»Warum hast du das mit Lundgren gefragt?«, sagt er.

»Ein Impuls.«

Papa kratzt sich an der Wade. Vielleicht hat er dort eine Zecke.

»Ich muss jetzt arbeiten«, verkündet er.

Ich rolle das Wasserglas zwischen den Händen hin und her und schaue zum Strand hinunter. In Richtung Leuchtturm. Lundgren ist fast umgefallen, als er diesen Hustenanfall im Atelier hatte. Er könnte einen ähnlichen Anfall an den Klippen bekommen haben und hinuntergestürzt sein.

Aber ihn könnte auch jemand gestoßen haben.

Auf einem Stuhl weiter hinten liegt die Karte, die die Polizisten dagelassen haben. Ich könnte sie anrufen und einiges über unser Verhältnis zu Lundgren erzählen. Ich stecke die Karte in meine Hosentasche und gehe in den Garten. Ein Rechen steht an einen Baum gelehnt. Das Gras ist mit nassem Laub bedeckt. Die kleinen Haufen, in denen es dalag, als ich kam, sind vom Wind zerstört worden.

Klassische Musik beginnt aus den Fenstern zu dröhnen. Veronica. Mir fällt ein, dass sie manchmal in voller Lautstärke Klassik hört, wenn sie aufgebracht ist. »Das lässt mich verschwinden«, hat sie einmal gesagt.

Ich nehme den Rechen und reche einen ordentlichen Laubhaufen zusammen, bevor ich mich auf den alten Brunnendeckel setze. Lundgren. Nicht, dass ich für ihn als Person etwas empfinde, eher im Gegenteil. Aber wenn er stirbt, stirbt vielleicht die Wahrheit über Robin mit ihm? Außerdem werde ich nie erfahren, warum ich seine Augen wiedererkannt habe. Als wäre ich ihm als Kind einmal begegnet.

Ich stochere ein bisschen im Laubhaufen vor mir herum. Braune, modrige Blätter.

Da fällt mir ein, was ich vorhin durchs Fernglas gesehen habe. Eine Person oben im Leuchtturm. Dass es nicht Lundgren war, ist ja jetzt klar. Ich ziehe die Visitenkarte der Polizei heraus. Es wird sie vielleicht interessieren, dass ich dort jemanden gesehen habe.

Ich will gerade mein Handy herausholen, als ich es höre. Ein Geräusch unter dem Deckel, auf dem ich sitze. Ich beuge mich nach unten und vernehme das Geräusch wieder. Ein leichtes Platschen unten im Brunnen. Ich hole tief Luft. Vorsichtig schiebe ich den Holzdeckel ein Stück zur Seite und blicke in die Dunkelheit hinunter. Es dauert ein paar Sekunden, bis ich sehe, dass sich ganz unten etwas bewegt. Irgendetwas bewegt sich dort am Grund und gibt Geräusche von sich. Ich stoße den Deckel zurück über den Brunnen und renne auf die Veranda.

Die Musik im Haus ist verstummt. Oliver steht im Flur mit einer Angel in der Hand.

»Was ist los?«, fragt er.

»Nichts«, keuche ich. »Wo ist Veronica?«

»Sie ruht sich aus, sie hat Migräne.«

»Und Papa?«

»Keine Ahnung, wahrscheinlich im Arbeitszimmer. Ist was passiert?«

Das Arbeitszimmer ist leer. Ich ziehe die Tür zu und setze mich auf Papas Sofa. Es kribbelt im ganzen Körper. Warum macht mir der Brunnen solche Angst? Es dauert eine Weile, bis ich mich wieder beruhigt habe. Es war sicher nur eine Kröte oder so was.

Ich stehe auf und sehe mir die Bücherregale an. Unmengen von Büchern, die dastehen oder in kleinen Stapeln herumliegen. Ich fahre mit einem Finger über die Buchrücken. Manche Titel kenne ich, die meisten sind mir unbekannt. Ich ziehe eines heraus, das *Die Legende der Baroness Borelli* heißt. Ein dickes Buch. Ich öffne es. Das ganze Buch besteht aus leeren weißen Seiten. Aus dem Text auf der Rückseite geht hervor, dass der Autor ein tibetanischer Mönch ist. Ich schiebe es wieder ins Regal.

Als ich fast am Ende der Reihe darunter bin, hält mein Finger inne. Auf einem Buch von Papa. *Wenn ein Kind verschwindet* von Casper Fagerström. Ich ziehe es heraus. Ich weiß, dass er ein Buch geschrieben hat, und ich habe es sicher von ihm bekommen. Aber ich habe es nie gelesen.

Ich setze mich aufs Sofa und schlage es auf. Auf dem Vorsatzblatt ist eine Nahaufnahme von Robin, als er vier, vielleicht fünf Jahre alt war. Er hat sein rotes T-Shirt an und lächelt direkt in die Kamera. Die kleine Lücke zwischen seinen Vorderzähnen ist deutlich zu sehen. Er hatte den Zahn nicht verloren – er war drüben am Steg von einem Felsen gefallen und hatte ihn sich ausgeschlagen. Wir waren allein am Strand, also musste ich mich darum kümmern. Das Blut und das Weinen und den Zahn. Er hatte die ganze Woche eine geschwollene Lippe. Ich versuche, den Kloß im Hals hinunterzuschlucken, und beginne zu lesen.

Die Sätze im Buch sind kurz und präzise. Ich nehme an, das ist Papas Art zu schreiben. Als Korrespondent ist man wohl gezwungen, sich auf das Notwendigste zu beschränken. Aber auch das Thema selbst bewirkt vielleicht, dass alles Unnötige abgeschält wird. Er will den Verlust seines Sohnes beschreiben.

Zuerst habe ich den Eindruck, dass er versucht, sich hinter dem Text zu verstecken, sich zu schützen. Dass er sich nicht traut, das zu schreiben, was er eigentlich fühlt, sondern seine Trauer hinter konkreten Beschreibungen von Zeit und Raum verbirgt. Ungefähr wie damals, als er seine Geschichte aus Afghanistan erzählt hat. Das Ertrinken selbst berührt er kaum. Vielleicht fand er, es sei zu privat, wie etwas, das der Familie gehört.

Als ich etwas mehr gelesen habe, merke ich, dass der Text mich ergreift. Dass die reduzierte Sprache nur die Spitze eines Berges von bodenloser Trauer ist. Die Verzweiflung liegt wie ein dunkler Strich direkt unter den Worten. Ich halte beim Lesen beinahe den Atem an. *Meine Tochter fragt mich, warum ihr kleiner Bruder gestorben ist. Ich habe keine Antwort darauf. Sie fragt wieder. Ich öffne ein Fenster und zeige auf die Sonne. »Er ist dort«, sage ich. »Warum bin ich nicht auch dort?«, fragt sie. Ich hebe sie hoch. Als ich ihre Wange küsse, spüre ich Salz an den Lippen.*

Ich kann mich nicht mehr an die Situation erinnern.

»Was machst du?«

Wie lange ich gelesen habe, weiß ich nicht. Ich bin so in das Buch eingetaucht, dass ich sie nicht bemerkt habe. Sie steht in der Tür, in einem eleganten dunkelblauen Kleid. Die Migräne ist offenbar schnell verschwunden. Was ich weiß, aber Oliver vielleicht nicht, ist, dass Migräne schon immer Veronicas Entschuldigung war, um an etwas nicht teilnehmen zu müssen. Sie hat sie in meiner Jugend oft benutzt, bei Dingen, bei denen sie nicht dabei sein wollte. Dinge, die wichtig für mich waren. Da hat sie oft Migräne bekommen.

»Ich lese Papas Buch«, sage ich und schaue wieder ins Buch.

»Warum denn? Mein Schatz ... ich weiß nicht, ob das so gut für dich ist.«

»Warum sollte es nicht gut für mich sein?«

Sie reibt an ihrer Nagelhaut.

»Weil es Dinge aufrühren kann«, sagt sie. »Es kann schwierig sein, auf diese Art über seine eigene Familie zu lesen.«

Wenn ich auf etwas aus bin, dann darauf, »Dinge aufzurühren«. Das ist der Zweck des ganzen Besuches hier. Aber das hat sie offenbar nicht kapiert.

»Außerdem schreibt er nicht besonders gut«, sagt sie. »Er ist viel zu empfindsam.«

Dann höre ich, wie die Tür zuschlägt. Jetzt hat sie vielleicht wirklich Migräne bekommen.

In der Mitte des Buches liegt ein zusammengefalteter Zeitungsausschnitt. Er ist vergilbt und trocken. Ich nehme ihn heraus und falte ihn auf. Vorsichtig. Es ist ein Zeitungsartikel über den verschwundenen Jungen auf der Insel Mytten in den Stockholmer Schären. Meine Wangen werden heiß. Der Artikel handelt von der Suche nach ihm. Davon, dass sich zum Zeitpunkt des Verschwindens viele Freizeitboote in der Gegend aufhielten. Und von der einzigen Spur, die von dem Jungen gefunden wurde. Seinem T-Shirt. Es lag angespült auf einer Felsplatte ein Stück von den Bootshäusern der Familie entfernt. Neben dem Artikel ist ein Foto. Ein Foto des T-Shirts.

Es ist leuchtend blau.

Die Dämmerung hat eingesetzt, als ich am Strand entlanggehe. Ich habe Papas Buch und den Artikel in der Jackentasche. Als ich an den Bootshäusern vorbeikomme, sehe ich, dass ein Netz von der Wand geweht worden ist. Ich gehe hin, um es wieder aufzuhängen, bemerke aber, dass es gar kein Netz ist. Eher eine Art Käfig oder Reuse. Ich befestige es an den Nägeln an der Wand und gehe weiter in Richtung der Felsplatte, auf der das T-Shirt des verschwundenen Jungen gefunden wurde. Genau so lauten meine Gedanken. Das T-Shirt des verschwundenen Jungen. Nicht Robins T-Shirt. Ich glaube nämlich nicht, dass es Robins T-Shirt war. Oder vielleicht war es seines, aber ich bezweifle, dass er dieses T-Shirt anhatte, als er ertrunken ist.

Ich komme zu der Felsplatte. Setze mich und hole den Artikel wieder heraus. Starre das Foto mit dem leuchtend blauen T-Shirt an. Ich schüttele den Kopf und blicke übers Wasser, zum Leuchtturm hinüber. Auf Lundgrens Aquarell hatte Robin sein rotes T-Shirt an. Er hatte es immer an. Er liebte dieses T-Shirt. Es war ein Club-T-Shirt von irgendeiner Fußballmannschaft, Papa hatte es auf einer seiner Reisen gekauft.

Ich hole Papas Buch heraus und fange wieder an zu lesen. Es ist ziemlich anstrengend. In gewissem Sinne hat Veronica recht – es reißt Dinge in mir auf. Erinnerungen an meinen kleinen Bruder. Erinnerungen, die zu meinen ersten Jahren hier auf der Insel zurückgehen, zusammen mit ihm. Erinnerungen, die sich bis zu dem Sommer erstrecken, in dem er ertrunken ist. Da verschwinden die Erinnerungen. Da wird es schwarz.

»Warum ist das so?«, sage ich.

Die Frage hat zwei Adressaten. Einerseits mich selbst, andererseits den Mann mit dem Schiff in der Flasche.

»Schwarz?«, fragt er.

»Ja?«

Der Mann verschränkt die Hände vor sich. Einen Moment lang habe ich Angst, dass er mit den Fingern knacken will. Doch er tut es nicht.

»Es gibt einige mögliche Erklärungen dafür«, sagt er. »Vermutlich hängt es mit etwas zusammen, das Sie zu genau diesem Zeitpunkt erlebt haben.«

»Und was sollte das sein?«

»Das wissen nur Sie.«

»Das Einzige, was ich weiß, ist, dass mein Bruder ertrunken ist.«

Der Mann nimmt seine Brille ab und beginnt das eine Glas zu putzen. Als wollte er Zeit gewinnen.

»Könnten Sie Opfer eines sexuellen Übergriffs geworden sein?«, fragt er schließlich.

Diese Frage gefällt mir nicht. Überhaupt nicht.

»Warum wollen Sie das wissen?«, sage ich kurz.

»Das könnte Ihre Gedächtnisblockade erklären.«

Ich richte meinen Rücken ein wenig auf. Der harte Stuhl ist unbequem. Der Mann versteht, dass wir mit meiner schwarzen Erinnerung nicht weiterkommen.

»Sie haben sich bei der Lektüre des Buchs Ihres Vaters unterbrochen«, sagt er.

Ich lege mich in meinem Zimmer aufs Bett und zwinge mich, weiter in dem Buch zu lesen. Der Text kreist natürlich um den Schmerz, den der Verlust eines Kindes mit sich bringt. Darum, ein Kinderbett zu haben, in dem niemand mehr schläft. Spielsachen, die niemand mehr anfasst. Verschwundene Gerüche von Haar und Haut. Lachen, das man nicht mehr hört. Ich spüre, wie mir Tränen über die Wangen laufen. Es muss so schrecklich anstrengend gewesen sein, das zu schreiben. Zu versuchen, den Verlust eines Kindes zu beschreiben. Eines ertrunkenen Kindes. Robin.

Ich gehe zur Spieluhr und ziehe an der Schnur. Robin und

ich haben manchmal im selben Bett geschlafen und uns dabei das Wiegenlied angehört. Papas Buch liegt auf dem Nachttisch. Ich habe es nicht fertig gelesen. Ich musste eine Pause machen. Die zarten metallischen Töne verklingen im Raum. Es ist eine sehr schöne Melodie. Ich denke an den Titel: »Guten Abend, gut' Nacht«. Ich nehme einen kleinen, struppigen Teddybären aus der Sammlung auf dem Fensterbrett. Den hat Robin im Vergnügungspark für mich gewonnen, in Gröna Lund. Beim Dosenwerfen, glaube ich. Wir waren mit Papa dort. Robin war zu klein für die meisten Fahrgeschäfte, und weil wir ihn nicht allein lassen konnten, durfte ich auch nicht fahren. Oliver und ich waren nie zusammen in Gröna Lund. Als die Schnur wieder ganz eingezogen ist, wird es still im Raum.

»Und jetzt liest sie auch noch dein altes Buch.«

»Und was ist das Problem?«

Ich bin im Flur oben an der Treppe stehen geblieben. Die Stimmen von unten sind deutlich zu hören, auch wenn sie leise sprechen.

»Sie wirkt vollkommen auf Robin *fixiert*«, flüstert Veronica.

»Er war ihr Bruder. Vielleicht hat sie während ihrer Behandlung Dinge durchgemacht, die sie dazu gebracht haben, zurückzudenken.«

»Das hoffe ich nicht … Sie ist wirklich ein verdammter pain in the ass, wenn du entschuldigst. Alles, was sie tut, scheint darauf abzuzielen, mich zu provozieren!«

»Na, dann musst du wohl nach Hause fahren. Wenn du es so anstrengend findest, dass sie da ist.«

»*Ich* soll nach Hause fahren? Soll sie mich aus meinem eigenen Haus vertreiben?«

»Es ist auch ihr Haus. Sie ist ein Teil der Familie«, sagt Papa.

»Also, jetzt reiß dich mal zusammen. ›Auch ihr Haus‹! Es ist nicht mal deins. Es ist meins. Papa hat es nur mir überschrieben.«

»Ja, danke für den Hinweis. Ich bin dankbar, dass ich auch noch hier wohnen darf.«

Die Ironie in Papas Stimme ist unüberhörbar. Ich überlege, ob ich nach unten gehen soll. Die Fingernägel graben sich in meine Handflächen.

»Aber warum ist sie überhaupt hergekommen?«, zischt Veronica. »Wir hatten es jahrelang ruhig und schön, und dann taucht sie aus dem Nichts auf. Auf was ist sie aus?«

»Sie ist auf überhaupt nichts aus. Sie will einfach nur mit uns zusammen sein.«

»Wie, zusammen sein? Es ist ja, als hätte man eine Fremde im Haus. Wie lange will sie bleiben?«

»Sie bleibt, so lange sie will. Sie ist unsere Tochter.«

»Manchmal fällt es einem schwer, das zu glauben. Rennt barfuß im Wald herum und …«

Veronica verstummt. Jäh. Der Grund dafür ist, dass ich die Treppe heruntergestiegen bin. Vermutlich mit vollkommen schwarzen Augen.

»Wie lange hast du da gestanden?«, bringt sie heraus. »Lauschst du etwa heim…«

»Warum willst du mich hier weghaben?«, unterbreche ich sie.

»Das hab ich nie gesagt.«

»Ich bin nicht taub.«

»Aber du missinterpretierst alles. Warum sollte ich das wollen?«

»Weil ich dich die ganze Zeit daran erinnere, dass Robin verschwunden ist.«

Veronica glättet irgendwelche nicht vorhandenen Falten in ihrem Kleid, bevor sie aufblickt.

»Er ist nicht verschwunden«, sagt sie langsam. »Er ist ertrunken. Wie geht es dir eigentlich, Emmie?«

Hier sind wir also wieder. Ich bin diejenige, mit der etwas nicht stimmt. Sie lächelt und macht einen Schritt auf mich zu. Als wollte sie mich umarmen. Ich erstarre innerlich zu Eis.

»Fass mich bitte nicht an«, sage ich.

»Aber mein Schatz, du …«

Ich stoße ihr gegen die Brust. Sie taumelt direkt gegen Papa.

»Wenn du mich noch mal ›mein Schatz‹ nennst, hau ich dir eine runter.«

Ich drehe den Hahn am Waschbecken auf und schaue in den Spiegel. Da ist niemand. Ich beuge mich hinunter und spüle kaltes Wasser über das verschwundene Gesicht. Dann fange ich an, meine Hände zu waschen. Reibe sie aneinander. Fest. Da entdecke ich einen dunklen Fleck in der einen Handfläche. Ich weiß nicht, woher er kommt. Er geht nicht weg. Ich reibe ihn mit der gelben Seife ein, aber es hilft nichts. Genau wie bei dem Fleck auf meinem gelben Kleid.

Als ich meinen Puls endlich wieder nach unten gebracht habe, klopft es an der Tür. Ich drehe das Wasser ab und bewege mich nicht. Eine zitternde Stille erfüllt die Luft.

»Emmie?«

Es ist Papa.

»Was machst du da drin?«, fragt er beunruhigt.

»Mir die Pulsadern aufschneiden.«

Dem Schweigen nach zu urteilen ist er schockiert.

»Ich wasche mir die Hände«, sage ich.

Ein kurzer, dumpfer Schlag gegen die Tür ist zu hören. Wahrscheinlich Papas erleichterte Stirn.

»Kannst du nicht runterkommen?«, sagt er. »Wir müssen über die Sache reden.«

»Müssen wir?«

»Ich hab den Kamin angemacht.«

»Und?«

Den Kamin angemacht. Wir sollen am Feuer sitzen und reden, und alles wird gut werden. Er ist so naiv. Ich spüre eine schwache Übelkeit. Im Spiegel ist mein Gesicht wieder aufgetaucht. Der Mund ist verschwunden. Die Augenbrauen sind nach unten gepresst und verdecken fast die Augen.

Veronica und Papa sitzen auf dem Sofa. Sehr nah beieinander. Veronica hat eine aufrechte Haltung und eine Hand auf Papas Knie. Er schwitzt leicht auf der Stirn. Oliver ist nicht zu sehen.

»Wie gemütlich mit dem Feuer«, sage ich mit sehr sanfter Stimme.

Veronica wird sofort nervös und kratzt an der Nagelhaut eines Fingers.

»Hab ich noch Platz auf dem Sofa?«, fahre ich mit derselben weichen Stimme fort.

Veronica rückt etwas zur Seite und deutet mit einer Geste auf die Lücke neben sich. Ich setze mich. Es ist eng, und mein Körper wird an ihren gedrückt. Leider hat sie ihr widerlich süßliches Parfüm aufgelegt. Ich wende mich zu dem prasselnden Kaminfeuer.

»So sollten wir öfter dasitzen«, sage ich.

Veronica streckt eine Hand aus und tastet in der Luft, unsicher, wo sie sie hinlegen soll. Die Wahl fällt schließlich auf meinen Oberschenkel.

»Wir wollen nur dein Bestes, Emmie, das weißt du.« Ihre Stimme klingt angespannt. »Und das hat nichts mit Robin zu tun.«

»Wie schön. Ich hab das vielleicht missverstanden, so wie du gesagt hast.«

»Das denke ich auch.«

»Dann können wir vielleicht jetzt ein bisschen über Robin reden?«

Veronica nimmt die Hand von meinem Oberschenkel.

»Da gibt es nicht viel zu reden«, sagt sie. »Ich weiß nicht so richtig, worauf du hinauswillst.«

»Das Vermissen«, sage ich. »Oder das Fehlen. Es gibt im ganzen Haus keine Spur von ihm. Keine Bilder. Keine alten Spielsachen. Keine Zeichnungen. Es ist, als wäre er nie hier gewesen.«

Es ist fast unmerklich, aber ich registriere es dennoch. Papas winziges Zucken unter dem einen Auge. Als hätte ein Nerv reagiert.

»Das ist so, weil ich nicht daran erinnert werden will«, antwortet Veronica. »An die Trauer. Ist das so schwer zu verstehen?«

»Nach einem weiteren Sohn und achtzehn Jahren scheint es mir … ja, du solltest weitergegangen sein. Über Robin zu sprechen, sollte doch inzwischen nicht mehr ganz so schmerzhaft sein.«

»Und was weißt du darüber?« Ihre Worte kommen wie eine Gewehrsalve. »Du hast nie ein Kind verloren.«

»Ich habe Robin verloren.«

Für eine Sekunde, vielleicht zwei, nehmen ihre Augen einen eigenartig gebrochenen Ausdruck an. Als wollten sie etwas erzählen, das das Gehirn nicht preisgeben will. Drei Sekunden später ist der Blick wieder gezähmt. Er sucht sich zu ihrer Nagelhaut hinunter.

»Hört mal zu!«

Papa unterbricht das Gespräch. Er hat das Radio eingeschaltet. Ein altmodisches Radio, beinahe antik. Ich weiß noch, wie Veronica dafür argumentierte, dass es im Sommerhaus keinen Fernseher geben sollte. »Wir kommen hier gut mit Radio klar.«

Ich fand das absolut blöd. Am schlimmsten war es, als Veronica die fixe Idee hatte, es wäre fantastisch, hier draußen Weihnachten zu feiern. Schneelaternen zu bauen und sich selbst einen Weihnachtsbaum zu schlagen. Wir sind mitten im Adventsprogramm hier rausgefahren. Ich hab die letzten sechs Folgen verpasst. Außerdem gab es kaum Schnee.

Aber seitdem ist viel Zeit vergangen. Heute finde ich es schön mit dem alten Radio.

Papa hat den Wetterbericht angemacht. Dafür wird das Radio meistens verwendet. Dass es tausend Wetter-Apps auf dem Handy gibt, ist meinen Eltern entgangen. Oder sie scheißen drauf. Hier draußen soll die Zeit stillstehen. Das ist Veronica immer wichtig gewesen. Alles sollte so sein wie damals, als sie selbst aufgewachsen ist. Ihre Kindheit sollte auf Robin und mich übertragen werden. Im Detail. Wie eine Zwangsjacke. Wir sollten unten am Strand dieselben Spiele spielen. Aus denselben angestoßenen Kakaotassen trinken. Walderdbeeren pflücken und sie auf Grashalme fädeln. Jeden Sonntag sollten wir mit großen Holzschlägern und gesprungenen Kugeln Krocket spielen. Abends sollten wir auf der Veranda sitzen und den Zikaden lauschen und so tun, als wären es Engel, die weinten. Denn so hatte Veronicas halb debile Mutter das erlebt. Alles, was Veronica als Kind getan hatte, sollte von uns wiederholt werden. Die Welt waren wir, und die Zeit sollte stillstehen. Wie in einem Wachsfigurenkabinett.

Papa dreht den Ton des leicht knisternden Radios lauter. Der Wetterbericht warnt vor einem heftigen Sturm, der gerade die Küste Norrlands erreicht hat. Windstärken von bis zu vierzig Meter pro Sekunde in den Böen.

»Ach du Scheiße«, sagt er. »Hoffe, der zieht nicht hier runter. Sonst haben wir hier die Hölle. Ihr erinnert euch sicher an den Sturm, der vor ein paar Jahren hier getobt hat?«

Veronica nickt. Ich nicht, weil ich damals nicht hier war. Ich war an einem völlig anderen Ort. Dort herrschte immer Sturm.

Papa macht das Radio aus und sinkt ins Sofa zurück. »Wenn der Sturm hierherkommt, müssen wir die Fensterläden reparieren …« Er klingt richtig besorgt. »Am besten sollten wir auch ein paar von den Fichten fällen … die haben ja so oberflächliche Wurzeln … wenn eine von ihnen aufs Dach fällt, gibt es eine Katastrophe … und das Terrassengeländer im oberen Stockwerk ist auch halb vermodert …«

Robin ist offenbar nicht mehr aktuell. So schnell wird das Thema gewechselt. Meine Frustration wächst.

»Und wie fällen wir die Fichten?«, sagt Veronica. »Du kannst das ja nicht machen.«

»Warum kann ich das nicht? Wir haben doch eine Motorsäge.«

»Und was ist passiert, als du sie zuletzt benutzt hast? Dein halber Fuß war beinahe ab.«

»Dann müssen wir um Hilfe bitten.«

»Leider liegt Lundgren ja im Krankenhaus«, sage ich.

Ich entdecke es, als ich das Buch vom Nachttisch nehme. Der Zeitungsartikel ist weg. Ich hatte ihn ganz vorn in den Umschlag gelegt. Eine völlig sinnlose Maßnahme, falls sie bezwecken sollte, den Inhalt des Artikels zu verbergen. Das einzige Substanzielle darin war der Fund des blauen T-Shirts, und das habe ich schon gelesen. Und mir gemerkt. Ich öffne das Buch dort, wo ich aufgehört hatte. Ich habe ein Eselsohr gemacht, obwohl ich weiß, dass Papa das hasst. Ich bin gerade beim letzten Kapitel. Papa schreibt darüber, wie man nach dem Verlust eines Kindes weitermacht. Wie man einen Tag nach dem anderen nehmen muss. Sich jeden Morgen im Spiegel betrachten und sich einreden, dass man auch diesen Tag überleben wird. Für Robin. Die letzte Seite verblüfft mich. Dort steht nur ein kurzer Satz: *Ich treffe dich.*

»Wollen wir einen Spaziergang machen?«

Papa steht vor mir auf der Veranda mit einer Taschenlampe in der Hand. Er hat sich eine karierte Holzfällerjacke angezogen. Ich sitze in eine Decke gewickelt da. Die Oktoberdunkelheit schließt sich um das Grundstück.

»Im Wald«, sagt er. »Ich will dir was zeigen.«

Ich antworte nicht sofort. Ich weiß nicht, ob er wieder getrunken hat. Aber er sieht nüchtern aus.

»Bitte«, sagt er.

Ich stehe etwas zögerlich auf. Er und ich allein im Wald? Wir gehen die Treppe hinunter und am Brunnen vorbei.

»Ich hab da unten Geräusche gehört«, sage ich und zeige auf den Brunnendeckel. »Ich hab den Deckel weggezogen, und irgendwas hat sich dort unten bewegt, auf dem Grund.«

»Ist das wahr?«

Papa geht zum Brunnen, öffnet den Deckel, schaltet die Lampe ein und leuchtet hinunter.

»Unglaublich.«

Er löscht die Lampe und deckt das Loch wieder zu.

»Ich hab da vor tausend Jahren einen Aal reingeworfen, der muss das sein… man hat das früher so gemacht, Aale hineingetan, damit sie Frösche und anderes Getier töten, die das Wasser verunreinigen könnten.«

»Wie, wann hast du den reingeworfen?«

»Ich weiß nicht mehr, sicher vor fünfzehn, zwanzig Jahren… Aale können in einem Brunnen hundert Jahre überleben.«

Ich sehe den Brunnen an und denke an den Aal dort unten in der Dunkelheit. Jahraus, jahrein auf dem Grund leben. Was für eine verdammte Hölle. Papa läuft los.

»Ich hab hier ein paar Jahre lang ziemlich viele Aale gefischt«, sagt er. »Aalreusen hinten an der Kormoraninsel ausgelegt… das war, bevor sie auf die Liste gefährdeter Arten gesetzt wurden.«

»Was hast du mit den Aalen gemacht?«

»In der Stadt geräuchert. Das Schrecklichste war, sie zu töten. Ich hatte eine grüne Tonne voller grobem Salz, da hab ich sie reingetan, dann hat das Salz ihre Haut ausgetrocknet, und sie sind allmählich gestorben.«

Er sieht meine angeekelte Miene.

»So hat man das eben gemacht«, sagt er und zuckt mit den Schultern.

So hat man das eben gemacht. Das klingt enorm qualvoll für die Aale. Ich überhole Papa.

»Sind Aale nicht Aasfresser?«, frage ich.

»Doch«, sagt Papa kurz.

Ich gehe weiter, aus dem Garten hinaus in Richtung Wald. Die Gedanken wirbeln in meinem Kopf. Der Aal im Brunnen kann also im Prinzip von Robins ertrunkener Leiche gefressen haben? Mir dreht sich der Magen um. Papa holt mich ein und schaltet die Taschenlampe an. Wir schlagen den Pfad hinter dem Haus ein, er führt weiter zwischen die Bäume. Papa geht voran. Eine ganze Weile sagt keiner von uns ein Wort. Ich versuche, die Aalgedanken abzuschütteln.

»Ich wollte mir mal das Leben nehmen«, sage ich.

Vor mir auf dem Pfad hält Papa jäh inne.

»Warum?«

»Weil ich es nicht ertragen habe, zu leben wie dieser Aal im Brunnen … in totaler Finsternis.«

Papa richtet die Lampe auf mein Gesicht, senkt sie jedoch wieder, als er sieht, dass sie mich blendet.

»Ich hatte am Skinnarviksberget einen flachen Felsvorsprung gesehen und mir überlegt, wie ich es machen wollte«, sagte ich. »Ich hab eine Schlaftablette genommen, bin zu dem Vorsprung geklettert und hab mich daraufgelegt. Ich hatte kaum Platz, der eine Arm hing über den Rand, und es war ziemlich weit bis zur Straße runter. Ich wollte auf der Klippe einschlafen. Wenn ich über die Kante fallen würde, sollte ich sterben. Wenn ich auf der Klippe aufwachte, nicht.«

Ich verstumme und sehe, wie Papa den Atem anhält.

»Was ist passiert?«, fragt er.

»Ich bin eingeschlafen und hab geträumt, ich würde über den Rand eines Felsvorsprungs rollen und hinunterstürzen, und mitten im Fall bin ich aufgewacht und lag noch auf dem Felsen. Ich sollte also nicht sterben.«

»Wie alt warst du da?«, fragt Papa nach einer Weile.

»Siebzehn.«

Er macht einen Schritt auf mich zu und umarmt mich.

»Komm«, flüstert er.

Wir gehen weiter in den Wald hinein. Papa leuchtet uns den

Weg, er bewegt sich ziemlich langsam. Ich sehe, wie er manchmal mit der Lampe die Bäume absucht. Ein Stück von einem dunklen Sumpf entfernt bleibt er stehen. Dem Moorsumpf.

»Hier.«

Er bleibt vor einer hohen Fichte stehen und leuchtet mit der Lampe den groben Stamm hinauf.

»Siehst du den Ast dort oben?«, fragt er.

Ich folge dem Licht und sehe einen kräftigen, kahlen Ast herausstehen.

»Ja.«

»Dort wollte ich mich erhängen.«

Ich wende den Blick von dem Ast ab.

»Wann?«

»Im Sommer, nachdem Robin verschwunden ist … aber es blieb bei dem Gedanken.« Er macht eine entschuldigende Geste mit den Händen. »Ich habe mich auf andere Arten erhängt.«

Ich stecke einen Arm unter seinen. Er leuchtet ein letztes Mal zu dem Ast hinauf und wendet sich zum Gehen. Mit meinem Arm unter seinem.

Es ist schön, im Wald zu laufen. Das Geräusch des Windes in den Bäumen ist beinahe betäubend, und der Pfad ist weich. Ich ertappe mich dabei, wie ich zwischen den Bäumen nach dem kleinen Fuchs Ausschau halte. Nach dem, den ich auf der Kormoraninsel zu sehen meinte.

»Ihr habt wieder Füchse auf der Insel«, sage ich.

»Wirklich?«

»Ich hab ein paarmal einen Jungfuchs gesehen. Er sah gesund aus, überhaupt nicht wie die räudigen Füchse, die es hier gab, als ich klein war.«

»Wie lustig … ich hab hier noch keinen Fuchs gesehen. Bist du sicher?«

»Ganz sicher.«

Papa sagt nichts mehr. Ich nehme an, er glaubt mir. Nicht, dass das besonders wichtig wäre. Es gibt wichtigere Dinge in meinem Kopf.

»Ich hab ziemlich viel in deinem Buch gelesen«, sage ich. »Über Robin. Ich hatte es vorher noch gar nicht gelesen. Ich hab es im Arbeitszimmer gefunden.«

Papa antwortet nicht. Ich weiß nicht, ob es die falsche Situation ist, um ihn an das Buch zu erinnern. Aber jetzt ist es passiert.

»Es war ziemlich schwer«, sage ich.

Er nickt. Ich interpretiere das so, dass das Gesprächsthema okay ist.

»Ich war sehr berührt«, fahre ich fort. »Oder was soll ich sagen. Eher niedergeschlagen vielleicht, es war so traurig.«

»Es war traurig.« Papas Stimme ist leise.

»Fühlst du dich fähig, darüber zu reden?«, frage ich. »Was passiert ist, als Robin verschwunden ist? Ich habe unglaublich viele Erinnerungen aus meiner Kindheit, aber genau dieser Sommer ist total blank. Ich erinnere mich an nichts. Und Veronica will ja nichts erzählen. Was haben wir gemacht, nachdem er ertrunken war?«

»Wir haben versucht, damit klarzukommen, so gut wir konnten. Ich habe ein Buch geschrieben, und Veronica hat alles getan, um wieder schwanger zu werden.«

»Warum das?«

»Ich glaube, es war ihre Art, zu versuchen, Robin aus meinen Gedanken wegzubekommen. Es ging mir ziemlich schlecht.«

»Und hat es geklappt? Wurde es besser, als Oliver zur Welt kam?«

»Für sie schon. Als Oliver kam, hat sie alles rausgeschmissen, was an Robin erinnerte. Er wurde aus der Familie gelöscht.«

»Und darauf hast du dich eingelassen?« Meine Stimme hallt laut in der Stille des Waldes. »Wie zum Teufel konntest du das zulassen?«

»Um unsere Beziehung zu retten, glaube ich. Ich nehme an, das ist schwer zu verstehen. Und vermutlich war es ein Fehler.«

Er macht seinen Arm los und entfernt sich ein paar Schritte vom Pfad. Ich sehe, wie er ein Stück weiter zwischen ein paar Bäumen stehen bleibt. Ich gehe ihm nach. Als ich bei ihm ankomme, wischt er sich etwas von der Wange.

»Aber du hast die Erinnerung an Robin nie losgelassen?«, sage ich.

»Nein. Wie könnte ich?«

»Bist du deshalb so hart zu Oliver?«

Papa antwortet nicht.

»Warum hast du gesagt, er wäre nicht deiner? Was hast du damit gemeint?«

Die Frage überrascht ihn. Er runzelt die Stirn. Als würde er versuchen, sich daran zu erinnern, dass er das überhaupt gesagt hat.

»Ich weiß nicht … ich war wohl unglücklich. Es passiert ab und zu, dass ich glaube, er wäre nicht mein Kind.«

»Es gibt DNA-Tests.«

»Ja … aber wenn er nicht mein Kind ist, will ich das gar nicht wissen. Ich habe schon einen Sohn verloren.«

Wir kehren wieder zum Pfad zurück. Der Mond ist jetzt frei von Wolken und erleuchtet den Wald. Wir brauchen die Lampe kaum mehr. Ich gehe an Papas Seite.

»Ich muss dir was erzählen, Papa, wenn du versprichst, dass es unter uns bleibt?«

Er nickt, und ich vertraue diesem Nicken. Also erzähle ich ihm von dem Fernrohr. Von Lundgrens Aquarell und wie Veronica es verbrannt hat, und von ihrem Treffen auf der Veranda.

»Das hat er gesagt?«, fragt Papa. »›Du weißt, dass ich gesehen habe, was ich gesehen habe‹?«

»Ja.«

Papa bleibt auf dem Pfad stehen. Das Mondlicht formt fast einen Heiligenschein um sein ergrauendes Haar. Ich warte darauf, dass er etwas sagt, aber er bleibt stumm.

»Könnte er gesehen haben, wie Robin ertrunken ist?«, frage ich schließlich.

»Setz dich.«

Papa zeigt auf einen umgestürzten Baum, und ich setze mich auf den Stamm. Er selbst geht vor mir in die Hocke und sieht mir in die Augen. Sein Blick ist fokussiert und die Stimme ruhig.

»Ich wollte dir das früher nicht sagen, Emmie, aus mehreren Gründen. Aber jetzt sage ich es doch.« Er nimmt meine Hand. »Robin ist nicht ertrunken. Das ist Veronicas Version des Geschehens, die sie dir und allen anderen über die Jahre eingeprägt hat. Aber es ist nicht wahr.«

Papa hält meinen Blick fest. Meine Schultern sinken, ich höre auf zu atmen.

»Aber das T-Shirt …?«, bringe ich schließlich heraus. »Das sie auf der Felsplatte gefunden haben?«

»Das hat Veronica ins Wasser geworfen.«

6

Er hat also behauptet, Robin sei nicht ertrunken?«, sagt der ruhige Mann mit dem unbeweglichen Mund.

»Ja.«

Ich sehe, dass er ungefähr genauso perplex ist wie ich selbst, als ich es gehört habe. Er nimmt wirklich Anteil an meiner Geschichte. Das ist gut, so wird es sinnvoll weiterzuerzählen. Als ich mich heute Morgen hier hingesetzt habe, hatte ich einen gewissen Widerwillen. Das Zimmer ist fantasielos mit seinen nackten grauen Wänden und seinem Steinboden, und der Stuhl, auf dem ich sitze, ist zu hart. Das Einzige, was die Monotonie unterbricht, ist das Schiff in der Flasche, aber auch daran habe ich das Interesse verloren. Das Schiff kommt ja nirgendwohin.

»Das ist eine ziemlich aufwühlende Information«, sagt er.

»Ja.«

Vor allem für mich. Für ihn ist es nur eine Notiz in einer Reihe neuer Vermerke. Er hat das Buch gewechselt. Das alte war vollgekritzelt. Ich reibe die Handflächen gegeneinander.

»Frieren Sie?«

»Ja. Kann man hier die Heizung aufdrehen?«

»Es gibt keinen Heizkörper.«

Keine Heizung und keine Fenster. Fast keine Gegenstände. Nichts, was das Gespräch stören könnte. Nicht einmal eine blaue Scherbe, denke ich.

Das Mondlicht sucht sich den Weg zwischen die Baumwipfel nach unten und erleuchtet den Großteil des Pfades. Wir haben seit einer ganzen Weile nichts mehr gesagt. Ich habe nicht nach Veronica und dem T-Shirt gefragt, obwohl die Gedanken in meinem Kopf herumwirbeln. Die Situation ist gerade zu empfindlich. Aber ich will Antworten. Das ist trotz allem der Grund, weshalb ich hier bin.

Als wir uns dem Waldrand nähern, nimmt Papa meine Hand.

»Wir gehen zum Strand«, sagt er. »Ich will dir dort was zeigen.«

Das Schweigen ist gebrochen. Es ist okay, wieder zu sprechen.

»Warum hat Veronica Robins T-Shirt ins Wasser geworfen?«, wage ich zu fragen.

Es dauert eine Weile, bis er antwortet. Wir sind schon fast aus dem Wald heraus. Schließlich holt er tief Atem.

»Weil sie davon überzeugt war, dass er ertrunken war, und allen Spekulationen und Gerüchten ein Ende setzen wollte. Außerdem hatte sie die ganzen Polizisten und Verhöre satt. Es war nicht besonders schlau, aber sie ist, wie sie ist, und sie hat bekommen, was sie wollte.«

Klingt ganz nach Veronica, denke ich.

»Das T-Shirt wurde als Beweis dafür angesehen, dass Robin ertrunken war«, fährt Papa fort. »Die Ermittlung wurde eingestellt, und die Gerüchte erstarben. Fast.«

Wir machen einen Umweg um das dunkle Haus und gehen weiter zum Strand.

»Aber was ist dann mit Robin passiert?«, frage ich. »Wenn er nicht ertrunken ist?«

Papa hebt den Blick. Ich folge ihm zum Leuchtturm.

»Eine Weile dachte ich, Lundgren hätte was damit zu tun«, sagt er, ohne den Blick vom Leuchtturm abzuwenden.

»Warum?«

»Weil er gern kleine Jungen zeichnete.«

Der Zeichenblock. Den ich in Lundgrens Haus durchgeblättert habe.

»Du meinst, er könnte Robin gekidnappt haben?«, frage ich und spüre, wie mein Puls eine Spur schneller schlägt.

»Ich weiß nicht«, sagt Papa mit hoffnungsloser Stimme. »Nachdem Robins Leiche nie gefunden wurde, kann ja alles Mögliche passiert sein.«

»Was glaubst du selbst?«

Er antwortet nicht. Wir gehen weiter in Richtung der Bootshäuser, dicht nebeneinander.

»Aber warum war Veronica so felsenfest davon überzeugt, dass er ertrunken ist?«, will ich wissen.

»Es war wohl ihre Art weiterzugehen, ich glaube, sie brauchte einen Abschluss. Du weißt ja, wie sie ist.«

Weiß ich das? Ich habe lange ein Bild davon gehabt, wie Veronica ist, und vermutlich ist es das, worauf Papa sich bezieht. Aber in diesen Tagen hat sich das Bild verändert. Sie wirkt auf eine neue Art angespannt. Als würde ihre Fassade langsam Risse bekommen.

»Eine Weile hatte die Polizei mich im Fokus«, sagt Papa, ohne meine Hand loszulassen.

Ich bleibe stehen.

»Sie meinten, es sei Routine … Es gibt offenbar eine Statistik, die besagt, dass Familienmitglieder oft in … wie haben sie sich noch mal ausgedrückt … derartige Geschichten verwickelt sind.«

»Du solltest also angeblich was getan haben? Robin getötet?«

»Ja, ihn ertränkt, was weiß ich. Sie hatten irgendwelche Zeugen gehört, die mich mit Robin beim Baden gesehen hatten, an manchen Abenden, unten beim Steg. Sommergäste, die über alles tratschten. Ich habe immer mit euch Kindern gebadet.«

Die Erinnerung daran, wie Papa neulich abends mein Bein umklammert hat, taucht wieder auf. Sie vermischt sich mit meinem Albtraum vom Meer, das versucht, mich zu ertränken, und Papas schallendem Gelächter. Ich versuche, die Bilder abzuschütteln, ich will nicht, dass er etwas merkt. Er war an dem Abend besoffen. Ich erinnere mich nicht, dass er in meiner Kindheit so war. Aber das Gedächtnis ist eine unzuverlässige Quelle. Was, wenn er tatsächlich betrunken war, mit Robin gebadet hat und dann wütend wurde? Robin konnte manchmal außer Rand und Band sein, er konnte einen in den Wahnsinn treiben. Und Papa hatte einen kurzen Geduldsfaden, wenn er nicht nüchtern war.

Hier breche ich meine Gedanken ab. Ich will nicht tiefer graben. Zumindest nicht jetzt.

Papa lässt meine Hand los, und erst jetzt fällt mir auf, wie kalt es ist. Ich erschaudere, stecke die Hände in die Hosentaschen und blicke aufs Meer hinaus. In Richtung Kormoraninsel. Da taucht eine andere Erinnerung auf. Eine noch deutlich unangenehmere.

»Ich hab neulich in der Nacht was sehr Merkwürdiges gesehen«, beginne ich. »Veronica ist zur Kormoraninsel rübergerudert, ist dort herumgelaufen und hat gesungen. Oder ich denke jedenfalls, sie hat gesungen, es hallte bis zum Strand herüber. Fast wie ein Heulen. Ganz schön krank, irgendwie.«

Papa blinzelt verwirrt. Es dauert ein paar Sekunden, bis er den Mund öffnet.

»Das klingt ja völlig absurd«, sagt er. »Bist du dir sicher?«

»Ja. Glaubst du mir nicht?«

»Doch, absolut … es klingt nur so … bizarr? Was wollte sie dort draußen? Mitten in der Nacht?«

Ich will nicht erzählen, dass es derselbe Abend war, an dem sie Lundgrens Aquarell verbrannt hat. Ich weiß nicht, ob das mit dem Heulen zusammenhängt. Oder mit irgendetwas ganz anderem.

»Hast du ihr gesagt, dass du sie gesehen hast?«, fragt Papa.

Ich schüttele den Kopf.

»Die hab ich immer benutzt, um Aale zu fischen. Draußen vor der Kormoraninsel.«

Wir sind bei den Bootshäusern angekommen. Papa zeigt auf die alte Reuse, die heruntergefallen war, als ich zuletzt hier gewesen bin. Dann geht er weiter in die Holzhütte.

Drinnen ist es eng und dunkel. Die Wände sind nicht gestrichen. Lange Regale erstrecken sich von einem Ende zum anderen, voll beladen mit Sachen. In der einen Ecke liegt eine Menge Angelzeug, und genau vor uns ein Haufen Bretter. Papa leuchtet mit der Taschenlampe herum. In ihrem Schein kann ich etwas erahnen, das wie eine alte Fuchsfalle aussieht. Glaube ich.

»Kannst du sie mal kurz halten?«

Papa reicht mir die Lampe und fängt an, hier und da Dinge hochzuheben. Ich stehe regungslos hinter ihm und leuchte. Er zieht eine große Plane weg.

»Hier … davon weiß Veronica nichts.«

Er hebt einen großen beigefarbenen Karton heraus, geht in die Hocke und öffnet den Deckel. Ich lasse mich neben ihm auf die Knie hinunter und stelle die Lampe auf den Boden. Vorsichtig holt er einige Gegenstände heraus. Es sind alte Spielsachen. Eine gelb-braune Giraffe aus Holz mit rosa Rädern. Ein kleines blaues Plastikauto. Papa sieht sie sich an.

Eines nach dem anderen legt er sie neben sich auf den Boden. Ich habe eine vage Erinnerung an diese Giraffe. Ich glaube, sie hat Robin gehört. Papa gräbt noch ein bisschen in der Kiste und fördert ein paar alte Fotos zutage. Eines von ihnen zeigt einen kleinen Jungen mit lockigem sonnengebleichtem Haar und großen kastanienbraunen Augen. Der Junge lächelt. In seinem Oberkiefer fehlt ein Vorderzahn. Er hält eine lila Angel in der Hand.

»Er hat Angeln geliebt«, sagt Papa.

Im Schein der Taschenlampe sehe ich Tränen in seinen Augen. Ich lege eine Hand auf seinen Rücken. Wir sitzen eine Weile schweigend da. Draußen sind entfernte Möwenschreie und ein dumpfer, lang gezogener Ruf zu hören. Ein Prachttaucher.

»Ab und zu wache ich immer noch auf und glaube, er kommt gleich über den Strand angelaufen«, sagt Papa schließlich. Er holt tief Luft. »Manchmal bilde ich mir ein, dass er vielleicht von jemandem mitgenommen wurde. Entführt. Dass er sich im Wald verlaufen hat und dort auf jemanden traf … In dem Sommer damals waren viele Pilzsucher im Wald, es gab eine Menge Pfifferlinge und Steinpilze … Jedes Mal, wenn ich etwas über diesen Madeleine-Fall in Portugal lese, denke ich an Robin. Ihm könnte dasselbe passiert sein … vielleicht ist er immer noch am Leben.«

Ich weiß nicht, was ich sagen soll. Sein ganzes Leben lang nicht zu wissen, ob sein verschwundenes Kind am Leben ist oder nicht. Schrecklich. Ich rücke aus dem Lichtkegel. Es schmerzt in meiner Brust. Ich habe Papa auch eine Zeit lang verlassen. Bin einfach verschwunden. Jetzt fühlt sich das falsch an, aber ich war damals auf meiner eigenen Reise und wusste nicht, was er durchmachte. Wie auch immer, nun sitzen wir trotzdem hier. Zusammen. Ich versuche, die Schuldgefühle wegzuschieben.

»Warst du hier, als Robin verschwunden ist?«

»Nicht so richtig.«

Papa blickt auf den leicht vermoderten Holzboden hinunter.

»Ich war oben auf dem Aussichtsberg. Ich war mit einer Flasche Whisky hinaufgegangen, um mich volllaufen zu lassen. Das ist damals fast nie passiert, aber Veronica und ich hatten einen fürchterlichen Streit gehabt. Ich fand, sie war zu hart zu euch Kindern. Ich hatte mein Handy zu Hause gelassen, also konnte mich niemand erreichen. Als ich zurückkam, herrschte das komplette Chaos. Veronica hatte die Seepolizei alarmiert, und du warst verschwunden.«

»Ich auch?«, frage ich und sehe Papa an.

»Ja. Aber Veronica war überzeugt davon, dass du nur weggerannt warst und dich irgendwo versteckt hattest … Sie hatte dich kurz vorher noch gesehen, und irgendwann hat sie dich im Holzlager im Keller gefunden.«

Ich zucke zusammen. Ich *war* also als Kind unten im Keller gewesen? Und von Veronica gefunden worden. Am Tag, an dem Robin verschwand. Das erklärt zum Teil, warum ich im Holzlager so ein unangenehmes Gefühl hatte. Aber nicht ganz. Da ist noch mehr, das spüre ich. Ich schaue den Karton an. Es liegt noch etwas darin. Eine kleine grüne Wasserpistole. Die habe ich definitiv schon einmal gesehen. Ich beuge mich vor und hole sie heraus.

Papa sieht mich an, als versuchte er, meinen Gesichtsausdruck zu lesen.

»Erinnerst du dich an sie?«

»Ja. Er hatte sie am Strand … ist rumgerannt und hat versucht, mein gelbes Kleid nass zu spritzen.«

Ich lege die Pistole zurück in die Kiste. Ich weiß nicht mehr, wann das war. Auch nicht, dass ich mich im Holzlager versteckt habe. Papa räumt die restlichen Sachen zusammen. Das dauert eine Weile. Ich betrachte ihn im Schein der Taschenlampe. Er beugt sich vor und legt den Deckel auf den Karton, dann stellt er ihn zurück in sein Versteck und zieht die Plane darüber.

Es gibt eine zentrale Frage, über die ich mehrere Jahre lang nachgegrübelt habe. Die mit meiner Dunkelheit zu tun hat. Jetzt taucht sie plötzlich wieder in meinem Bewusstsein auf. Ich kann die Worte nicht mehr zurückhalten.

»Papa … hast du dich an mir vergriffen, als ich klein war?«

Ich höre meine eigene Stimme, aber es ist, als säße ich ein Stück weiter weg und wäre nicht wirklich anwesend. Zuerst sieht er mich nur an und versucht aufzunehmen, was ich gerade gefragt habe. Es scheint für ihn beinahe unbegreiflich zu sein.

»Was sagst du da …?«, bringt er schließlich heraus. Die Stimme kommt wie aus einem Grab.

Ich antworte nicht. Die Frage ist gestellt und kann nicht mehr zurückgenommen werden. Draußen peitschen die Wellen. Papa steht mühsam auf und lehnt sich an die Wand. Seine Augen weiten sich. Die Lippen bewegen sich auf und ab.

»Wie zum Teufel kannst du das denken …? Wie kannst du … wie …«

Sein ganzer dünner Körper bebt. Die Hände zittern. Das Kinn zuckt.

»Papa …«

Ich weiß nicht, was ich sagen soll. Er löst sich von der Wand und fängt an, in der Hütte im Kreis zu gehen. Die Tränen laufen ihm die Wangen hinunter. Er schüttelt den Kopf und schlägt mit den Handflächen gegen seine Oberschenkel. Schließlich bleibt er am Fenster stehen.

»Ist es das, was du glaubst?«, fragt er und versucht, sein Schluchzen zurückzuhalten.

»Ich glaube gar nichts, weil ich nichts weiß«, sage ich. »Ich versuche nur, eine Erklärung für meine Dunkelheit zu finden, was da passiert ist … warum es mir ging, wie es mir ging.«

Papa holt ein paarmal tief Atem. Das Beben ebbt ab. Die Hand, die über das Gesicht wischt, hat aufgehört zu zittern. Er blickt lange aufs Meer hinaus. Seine Stimme ist beherrscht, aber intensiv, als er sich umwendet.

»Ich habe nie, niemals etwas getan, das dir geschadet hat. Niemals. Wir haben uns umarmt und gekuschelt und waren uns in deiner ganzen Kindheit sehr nahe, aber etwas anderes war es nie. Niemals.«

Ich nicke stumm. Ich sehe in seinen Augen, dass er die Wahrheit sagt. Er streckt eine Hand aus. Die Tränen kommen, ohne dass ich es verhindern kann. Seine Hand erreicht meine, und ich breche in seinen Armen zusammen.

»Entschuldige«, flüstere ich. Vielleicht so leise, dass er es nicht hört. »Ich musste fragen.«

Papa nickt und räuspert seine Stimme frei, so gut es geht.

»Ich weiß, mit was für einer schrecklichen Dunkelheit du gerungen hast«, sagt er. »Mir ist klar, dass du verstehen willst, woher sie kommt. Ich auch. Vielleicht ist dir etwas passiert, das ich nicht weiß. Irgendein Übergriff, von dem du nie erzählen konntest. Sexuelle Übergriffe können Verdrängung auslösen.«

Er wendet sich zum Fenster und blickt hinaus.

»Woran denkst du?«, frage ich, obwohl ich die Antwort eigentlich ahne.

»Lundgren«, sagt Papa. Er dreht sich um und streichelt mir über die Wange. Das fühlt sich etwas merkwürdig an. »Du durftest einmal mit ihm nach Hause gehen, als du klein warst. Das war, bevor wir ahnten, dass mit ihm irgendetwas nicht stimmte. Nach diesem Besuch hat er sich den ganzen Sommer über ferngehalten.«

Im Haus brennt noch immer kein Licht, als wir zurückkommen. Wir schweigen. Ich ziehe mir im Flur die Jacke aus und streife mir in meinem Zimmer die Schuhe ab. Ich habe viel Information zu verdauen. Teilweise nützliche. Ich lege mich aufs Bett und starre an die rissige Decke. Papa hat also die Theorie, dass Robin gekidnappt wurde. Entführt. Vielleicht im Wald. Außerdem war ich offenbar einmal bei Lundgren zu Hause. Als Kind. Ich drehe mich zur Seite. Die Chance, dass ich jetzt einschlafen kann, ist verdammt noch mal bei null.

In Papas Arbeitszimmer gibt es nur eine Lampe. Eine alte Schreibtischlampe aus verfärbtem Messing. Ich taste mich in der Dunkelheit zu ihr vor. Ihr Schein fällt auf seinen Laptop. Neben der kleinen Webkamera klebt ein Aufkleber mit Benutzername und Passwort. Ich muss schmunzeln. Was ist der Zweck eines Passworts, wenn es auf dem Computer steht? Ich rufe den Browser auf, dann tippe ich »Mytten« ins Suchfeld ein. Es tauchen mehrere alte Artikel über die Ereignisse auf der Insel auf. Über den verschwundenen Fünfjährigen. Ich klicke einen von ihnen an. Die Polizei hatte offenbar einen Hinweis auf ein italienisches Paar mit Wohnwagen bekommen, das im Wald gewesen war, um Pilze zu suchen. Das Paar wurde zur Fahndung ausgeschrieben, aber nie gefunden.

Ein paar Sekunden sitze ich regungslos da und denke daran,

was Papa gesagt hat. Dass Robin immer noch am Leben sein könnte. Ich weiß nicht so recht, wie ich mit diesem Gedanken umgehen soll. Dass es vielleicht die Möglichkeit gibt, meinen kleinen Bruder wiederzusehen. Ein Gefühl der Hoffnung durchströmt meinen Körper. Robin umarmen zu dürfen, sein Lachen wieder zu hören. Die Bilder erfüllen mein Gehirn. Ich schließe die Augen und lächle.

Als ich sie wieder öffne, begreife ich, wo ich bin. In einer Welt, in der Robin nicht da ist und vermutlich auch nicht mehr auftauchen wird. Ich seufze tief und scrolle weiter auf dem Bildschirm. Ganz unten komme ich zu einem der ersten Artikel über den Fall. Ein zweiundzwanzigjähriger Mann, dessen Name nicht ausgeschrieben ist, wurde festgenommen. Wegen des begründeten Verdachts, etwas mit Robin Fagerströms Verschwinden zu tun zu haben. Einer der niedrigeren Verdachtsgrade. Der Mann ist wohnhaft auf der Insel Mytten. Der nächste Artikel berichtet, dass der Zweiundzwanzigjährige aus dem Kreis der Verdächtigen gestrichen wurde, da er nicht mit dem Fall in Verbindung gebracht werden konnte.

Zweiundzwanzig Jahre. Wie alt wäre diese Person heute? Um die vierzig. Loui Svärds Alter. Angesichts seiner Vergangenheit ist es nicht unmöglich, dass er etwas damit zu tun hatte. Was, wenn es so ist? Der Gedanke verschlägt mir für ein paar Sekunden den Atem.

Ich schließe den Artikel und durchforste Überschrift für Überschrift. Robins Name fliegt auf dem Bildschirm vorbei. Ich klicke auf einen neueren Artikel. Dem Text nach war ein T-Shirt des Jungen auf der Insel angeschwemmt und gefunden worden. Die Mutter des Jungen bekräftigte, dass er das T-Shirt am Tag seines Verschwindens getragen hatte. Es war blau. Ich starre auf den Bildschirm. Veronica hatte der Polizei also direkt ins Gesicht gelogen. Genau wie Papa gesagt hat. Ich lese weiter.

Die Mutter und der Vater des Jungen wurden verhört. Der Vater konnte kein Alibi vorweisen und lieferte auch keine detaillierten Angaben, was er zum Zeitpunkt des Verschwindens getan und wo er sich aufgehalten hatte. Die Verhöre mit ihm sollten weitergeführt werden. Die Ermittlungen gegen die Mutter wurden eingestellt. Die große Schwester des Jungen hatte man nicht verhört. Einerseits wegen ihres geringen Alters, andererseits aufgrund ihres Zustands. Der Katatonie, wie Veronica angedeutet hatte. Es steht nichts darüber da, ob Lundgren verhört wurde. Komisch.

Ich lösche den Browserverlauf, bevor ich den Computer herunterfahre. Mit dem Telefon leuchte ich mich zur Spüle vor, um ein Glas Wasser zu holen. Plötzlich höre ich ein schabendes Geräusch. Ich spitze die Ohren. Es kommt von unten, von unter den Fußbodendielen. Ich denke daran, was Veronica über die Mäuse gesagt hat: dass sie ab und zu dort unten eine Falle mit sich herumziehen. Ich schiebe den Stuhl weg, setze mich auf den Boden und drücke das Ohr gegen eine der Dielen. Genau unter mir spielt sich ein regelrechter Todeskampf ab. Das Schaben wird immer intensiver. Dann hört es plötzlich auf. In der Küche wird es still.

Die Decke fühlt sich weich und angenehm an. Sie umschließt meinen Körper, und in ihrer warmen Umarmung sinke ich in den Schlaf. Doch auf einmal spüre ich etwas. Es berührt die Seite meines linken Fußes und schiebt sich langsam über ihn. Es ist feucht und schleimig. Ich ziehe das Bein schnell hoch, und wieder ist es da. Diesmal unter dem Arm. Irgendetwas kriecht unter meinen rechten Arm. Ich reiße die Decke weg. Darunter kann ich meinen Körper sehen. Oder Teile davon, der Rest ist von langen schwarzen Aalen bedeckt, die sich in meinem Bett winden.

Ich schreie. Von kaltem Schweiß bedeckt, wache ich auf und kann nur noch schreien. Um mich herum ist es dunkel, und mein Herz pocht wie wild. Die Augen brennen. Da klopft es an der Tür. Ich springe aus dem Bett. Zum ersten Mal seit Langem spüre ich, dass ich jemanden brauche. Einen Moment der Sicherheit. Draußen steht Veronica. Sie kommt sofort herein und umarmt mich. Ich bin den Tränen nahe und erlaube mir, die Deckung ein wenig aufzugeben.

»Albtraum?«, flüstert sie.

»Ja.«

Sie streicht mir übers Haar. Ich kann mich nicht länger widersetzen. Die Tränen beginnen zu laufen. Der Albtraum und alles, was während des Abends passiert ist, haben mich total ausgelaugt. Sie führt mich zurück zum Bett und setzt sich neben mich.

»Ist ja gut, mein Schatz«, sagt sie und fährt fort, mein Haar mit weichen Bewegungen zu streicheln. »Ging es in dem Albtraum wieder um Papa?«

Ich wische mir über die Wangen.

»Nein.«

Langsam beginne ich, mich von meinem akuten Bedürfnis nach Sicherheit zu erholen. Nach ihr. Ich will nicht von den Aalen erzählen. Veronica legt einen Arm um mich.

»Was habt ihr heute Nacht bei den Bootshäusern gemacht? Papa und du?«, fragt sie.

Ich zucke ein wenig zusammen. Hat sie uns hingehen sehen? Ich schüttele ihren Arm ab und rücke von ihr weg.

»Wir saßen dort und haben geredet.«

Sie bemerkt meine steife Reaktion und ändert ihren Tonfall. »Worüber?«, fragt sie scharf.

»Alles Mögliche«, sage ich und weiche ihrem Blick aus.

»Mitten in der Nacht?«

»Ja.« Ich versuche, die Decke zu mir zu ziehen. »Ich will jetzt schlafen.«

»Jetzt, wo du mich gerade geweckt hast«, sagt sie eine Spur unwirsch.

»Tut mir leid, das wollte ich nicht.«

Sie gönnt sich ein dünnes Lächeln. Als würde sie die Entschuldigung akzeptieren.

»Aber wie kommt es eigentlich, dass du so viele Albträume hast?«, fragt sie.

»Es geht mir wohl nicht gut.«

»Träumst du auch von der Vergangenheit?«

Ich weiß nicht, worauf sie hinauswill.

»Du kriegst langsam Krampfadern«, sage ich und zeige nach unten. Eines ihrer Beine ragt unter dem Morgenrock hervor. Eine schmale blaue Ader wölbt sich an der Seite der Wade nach außen. Sie zieht das Bein zurück unter den Morgenrock.

»Ist es das, worüber du mit Papa redest? Belanglosigkeiten?«

»Nein. Wir reden über das, worüber *wir* nicht reden.«

»Seinen Krebs?«

Sie lässt es sehr bewusst fallen, aus dem Mundwinkel. Wie einen Giftpfeil. Direkt in mich hinein.

»Casper hat Prostatakrebs. Die Aussichten scheinen gut zu sein. Aber er selbst glaubt, er wird sterben. Hat er das nicht erzählt?«

»Nein.«

»Wie merkwürdig, ihr wirkt doch so vertraut.«

Sie steht auf und geht zu dem gelben Kleid an der Wand.

Ihre Hand streicht leicht über den Stoff. Der Zeigefinger hält bei dem Fleck auf der Brust inne.

»Meine Güte, was hab ich mich mit diesem Fleck abgemüht. Er wollte einfach nicht rausgehen.«

Sie streichelt das Kleid ein letztes Mal, bevor sie sich zur Tür wendet.

»Warum sperrst du ab?«, fragt sie misstrauisch.

»Um mich sicher zu fühlen«, sage ich, ohne die Miene zu verziehen.

Sie schließt die Tür hinter sich. Ich stehe auf, um abzusperren, und gehe dann zum Kleid. Meine Finger bewegen sich vorsichtig über den dunklen Fleck. Es ist wirklich schwer, Blut herauszubekommen. Als ich die Hand sinken lasse, nehme ich etwas Dunkles in meiner Handfläche wahr. Ich halte sie vor mir hoch und sehe einen großen, dunklen Fleck. Denselben, der schon einmal da war, im Badezimmer. Ich schließe die Hand.

Es ist früh am Morgen, und ich habe in der Nacht kaum geschlafen. Mein Kopf schmerzt, als ich in den Garten hinaustrete. Das Gras ist feucht, und der Wind ist stärker als bisher. Papa hat eine hohe Leiter ans Dach gelehnt.

»Guten Morgen! Der Sturm scheint auf dem Weg hierher zu sein. Ich mache mir Sorgen, dass die Dachpfannen sich lösen. Hast du Lust, mir zu helfen?«

Ich nähere mich der Leiter. Papa klettert ein paar Sprossen nach oben.

»Hast du Krebs?«, frage ich.

Er hält inne und blickt nach unten.

»Warum hast du nichts gesagt?«

Er klettert wieder herunter und legt einen Arm um mich.

Sein Rasierwasser riecht deutlich angenehmer als Veronicas Parfüm.

»Weil ich Angst habe. Ich will sie nicht auf dich übertragen. Du hast deine eigene Hölle.«

»Veronica behauptet, du glaubst, du wirst sterben«, sage ich mit dem Gesicht an Papas Schulter.

Er schiebt mich mit festem Griff von sich weg und sieht mir in die Augen. »Alle werden sterben. Das Leben ist eine unheilbare Krankheit, die zum Tod führt.«

Es ist fast, als versuchte er, es mit einem Witz abzutun. Es durch Spott zu bannen. Aber seine Augen verraten ihn. Die Wehmut in den Pupillen ist kein Scherz. Die können vermutlich nicht mal Marshmallows heilen.

»Weiß Oliver davon?«, frage ich.

»Nein, noch nicht.« Er setzt einen Fuß auf die Leiter. Das Gespräch ist für ihn beendet.

»Ich hab dich lieb«, sage ich.

»Und ich dich.«

Er streichelt mir über die Wange. Es ist noch nicht lange her, dass ich gefragt habe, ob er sich an mir vergangen hat. Und jetzt wird er sterben. Der einzige Papa, den ich habe.

Der Mann klopft leicht mit einem Fingerknöchel auf den Tisch. Es ist das erste Mal, dass er mich auf diese Art unterbricht. Als hätte er es davor mit stummen Gesten versucht. Vielleicht war ich zu versunken.

»Entschuldigung«, sage ich. »Haben Sie schon vorher probiert, sich bemerkbar zu machen?«

»Ja. Als Sie von Ihrer Mutter erzählt haben. Nach dem Albtraum. Aber Sie waren nicht zu erreichen.«

»Was wollten Sie?«

»Ihr Verhalten hat mich stutzig gemacht. Dass Sie plötzlich … wie haben Sie es ausgedrückt? Die Deckung aufgegeben haben. Dass Sie es so intim werden ließen. Nach allem, was Sie über Ihr Verhältnis erzählt haben. Als hätten Sie trotzdem ein Bedürfnis nach Ihrer Mutter.«

Ich mag es nicht, wenn er will, dass ich das analysiere, was ich erzählt habe. Das ist seine Aufgabe. Meine ist wiederzugeben, was passiert ist.

»Ja, das war vielleicht seltsam«, sage ich. »Aber es hätte jeder vor der Tür stehen können. Papa oder Oliver. Ich hab nur einen Menschen zum Festhalten gebraucht. In dem Fall war es eben Veronica. Sind Sie nie in Panik aufgewacht und haben nach der erstbesten Hand getastet?«

»Nein«, sagt der Mann kurz.

Es ist deutlich, dass wir nicht dieselben Erfahrungen haben.

Die Wellen auf dem Meer schlagen hoch. Der Wind hat ordentlich zugenommen. Aber das ist mir egal. Ich befinde mich in einer Art ausgeschnittenem Zustand. Papas Krebs schießt mir durch den Kopf. Seine Angst. Als wäre die Trauer um Robin nicht genug. Es fühlt sich an, als sei nichts mehr etwas wert. Ich blicke auf das Wasser hinaus. Es wäre so einfach, einen Schritt hinein zu machen und einfach weiterzugehen, bis nur noch Dunkelheit den Körper umschließt. Sinken und verschwinden. Wenn ich den Mut hätte. Aber den habe ich nicht.

Noch nicht.

Stattdessen gehe ich auf die Bootshäuser zu. Als ich ankomme, sehe ich, dass sich etwas in der alten Aalreuse verfangen hat, die an der Wand hängt. Ein kleiner Vogel. Ein Rotkehlchen. Seine Augen sind geschlossen. Die Federn sehen zerzaust aus. Es bewegt sich nicht. Der Körper hängt leblos da, völlig in das Netz verstrickt. Ich bleibe vor ihm stehen und beuge mich näher heran. Ich bin nur ein paar Zentimeter von dem Vogel entfernt, als er jäh mit den Flügeln schlägt. Die plötzliche Bewegung lässt mich zurückweichen, und ich sehe, dass sein einer Flügel gebrochen ist. Der Arme. Ich beuge mich wieder vor und löse den Vogel vorsichtig aus dem Netz. Er versucht, sich zu bewegen, zu fliegen. Doch mit dem gebrochenen Flügel kann er nicht abheben. Ich stehe ein paar Sekunden mit dem Vogel in der Hand da. Dann umfasse ich mit festem Griff seinen Kopf und drehe ihm den Hals um.

Die Wellen rollen nun weiter ins Land hinein. Ich halte mich hoch oben an der Strandkante und laufe schnell zum Haus. Das tote Rotkehlchen ist warm in meinen Händen.

Papa scheint das Dachpfannenprojekt aufgegeben zu haben. Niemand ist im Garten. Ich gehe zum Tierfriedhof und lege den kleinen Vogel sachte auf den Boden. Dann beginne ich zu graben. Meine Hände werden braun von all der Erde, die um mich herumspritzt. Das Laub wirbelt um das Rotkehlchen. Als ich fertig bin, platziere ich es vorsichtig in der Grube. Auf dem Rücken. Dann bedecke ich es mit Erde und Laub. Weiter hinten sehe ich einen kleinen, flachen Stein. Ich hole ihn und ziehe meinen Schlüsselbund aus der Tasche. »Red Robin« ritze ich mit kantigen Buchstaben in den Stein, bevor ich ihn auf das Grab lege. Dann richte ich mich auf. Veronica steht im ersten Stock in einem Fenster und beobachtet mich. Diesmal raucht sie nicht.

Sie ist schon beim Esstisch in der Küche, als ich hereinkomme. Sie sieht ungepflegt aus. Das Haar ist ungekämmt, und sie hat dunkle Ringe unter den Augen. Außerdem hat sie eine Hose an. Vielleicht, um ihre Krampfader zu verbergen.

»Was hast du da draußen begraben?«, fragt sie.

»Einen toten Vogel.«

Sie sieht mich misstrauisch an und fährt mit einer Hand durch ihr Haar.

»Wo hast du ihn gefunden?«

»In der Reuse unten am Bootshaus. Ein Rotkehlchen.«

Sie nickt und setzt sich. Die Hose ist ein bisschen zu eng, ihr Bauch wölbt sich ein wenig über den Bund. Ich merke, dass sie noch etwas will.

»Was ist?«, frage ich.

Sie deutet mit einer Geste auf einen Stuhl. Ich setze mich auf einen anderen, ein Stück von ihr entfernt. Sie streckt ihre Hand aus und legt sie auf meine. Sie ist kalt. Ich fühle mich unbehaglich. Nur, weil sie mich heute Nacht umarmen durfte, bedeutet das nicht, dass ich ihre Nähe schätze.

»Du weißt, dass Papa wieder zu trinken angefangen hat. Es geht ihm nicht gut«, sagt sie.

»Offensichtlich nicht.«

Irgendetwas liegt in ihrem Blick, das ich noch nie zuvor gesehen habe. Er ist neblig, etwas abwesend. Steht sie unter irgendwelchen Medikamenten?

»Und geht es dir selbst gut?«, frage ich.

Sie ignoriert meine Frage.

»Dass du plötzlich aufgetaucht bist, hat es für ihn nicht leichter gemacht, mein Schatz.«

Ich ziehe meine Hand weg.

»Warum das?«

»Das weiß ich nicht, vielleicht, weil du ihn an Robin erinnerst. Ihr habt ja die gleichen Augen.«

Worauf will sie hinaus? Soll ich mir die Augen ausstechen? Das habe ich schon versucht. Fast.

»Und was soll ich dagegen tun? Die Augen wechseln? Oder von hier verschwinden?«

»Das wäre vielleicht für uns alle das Beste.«

Jetzt ist es also heraus. Endlich. Sie will mich aus dem Haus haben. Die Irritation in mir wächst. Mein einer Unterarm beginnt zu jucken.

»Sodass alles wieder begraben werden kann?«, sage ich.

Ihr Blick verändert sich von einer Sekunde auf die andere. Von neblig und schläfrig zu hart und angespannt.

»Ich versuche nur, mit der Situation zurechtzukommen, Emmie. Wie immer. Immer bin ich diejenige, die sich um alles kümmern muss.«

»Wie du es getan hast, als Robin verschwunden ist?«

»Was meinst du damit?«, zischt Veronica.

»Papa behauptet, Robin ist gar nicht ertrunken. Du hättest das nur zusammengelogen«, sage ich in einem so ruhigen Tonfall wie möglich.

Veronica zuckt zusammen. So richtig. Sie schiebt den Stuhl nach hinten, ungewöhnlicherweise, ohne sich darum zu scheren, dass er Kratzer in den Boden macht.

»Das ist doch albern«, sagt sie. »Wie, zusammengelogen? Ich kapiere nicht, wo er das alles hernimmt. War er nüchtern, als er das gesagt hat?«

»Ja.«

»Und du hast ihm geglaubt?« Ihre Stimme ist schrill.

»Hat er unrecht?«, frage ich und spüre, dass ihr plötzliches Ungleichgewicht mich ruhiger macht. Veronica merkt es und senkt schnell die Stimme.

»Natürlich hat er unrecht. Das sind doch nur kranke Fantasien. Ich werde mit ihm reden. Warum sagt er so was zu dir?«, sagt sie in kontrollierterem Ton.

Weil ich seine Tochter bin, denke ich. Weil ich es verdiene zu wissen, was mit meinem kleinen Bruder passiert ist. Weil Papa Krebs hat und vielleicht will, dass die Wahrheit ans Licht kommt. Das sollte ich sagen. Stattdessen stehe ich auf. Bevor ich hinausgehe, wende ich mich um.

»Papa hat mir gestern seinen Hängbaum gezeigt, im Wald.«

»Seinen Hängbaum?«

»Am Moorsumpf. Wo er sich erhängen wollte, als Robin verschwunden ist. Wusstest du das nicht?«

Vor der Tür zum alten Geräteschuppen sitzt ein rostiger Riegel. Ich löse ihn, bevor ich hineingehe. Alles ist voller Spinnennetze. Ich zerreiße sie, während ich herumsuche. Der Schuppen ist klein und vollgestopft. Ich muss einen Rasenmäher wegschieben, um an das heranzukommen, was ich erreichen will. Zum Schluss sehe ich den Lenker.

Es ist ein sehr altes Fahrrad. Ich bezweifele, dass es Luft in den Reifen hat. Als ich den grauen Gummi zusammendrücke, ist nicht viel Spannung drauf. Ich hoffe, es ist kein Loch in einem der Reifen. Auf einem Regal liegt ein länglicher schwarzer Gegenstand, der mir helfen kann. Mit der Pumpe unter dem Arm schiebe ich das Fahrrad aus dem Schuppen.

Meine Augen tränen von dem starken Wind, der mir ins Gesicht peitscht. Ich brauche mehr Antworten. Ich habe zwar im Haus ziemlich viel Information herausgepresst. Aber nicht genug, und ich will sehen, ob meine Erinnerungen irgendwo anders auf der Insel wachgerufen werden können. Ich trete langsam. Ich weiß, dass ich wegen Loui Svärd nicht allein hier Fahrrad fahren sollte. Er kann jederzeit auftauchen. Mit gebrochenem Nasenbein. Und wenn man bedenkt, dass vermutlich er derjenige war, von dem in einem der Zeitungsartikel die Rede war, ist es sehr gut möglich, dass er zu weit mehr als einer Vergewaltigung fähig ist. Dieses Risiko gehe ich ein.

Als ich nach einer Weile um eine Kurve fahre, sehe ich den alten Dorfladen. Oder eher: Ich sehe ein Haus, von dem ich denke, es muss der alte Dorfladen sein. Krass, dass es ihn noch gibt. Es ist ein gelbes Holzhaus mit weißen Kanten und grünem Blechdach. Auf beiden Seiten des Hauses stehen zwei hohe Kiefern. Ich springe ab und lehne das Fahrrad an eine der Kiefern. Eine ältere Frau mit langem grauem Haar steht draußen und streicht einen Fensterrahmen. Sie führt den Pinsel in ruhigen, langen Zügen auf und ab, taucht ihn in eine Dose mit Farbe und streicht wieder. Ich bleibe ein Stück hinter ihr stehen. Vermutlich hat sie mich nicht bemerkt, vielleicht hört sie nicht mehr gut. Sie reagiert nicht, bis ich »hallo« sage.

Sie dreht sich um, ohne zurückzugrüßen. Doch sie stellt den Pinsel in die Farbdose, als Zeichen dafür, dass wir Kontakt haben. Sie hat braune, runde Augen und eine bullige Nase mit einem kleinen Fettgeschwulst.

»Das hier ist doch der alte Laden?«, sage ich.

»Ja.«

Die Frau stellt die Dose auf den Boden und richtet sich wieder auf.

»So ist es. Aber jetzt nicht mehr.«

»Hier ist kein Dorfladen mehr?«

»Nein. Sie haben ja auf der anderen Seite der Insel den Supermarkt eröffnet, seitdem hat es sich hier nicht mehr getragen.«

»Wie schade.«

Ich weiß nicht richtig, was ich noch sagen soll. Es ist schon traurig, dass es hier genauso läuft wie an allen anderen Orten.

Dass das Großangelegte das Persönliche tötet. Die Frau spricht sehr ausgeprägtes Norrländisch. Sie trägt eine schwarze Latzhose mit einem blau karierten Hemd darunter.

»Aber Sie haben das Haus übernommen?«, sage ich.

»Es hat mir schon immer gehört.«

Die Frau lächelt und setzt sich auf eine Bank. Eine Tratschbank, wie Papa es immer nannte. Eine Bank, die dafür da ist, dass die Leute dort sitzen und über alles und nichts lästern. Am besten auf der Sonnenseite.

»Und wer bist du?«, fragt die Frau und legt sich ein Portionsbeutelchen Snus hinter die Lippe.

»Emmie Fagerström. Ich bin die Tochter von Veronica und …«

»Hab ich's mir doch gedacht, du siehst deiner Mutter ähnlich.«

Darüber habe ich noch nie nachgedacht. Ich soll Veronica ähnlich sehen? Das fühlt sich so mittelmäßig an in diesem Moment.

»Ich heiße Kerstin«, sagt die Frau. »Du erinnerst dich wohl nicht an mich?«

»Nein, leider nicht.«

»Mein Mann und ich haben diesen Dorfladen betrieben, als du noch klein warst, dann ist er an irgendeiner komischen Krankheit gestorben, aufgeschwollen und dann gestorben, tja, so ist das eben. Ich wohne immer noch hier, und das tue ich gerne. Bist du zu Besuch hier draußen?«

»Ja. Nur diese Woche.«

»Setz dich.«

Kerstin klopft neben sich auf die Bank. Ich denke daran, als Papa neben sich aufs Sofa geklopft hat. Es fühlt sich viel sicherer an, sich neben diese fremde Frau zu setzen. Eine Norrländerin mit Snus unter der Oberlippe. Außerdem eine Frau mit Kenntnissen über die Vergangenheit. Ich nehme Platz. Kerstin sieht mich an.

»Du und dein kleiner Bruder, ihr wart oft hier, als es den Dorfladen noch gab.«

Robin. Sie spricht von mir und Robin. Wir haben uns also trotz des Straßenverbots hierhergestohlen.

»Ihr seid jeden Sommer ein paarmal hergekommen und habt massenhaft Eis gegessen«, sagt Kerstin.

Wie haben wir dafür bezahlt? Wenn wir heimlich hier waren?, denke ich.

»Aber dann hat man viele Jahre lang weder euch noch die anderen gesehen«, sagt Kerstin. »Nach dem, was passiert ist.«

Sie blickt auf ihre Hände hinunter. Sie sind voller weißer Farbflecken.

»Als mein Bruder verschwunden ist?«, frage ich.

»Ja.« Kerstin nickt und blickt zum Kiefernwald auf der anderen Straßenseite hinüber. Als brauchte sie etwas Zeit, um in der Erinnerung zurückzugehen.

»Schreckliche Geschichte«, sagt sie. »Die ganze Insel war ja davon betroffen.«

»Inwiefern?«

»Na ja, mit Polizisten und Verhören und Journalisten und allem. Sie haben auch hier alles abgesucht, im Wald, viele haben mitgeholfen. Aber er wurde ja nie gefunden, dein Bruder.«

»Nein. Man hat angenommen, er ist ertrunken.«

»Ja, hat man. Aber du weißt, auf so einer Insel gibt es schnell eine Menge Gerüchte, Leute, die das eine oder andere gesehen haben wollen.«

»Gerüchte worüber?«, frage ich rasch. »Hatten sie etwas mit Anton Lundgren zu tun?«

Kerstin steht von der Bank auf und hebt die Farbdose hoch, nimmt den Pinsel und geht wieder zum Fensterbrett. Mit einer langsamen Bewegung zieht sie einen Strich über das Holz.

»Ich erinnere mich nicht mehr an sehr viel«, sagt sie. »Aber es gab Leute, die behaupteten, sie hätten deinen Bruder weit nach diesen Ereignissen gesehen.«

»Hier auf der Insel?«

»Ja.«

»Wer war das? Wer hat ihn gesehen?«

»Das musst du andere fragen, ich bin niemand, der tratscht.«

Ihre Pinselführung und ihr abgewandtes Gesicht zeigen, dass sie nicht mehr über die Sache reden will.

Meine Gedanken rasen, als ich heimwärts fahre. Robin auf der Insel gesehen? Ich höre Papas Stimme im Bootshaus: *Ab und zu wache ich immer noch auf und glaube, er kommt gleich über den Strand angelaufen.* Was, wenn er wirklich angelaufen kommt? Hier auf dem Weg. Würde ich ihn wiedererkennen? Nach achtzehn Jahren? Seine Stimme wäre anders, natürlich. Sein ganzer Körper. Aber seine Augen, sein Mund. Ich würde ihn wiedererkennen, das weiß ich. Meinen kleinen Bruder. Mir wird schwindlig von dem Gedanken, und ich merke, dass ich schneller fahre als vorher. Ich ringe nach Atem, als ich zum Gartentor komme. Vielleicht ist Robin gar nicht tot? Sie haben die Leiche nie gefunden. Ist das das Geheimnis, das diese Familie infiziert? Ich sehe das große Holzhaus an. Das vormals so schöne, hochherrschaftliche Sommerhaus. Jetzt fühlt es sich an wie ein langsam verwitterndes Mausoleum.

Ich schiebe das Fahrrad über das Grundstück zurück in den Schuppen. Es ist dunkel geworden. Vor dem Wohnzimmerfenster bleibe ich stehen. Dort drinnen steht Veronica mit einem Glas in der Hand. Wein vermutlich. Papa sitzt in einem der Sessel und kippt etwas in sich hinein, das wie Whisky aussieht. Er hat also wieder zu trinken angefangen. Im Kamin brennt Feuer. Sie scheinen in ein heftiges Gespräch verwickelt.

Ich schleiche ins Haus und ziehe vorsichtig die Tür hinter mir zu. Ihre Stimmen sind bis in den Flur zu hören.

»Sie saß vier Jahre in der geschlossenen Abteilung, und sobald sie rauskommt, fährt sie direkt hierher«, sagt Veronica erregt. »Warum?«

»Vielleicht braucht sie es. Will zu uns zurückfinden. Zur Familie.«

Papas Stimme ist leiser als Veronicas. Er klingt müde.

»Wir sind nicht ihre Familie. Sie ist kein Teil mehr davon. Sie hat sich selbst vor vielen Jahren ausgeschlossen, das weißt du.«

Ich gehe, so lautlos ich kann, die Treppe hinauf. Olivers Tür ist geschlossen. Ich klopfe vorsichtig an und trete ein. Er liegt auf dem Bett, mit dem Laptop auf der Brust. Als er mich sieht, nimmt er den Kopfhörer ab. Ich gehe zu ihm und setze mich auf die Bettkante.

»Sie streiten«, sage ich und sehe ihn an.

Er nickt.

»Tun sie das oft?«

»Nein.«

»Vielleicht ist es, weil ich hier bin?«

»Ja, vielleicht … aber es war fast anstrengender, bevor du gekommen bist«, sagt Oliver und schiebt den Computer auf seinen Bauch hinunter.

»Inwiefern denn?«

»Da haben sie fast nie was gesagt, sind nur schweigend herumgelaufen.«

»Sie werden vielleicht an Robin erinnert, wenn sie herkommen«, sage ich.

»Was machen sie dann hier?«

Ich zucke leicht mit den Schultern. Ich habe selbst schon darüber nachgedacht. Warum sie nach all den Jahren angefangen haben, das Haus wieder zu nutzen. Es scheint ja keinem von ihnen hier draußen gut zu gehen. Vielleicht geht es um Status. Es hat Klasse, eine Villa in den Schären zu besitzen. Ein Sommerhaus, egal, in welchem Zustand. Im Bekanntenkreis sagen zu können, wir verbringen den Sommer in den Schären. Auf Mytten. Wir haben ja eine Immobilie dort. Wenn ihr zufällig in der Gegend seid, legt doch einfach mal an.

»Du bist nicht gern hier?«, frage ich.

»Nein, das langweilt.«

Er setzt sich den Kopfhörer wieder auf. Ich zwicke ihn leicht in den großen Zeh, bevor ich aufstehe.

»Ich hab gesehen, wie du diesen Vogel getötet hast, den aus dem Netz.«

Ich wende mich um, als er das sagt. Er hat den Kopfhörer ein Stück heruntergezogen.

»Es war ein Rotkehlchen«, sage ich.

»Ich weiß. Hast du es begraben?«

»Ja.«

»Warum?«, fragt Oliver und hebt die Augenbrauen.

Komische Frage, denke ich. »Es war tot, und ich wollte eine Erinnerung daran haben.«

»Hast du alle Tiere begraben, die dort liegen?«

»Ja.«

»Hast du sie auch getötet?«

»Nur manche, wenn sie verletzt oder von der Katze gebissen worden waren. Ich mag es nicht, wenn Tiere leiden. Findest du das seltsam?«

Er schiebt den Kopfhörer wieder hoch.

Die Stimmen auf der anderen Seite der Wand sind laut. Beide klingen aufgeregt und betrunken. Sie haben ihren Streit mit ins Schlafzimmer genommen. Ich liege da und wälze mich im Bett herum. Aber zum Schluss entscheide ich mich: Wenn ich nicht einschlafen kann, dann kann ich die Zeit auch anders nutzen. Ich gehe zur Wand und drücke das Ohr gegen die hellgrüne Tapete. Ihre Stimmen sind jetzt deutlich zu hören. Beide sind unglaublich wütend. Veronica hat den lauteren Tonfall.

»Du bist so fürchterlich pathetisch, wenn du besoffen bist. Ich hasse das. Du hast keinen Millimeter Rückgrat im Körper. Hängbaum? Du hast einen verdammten Hängbaum im Wald? Wie beschissen feige ist das denn?«

»Und wie beschissen feige ist es zu versuchen, ein Kind auszulöschen? Zu versuchen, so zu tun, als hätte es Robin nie gegeben, weil du die Wahrheit nicht erträgst.«

»Welche verschissene Wahrheit?«

»Dass er gar nicht ertrunken ist. Dass wir nicht wissen, was passiert ist. Dass er vielleicht sogar noch lebt.«

»Du hast sie doch nicht mehr alle, Casper. Und diesen Mist erzählst du auch noch Emmie? Sie ist ja völlig aus dem Gleichgewicht!«

»Und wessen Schuld ist das? Du behandelst sie ja wie ein Stück Dreck.«

Es ist anstrengend, ihnen zuzuhören, trotzdem kann ich nicht aufhören.

»Und noch was anderes«, sagt Papa. »Dieses Aquarell, über

das ihr gestritten habt, worum ging es da? Verbirgst du etwas vor mir?«

Veronica klingt wütend, als sie antwortet.

»Ich verberge sehr viele Dinge vor dir, Casper, das habe ich immer getan … und dafür solltest du mir verdammt dankbar sein.«

Dann senkt Veronica die Stimme. Ich höre nicht, was sie sagt. Nach einer Weile wird es still. Doch auf einmal ist ein lautes Krachen zu hören, als würde jemand umfallen. Ich stürze in den Flur hinaus. Es sind ein paar Meter bis zu ihrer Schlafzimmertür. Ich sammle mich, bevor ich anklopfe. Die Tür öffnet sich, und Veronica versucht, ihre Gesichtszüge zu ordnen. Sie sieht mitgenommen aus. Am Rand ihres Nachthemds sind ein paar dunkle Flecke. Sie sehen aus wie Blut.

»Was ist hier los?«, frage ich und versuche, über ihre Schulter ins Zimmer zu schauen.

»Es ist alles gut, mein Schatz, Papa ist nur ein bisschen umgefallen«, sagt sie und will die Tür wieder schließen. Ich stelle einen Fuß in den Spalt.

»Ist er okay? Was ist passiert?«

Veronica begreift, dass ich hier stehen bleiben werde. Sie tritt auf den Flur hinaus und schließt die Tür hinter sich.

»Er ist wieder sehr betrunken. Er ist aus dem Bett gefallen und hat sich am Nachttisch angestoßen.«

Ich starre sie an. Ich glaube kein Wort von dem, was sie sagt.

»Papa hat erzählt, dass du Robins blaues T-Shirt ins Wasser geworfen hast, um die Polizei hinters Licht zu führen. Er glaubt, Robin wird vielleicht wieder auftauchen.«

Veronica zieht den Morgenrock über dem Nachthemd zusammen. Ihre Hände umklammern den Stoff. Die Fingerknöchel werden weiß, ihr Mund wird zu einem angespannten

Streifen Rot. Hätte sie jetzt ein Messer, sie würde es mir in die Brust rammen. Langsam beugt sie sich zu mir vor.

»Was auch immer er zu dir gesagt hat, Emmie, du musst eine Sache wissen: Robin wird niemals zurückkommen.«

Ich ziehe die Schnur der Spieluhr heraus. Das Wiegenlied beruhigt mich. Ich kann nicht mehr verstehen, was sie auf der anderen Seite der Wand sagen. Ich denke an Oliver, frage mich, ob er den Streit und das Krachen gehört hat. Er schläft ja auf demselben Flur. Ich will gerade das Zimmer verlassen, um nach ihm zu sehen, als Laute die zarte Musik durchdringen. Von der anderen Seite der Wand. Ein lang gezogenes Stöhnen, gefolgt von einem Wahnsinnsgebrüll. Ich drücke das Ohr wieder an die Wand. Dort drinnen weint jemand hemmungslos. Ich höre, wer es ist. Papa ist zusammengebrochen.

Ich will nicht wieder anklopfen. Was auch immer sich dort drinnen abspielt, ich will kein Teil mehr davon sein. Stattdessen gehe ich zu Olivers Zimmer. Die Tür ist angelehnt, aber er ist nicht da. Ich laufe weiter die Treppe hinunter. Aus der Küche ist ein Geräusch zu hören. Ein langsames Knarren, dann ein harter, kurzer Knall. Ich tappe hin.

Oliver sitzt in der Dunkelheit. Vor sich hat er die Mausefalle. Er zieht den Bügel hoch und lässt ihn auf seine Finger schnalzen. Die Tränen glänzen an seinen Wangen. Er scheint in einer anderen Welt zu sein, aber er merkt, dass ich mich zu ihm setze. Seine Umarmung ist beinahe verzweifelt. Schließlich lässt er mich los und lehnt den Kopf an meine Schulter. Ich trockne seine Wangen.

»Weißt du noch, als ich euch in Täby besucht habe? Als du unter dem Apfelbaum saßt?«, flüstere ich.

Er nickt.
»Wir haben einander, das weißt du.«
»Ich weiß«, flüstert er.
Keiner von uns ahnt, was bald losbrechen wird.

7

Es dauert eine Weile, bis ich merke, was nicht stimmt. Was fehlt. Das Schiff in der Flasche. Es stand jedes Mal, wenn wir uns hier getroffen haben, in der Dunkelheit auf dem Regal hinter dem Mann. Jetzt ist es weg.

»Wo ist das Schiff in der Flasche?«, will ich wissen.

Der Mann dreht den Kopf ein wenig in Richtung Regal. Als wüsste er nicht, dass es nicht mehr da ist.

»Es wurde an einer anderen Stelle gebraucht«, sagt er.

Ich verstehe nicht, was er damit meint, aber das ist vielleicht auch nicht so gedacht. Nicht ich soll verstehen, sondern er. Deshalb ist er hier.

»Dieser merkwürdige Traum von den Aalen, haben Sie ihn mehrmals geträumt?«, fragt er.

»Nein.«

Ich lüge. Der Traum ist ein paarmal wiedergekommen, in unterschiedlichen Formen. Immer gleich widerlich. Aber ich finde es zu langweilig, sich damit aufzuhalten. Es gibt wichtigere Dinge zu erzählen.

»Sie haben ein Rotkehlchen getötet«, sagt der Mann. »Sind Sie sich sicher, dass es genau diese Vogelart war?«

»Ja. Warum wollen Sie das wissen?«

»Weil es dann einfach ist, Dinge hineinzuinterpretieren. Wenn es wahr ist.«

»Glauben Sie, ich lüge?«, frage ich.

»Nein. Es wäre nicht besonders sinnvoll, hier zu sitzen, wenn Sie lügen würden.«

»Ich lüge nie«, sage ich. Die Notlüge über den Aaltraum zählt nicht. Die kann ich mir leisten. Abgesehen davon ist tatsächlich alles wahr, was ich dem Mann erzähle. Zumindest so wahr, wie mein Gedächtnis es zulässt. Es geht um meine Geschichte, nicht um seine.

»Ich hatte aber einen anderen Traum«, sage ich. »Ich war mit Robin am Strand. Ich hatte mein schönes gelbes Kleid an. Robin ging auf den Händen. Papa kam aus dem Wasser, nackt, mit einer Weinflasche in der Hand. Ein Mann saß mit einem Stativ vor uns und zeichnete ein Porträt von Oliver. Hinter ihm saß Veronica und grub eine kleine Grube. Sie hatte ein lebloses Rotkehlchen in der Hand. Vorsichtig legte sie es in die Grube. Ich ging hin und sah hinein. Der kleine Vogel bewegte sich. Plötzlich bekam ich eine kräftige Ohrfeige von ihr, direkt ins Gesicht, und dann bin ich aufgewacht.«

»Von der Ohrfeige?«

»Ja … das Komische war, dass es dort wehgetan hat, wo ich sie bekommen hatte. An der Wange. Ich habe mich im Bett aufgesetzt und das Kleid an der Wand angeschaut und gedacht: Veronica hat mich geschlagen.«

»Wie hat sich das angefühlt?«, fragt der Mann.

»Wie eine Eskalation.«

Der Himmel ist schwarz und voller leuchtender Punkte. Es ist kurz nach der Wolfsstunde. Der einsame Ruf des Prachttauchers dringt ins Bootshaus. Ich habe mich in einer Ecke verkrochen. Nichts stört meine Gedanken.

Ich kann mich noch ungefähr erinnern, wie ich losgelassen habe. Wie ich in den dunklen Dämmerzustand hineingegangen bin. Ich saß auf einem karierten Fußboden, zwischen Tierhaaren und in kalter Zugluft, es roch nach Formalin.

Mein Kopf war zurückgelegt, das Gesicht von einer Stoffmaske bedeckt. Jemand nahm die Maske ab und fragte, wie ich heiße. Das Erste, was ich sah, war graue Stuckatur. Als meine Augen sich an das Licht gewöhnt hatten, bemerkte ich, dass eine runde Uhr an der Wand hing, ohne Zeiger. Dann sah ich, wer nach meinem Namen fragte. Es war ein Mann mittleren Alters im weißen Kittel. Er hatte die Hände vor sich verschränkt. Hinter seinen Beinen konnte ich eine halb offene Glastür erahnen. Ein monotoner, unmenschlicher Schrei drang zur Tür herein. Der Mann wandte sich um und schloss sie. Da habe ich losgelassen. Wann mag das gewesen sein? Vor vier Jahren? Oder gestern? Ich schlief auf dünnen Laken und aß, was mir vorgesetzt wurde. Ich weiß noch, dass es im Zimmer eine blaue Porzellanscherbe mit scharfen Kanten gab. Sie lag in einer Ecke. Das war mein einziger Kontakt. Alles andere war abwesend.

Hier und da ging ich in den Park. Laub flatterte um meine Füße. Die Musik im Kopf kam und ging. Ich weiß nicht, wie lange es so lief, die Zeit hatte keine Zeiger. Ich versuchte, eine Entsprechung zu mir selbst zu finden. Zu dem, was ich im Spiegel sah. Ich wollte nicht verschwinden, wollte in dem bleiben, was mir genommen wurde. Ich war einundzwanzig Jahre alt oder vierundzwanzig. Ein sehr kleines Lebewesen. Eines Morgens führten sie mich in ein fremdes Zimmer. Eine Frau saß an einem Schreibtisch, ohne sich mir zuzuwenden, und erklärte, ich sei gesund. Ich lächelte und schloss die Hand fest um die blaue Scherbe, die darin lag. Die Kanten schnitten ins Fleisch.

Ich schaue durchs Fenster des Bootshauses. Oliver ist zum Schluss eingeschlafen, und ich bin hierhergekommen. Mein Atem bildet Dunst in der kühlen Luft. Die grüne Decke hält mich warm. Meine Hände zittern aus anderen Gründen. Ich will nicht mehr zurück. In diesen Zustand. In die Dunkelheit. Ich will gesund sein. Ich will nicht, dass mein Gesicht verschwindet. Ich lege die eine Hand auf die andere, damit sie zu zittern aufhört. Ein paar Tränen landen auf dem Handrücken. Die Haut wird feucht und warm. Ich will im Licht leben. Sichtbar. Wie ein ganzer Mensch. Ich will wieder lachen. Wie Robin. Niemand konnte so lachen wie er. Über alles und nichts. Ein Lachen, das mich morgens weckte und mich froh machte. Dieses Lachen ist fort, aber ich bin noch da. Ich muss überleben, um seinetwillen. Darf nicht innerlich verfaulen.

Die Hände sind jetzt still. Ich bin ruhig. Die Gedanken an Robin haben mir geholfen. Ich bin wieder ganz. Ich drehe den Kopf. Ganz hinten in der Dunkelheit steht der Karton, den Papa versteckt hat. Mit Robins Sachen. Das Einzige, das von ihm noch da ist. Ich versuche, mich zu erinnern, was in dem Karton lag. Da war ein Gegenstand, der etwas in mir ausgelöst hat. Der beinahe eine Erinnerung hervorgerufen hätte. War es eine Erinnerung, die zu dem Tag gehört, an dem Robin verschwunden ist? Ich stehe auf.

Am Horizont wird es langsam hell, und die Dunkelheit im Bootshaus ist dabei zu verschwinden. Bald wird es dämmern. Langsam kämpfe ich mich zu dem Gerümpel ganz hinten durch. Mit jedem Schritt steigt mein Puls. In dem Karton ist etwas, an das ich heranwill. Das mir helfen kann, mich zu erinnern. Ich schiebe ein paar Holzkisten und einen alten Anker zur Seite. Papa hat den Karton unter eine Plane geschoben. Ich reiße sie herunter und gehe in die Hocke. Da ist nichts.

Der Karton ist weg.

Es ist nicht weit vom Bootshaus zum Haus. Der Strand ist etwa fünfzig Meter lang. Trotzdem renne ich. Der Wind fegt mir die Haare ins Gesicht. Ich weiß nicht, wie viel Uhr es ist, mein Handy liegt zum Aufladen neben dem Bett. Nachdem es draußen schon vollkommen hell ist, muss es fast neun sein. Frühstückszeit.

Die Küche ist leer. Kein Kaffeeduft, kein Papa. Ich laufe weiter zu seinem Arbeitszimmer, aber dort ist er auch nicht. In drei großen Schritten nehme ich die Treppe zum oberen Stockwerk. Die Tür zum Schlafzimmer meiner Eltern ist angelehnt. Ich schiebe sie ein klein wenig auf. Das Doppelbett ist gemacht, das Zimmer still. Ich öffne die Tür zum Badezimmer. Niemand da. Das Handy. Ich hole es von meinem Nachttisch – es ist voll aufgeladen. Die Tür zu Olivers Zimmer steht halb offen, aber er schläft. Ich gehe zurück ins Erdgeschoss und raus auf die Veranda. Das Auto steht an seinem Platz vor dem Gartentor. Als ich den Rasen betrete, sehe ich endlich einen wachen Menschen. Es ist nicht Papa. Es ist eine weiß gekleidete Gestalt, die aus dem Wald kommt. Veronica. In der Hand hält sie einen geflochtenen Korb. Ich mache ein paar Schritte in ihre Richtung.

»Wo ist Papa?«, frage ich.

»Er ist heute früh in die Stadt gefahren.«

»Ohne Tschüss zu sagen?«

»Du hast wohl noch geschlafen.«

»Was will er in der Stadt?«

»Er hat dort ein Treffen.«

Sie geht unbeirrt an mir vorbei die Verandatreppe hinauf.

»Wo warst du?«, frage ich.

»Trompetenpfifferlinge suchen.«

Wir sehen einander an. Ich laufe ihr nach und schiele in den Korb hinein. Er ist leer.

»Ich hab keine gefunden«, sagt sie schnell und geht weiter zur Haustür.

»Wann kommt Papa wieder?«

Sie wendet sich um.

»Willst du Frühstück?«

Papa ist urplötzlich in die Stadt gefahren, ohne sich zu verabschieden. Ich hole mein Handy heraus und rufe ihn an. Sein Anrufbeantworter geht dran.

»Hallo, hier ist Emmie. Ruf an, sobald du kannst. Ich will wissen, wo der Karton mit Robins Sachen ist. Ich muss da noch mal reinschauen. Bussi.«

Das Omelett klebt an der Pfanne fest. Ich habe den Herd etwas zu sehr aufgedreht. Oliver sitzt am Küchentisch und gähnt.

»Du weißt, dass Papa in die Stadt gefahren ist?«, sage ich.

»Ja, Mama hat es mir gesagt.«

»Hat er zu dir Tschüss gesagt?«

»Nein. Er ist offenbar schon früh gefahren, als ich noch geschlafen hab«, sagt Oliver.

»Ist das nicht verdammt merkwürdig? Einfach abzuhauen, ohne was zu sagen?« Ich stelle die Pfanne auf den Tisch und setze mich.

Oliver zuckt mit den Schultern und fängt gierig an zu essen.

»Das Buch war cool«, sagt er zum Teller hinunter.

»Hast du es schon gelesen?«

»Ja. Es war fast wie gamen, man wurde richtig in die Geschichte reingesogen.«

»Fandest du es unheimlich?«

»Nein, nicht so … aber ich hab versucht, mir vorzustellen, wie es wäre, wenn das wirklich passieren würde, dass man genau wüsste, wann man sterben wird, so in einem Monat oder so … Was würdest du machen?«

»Wenn ich nur noch einen Monat zu leben hätte?«

»Ja.«

Das ist eine ziemlich schwierige Frage. Sie setzt voraus, dass man noch länger als einen Monat leben will. Ich kratze mit dem Pfannenwender im Angebrannten herum.

»Ich weiß nicht«, antworte ich. »Es ist total schwer, sich da reinzuversetzen. Was würdest du denn machen?«

»Nichts Besonderes, glaub ich, vielleicht mit Freunden in der Stadt abhängen, Fortnite spielen … oder so was wie einen Monat dasitzen und heulen.«

Ich lege einen Arm um seine Schultern. Er streichelt ihn und steht auf. Ich stochere in meinem Essen. Ich habe keinen Appetit.

»Hier riecht's nach Omelett!«

Veronica rauscht ins Zimmer. Sie hat das weiße Kleid durch ein langes, dunkles ersetzt. Ihr Haar ist ungekämmt, und unter dem einen Auge ist die Mascara verwischt. Sie riecht nach Zigarettenrauch, vermischt mit süßem Parfüm.

»Zeit zum Leeren.«

Sie öffnet einen Schrank unter der Spüle und zieht eine Mausefalle mit einer toten Maus heraus. Zumindest einer leblosen Maus. Sie macht sie los und wirft sie in den Müllbeutel. Das erhöht meinen Appetit nicht gerade.

»Ich hab vorhin Papa angerufen«, sage ich. »Er ist nicht drangegangen.«

»Er ist wohl beschäftigt. Ist noch Omelett da?«

»Ja.«

Veronica setzt sich mir gegenüber und legt das letzte Stück auf einen Teller. Es scheint sie nicht zu stören, dass es angebrannt ist. Sie schaufelt sofort einen Bissen hinein. Ich schaue zum Fenster. Ein paar feuchte Blätter kleben an der Scheibe. Eine Spinne mit langen dünnen Beinen hängt vom Fensterbrett herunter. Sie schaukelt an ihrem Faden.

»Bald sind die Herbstferien vorbei«, sagt sie. »Wohin willst du dann?«

Subtext: Zu uns nach Hause ziehst du nicht.

»Melde mich als Freiwillige, vielleicht«, sage ich.

»Aha? Wo denn, im Ausland?«

»Auf Svalbard. Bei einem Walprojekt.«

»Aber das klingt ja fantastisch. Svalbard. Wie spannend!« Ihre Augen glänzen bei dem Gedanken, dass ich fast bis zum Nordpol verschwinde.

»Oder ich fange an zu studieren«, sage ich.

Der Glanz in den Augen verschwindet sofort. »Was würdest du denn studieren?«

»Kleptomanie vielleicht.«

»Das kann man doch nicht studieren?« Sie sieht unsicher aus.

»Oder posttraumatische Verdrängung. Ich weiß nicht, hab mich noch nicht entschieden. Wie war das Omelett?«

Wegen des Sturms halte ich mich im Windschatten des Hauses und suche Schutz hinter dem Geräteschuppen. Als ich Papa anrufe, ist wieder der Anrufbeantworter dran. Ich spreche eine neue Nachricht auf und blicke über das windgepeinigte Grundstück. Irgendwas stimmt hier nicht. Überhaupt nicht. Papa würde nicht einfach so verschwinden, ohne sich zu melden. Ich setze mich auf den Brunnendeckel und denke an den Aal dort unten. Dem bleibt wenigstens dieser verdammte Sturm erspart.

»Hallo?«

Eine Frau steht drüben am Gartentor. Es ist Kerstin. Die Norrländerin mit dem Dorfladen. Sie hat sich eine graue Lammfellmütze ins Gesicht gezogen und winkt mir zu.

»Ich hoffe, ich störe nicht?«, ruft sie.

»Gar nicht«, sage ich und gehe zum Gartentor. »Wollen Sie reinkommen?«

»Nein, ich muss runter zur Fähre, eine Reservebatterie holen, bald ist sicher dieser grässliche Sturm hier, und man will ja weiter Strom haben. Aber ich hab das hier mitgebracht«, sagt sie.

Kerstin zieht ein dünnes Buch aus ihrem großen braunen Parka. Ich öffne das Tor und trete einen Schritt auf sie zu. Sie steht leicht vornübergebeugt in dem starken Wind.

»Was ist das?«, frage ich.

»Also, nachdem wir uns letztens unterhalten haben, über dich und deinen Bruder, ist mir eingefallen, dass ihr manchmal reingekommen seid und euch hinter den Tresen gesetzt habt, wenn keine Kunden im Geschäft waren. Und dann wolltet ihr immer, dass ich euch das hier vorlese. Ein Märchen.«

Sie hält mir das Buch hin, und ich nehme es.

»Wovon handelt es?«

»Es ist eine samische Fabel von einem kleinen Jungen, der in einen Fuchs verwandelt wird. Erinnerst du dich nicht daran?«

»Nein.«

»Ich dachte, es wäre schön, es dir zu geben.«

»Ja danke!«

Ich bekomme ein ähnliches Gefühl wie in dem Moment, als ich das Tagebuch gefunden habe. Eine Rückkopplung zu meiner Kindheit hier draußen.

»Sind Sie sicher, dass Sie keinen Kaffee oder so wollen?«

Kerstin wirft einen Blick über meine Schulter, zum Haus hinüber. Ihre Lippen ziehen sich zusammen.

»Ganz sicher. Tschüss!«

Sie entfernt sich ein paar Schritte vom Gartentor.

»Entschuldigung«, sage ich. »Ich muss noch etwas fragen. Ich hab ein paar Zeitungsartikel über Robins Verschwinden gelesen, und da stand, man hätte hier auf der Insel einen Zweiundzwanzigjährigen festgenommen, der dann wieder freigelassen wurde. Wissen Sie, wer das war?«

»Ich tratsche nicht«, sagt sie.

»War es Loui Svärd?«

»Ja«, schnaubt sie. »Das weiß ja sowieso jeder.«

Dafür, dass sie nicht tratscht, ist sie sehr freimütig.

»Warum willst du das wissen?«, fragt sie.

»Ich will alles über Robins Verschwinden wissen. Er war schließlich mein kleiner Bruder.«

»Und süß war er auch. Und jetzt ist Lundgren gestorben, der Arme.«

Das ist eine merkwürdige Assoziation. »Wann?«, frage ich.

»Diese Nacht offenbar. Schade um die schönen Bilder, er war richtig gut. Aber er hat ja nie was verkauft. Er wollte nicht. Manchmal hat er Bilder verschenkt, wenn ihm danach war. Ich habe selbst zwei Aquarelle. Von der Kormoraninsel.« Sie richtet ihre Mütze. »Also, tschüss dann.«

Ich drücke das Gartentor zu und stecke das dünne Buch unter meine Jacke. Die Tür zum Geräteschuppen ist aufgeweht und schlägt im Wind. Hinter der Tür ist ein Spaten an die Wand gelehnt. Das Blatt ist feucht und erdig. Als wäre es erst kürzlich verwendet worden. Ich stelle den Spaten hinein und schließe die Tür.

Die große Fichte am Tierfriedhof schwankt leicht im Wind. Ich setze mich mit dem Rücken gegen den Stamm und kauere mich etwas zusammen. Loui Svärd war also der Zweiundzwanzigjährige. Festgenommen, als Robin verschwand. Später wegen Vergewaltigung verurteilt. Ein Widerling, der mich zweimal verfolgt hat, seit ich hier bin. Ich stecke die Hand in meine Hosentasche und spüre die Visitenkarte, die die Polizisten dagelassen haben. Mit ihrer Telefonnummer. Ich kann anrufen und erzählen, was ich erlebt habe. Erzählen, dass Loui Svärd vielleicht hinter dem Verschwinden meines Bruders steckte, auch wenn er freigelassen wurde. Dass sie den Fall noch mal aufnehmen sollten. Dass das blaue T-Shirt, das gefunden wurde, von meiner Mutter ins Wasser geworfen worden war. Was würde dann passieren? Veronica würde alles leugnen, und Papa würde für sie Partei ergreifen. Er würde der Polizei nie etwas sagen. Robin würde nicht zurückkommen. Und Oliver würde am meisten von allen leiden. Ich selbst würde vermutlich dort landen, wo ich gerade erst war. Wäre es das wert?

»Sitzt du da und denkst über Svalbard nach, mein Schatz?«

Veronica steht auf der Veranda. Sie hat sich wieder umgezogen. Jetzt hat sie eine dicke Jacke und eine dunkle, zerschlissene Hose an. Außerdem trägt sie Gummistiefel. Vermutlich hat das Wetter sie gezwungen, von ihrem Dresscode abzuweichen. Es wird immer stürmischer, die höchsten Bäume schwanken in den Fallwinden. Veronica bleibt auf der Treppe stehen und saugt mit einem tiefen Atemzug Luft ein. Als wollte sie Kraft schöpfen. Ich drehe den Kopf weg, als sie versucht, meinen Blick einzufangen.

»Tut mir leid, dass wir dich gestern Abend gestört haben«, sagt sie auf dem Weg zur Fichte. Sie trägt einen Stuhl. »Das war wirklich nicht unsere Absicht. Ich hoffe, du konntest wieder einschlafen.«

»Irgendwann schon.«

Sie stellt den Stuhl neben mich und setzt sich. Der Wind zerrt an ihrer Jacke. Sie zieht sie um sich zusammen und schaudert. Sie will absolut nicht hier sitzen.

»Wollen wir nicht reingehen«, schlägt sie vor und streckt eine Hand nach meinem Haar aus. Als wollte sie mir über den Kopf streichen. Ich weiche aus.

»Bald fängt es sicher auch noch zu regnen an, und dann …«

»Das mit Papa belastet mich ziemlich«, unterbreche ich sie.

»Dass er weggefahren ist?«

»Nein. Dass er heute Nacht gebrüllt und geweint hat.«

Veronica beugt sich nach unten und streicht ein paar Blätter von ihrem Stiefel, um Zeit zu gewinnen. Ich sehe sie aus den Augenwinkeln. Ihre Lippen sind schmaler geworden. Als sie sich aufrichtet, begegnen sich unsere Blicke. Sie versucht, verständnislos auszusehen. Es klappt nicht.

»Ich schlafe auf der anderen Seite der Wand, das weißt du«, sage ich. »Warum hat er zu weinen angefangen?«

Ihr Blick verändert sich. Die Pupillen ziehen sich zusammen. Ohne ein Wort steht sie auf und verschränkt die Arme vor der Brust. Sie sieht aus wie eine Krankenschwester. Oder ein Lagerkommandant.

»Er hat gesagt, du dachtest, er hätte sich an dir vergriffen, als du noch klein warst.« Ihre Stimme zittert. Sie ist offensichtlich empört. »Er war total am Boden, und ich verstehe ihn. Der Arme. Wie konntest du ihn so einer Sache beschuldigen?«

Es dauert eine Weile, bis ich antworte. Ich bin völlig unvorbereitet.

»Das hab ich nicht«, sage ich zum Schluss. »Ich hab nur gefragt. Ich hab ihn nicht beschuldigt.«

»Aber warum hast du das getan?«

»Weil ich es wissen wollte. Ist das so merkwürdig?«

Veronica setzt sich wieder. Ihr Rücken entspannt sich ein wenig. Der Wind zerzaust sowohl ihr als auch mein Haar. Vorsichtig lehnt sie sich zu mir und legt eine Hand auf mein Knie. Ich winde mich.

»Niemand hat dich sexuell missbraucht«, sagt sie leise.

»Auch nicht Lundgren?«

Sie zieht die Hand zurück. »Du hast manchmal wirklich sehr seltsame Ideen.«

Ich zwinge mich, ein paarmal zu schlucken, um den Kloß hinunterzudrücken, der in meinem Hals anschwillt. Ich will nicht zu weinen anfangen. Nicht vor ihr.

»Vielleicht ist das deine Schuld«, sage ich leise. »Oder Robins, die ganze Heimlichtuerei um sein Verschwinden. Vielleicht hat das bewirkt, dass es mir so geht. Alles, was in dieser Familie beschönigt wurde, seit …«

»Jetzt reicht es, Emmie.«

Veronica unterbricht mich, ihr Gesicht dicht an meinem. Sie hat rote Ränder um die Augen. Die hat sie auch mit Schminke nicht weggekriegt. Ihren sauren Atem auch nicht.

»Du hast dich mehrere Jahre lang ferngehalten«, zischt sie. »Und dann kommst du plötzlich hierher und klagst unsere Familie an?«

»*Eure* Familie? Ich gehöre also nicht dazu?«

Veronica starrt mich an und holt tief Luft. Als müsste sie ihre aufwallende Wut mit Sauerstoff versorgen. Aber das Gegenteil ist der Fall. Sie atmet aus und bekommt ihre normale Stimme zurück.

»Ich hab es nicht so gemeint, Entschuldigung … Du bist natürlich ein Teil unserer Familie.«

Dieses Eingeständnis scheint sie einiges zu kosten.

»Außerdem hab ich mich nicht ferngehalten«, sage ich. »Ich war in der geschlossenen Abteilung, und das weißt du genau. Ihr habt ja selbst die Einweisungspapiere unterschrieben. Ihr wusstet die ganze Zeit, wo ich war.«

Veronica versucht, das Haar wegzustreichen, das ihr ins Gesicht flattert. Es gelingt ihr nicht besonders gut. Sie sieht mich an und schüttelt den Kopf. Wortlos steht sie auf, nimmt den Stuhl und verschwindet ins Haus. Ein Fenster, das sich im oberen Stockwerk öffnet, und eine Rauchschwade verraten, wo sie hin ist.

Ich ziehe Kerstins Buch aus meiner Jacke. Ein kleiner Junge, der sich in einen Fuchs verwandelt. Robin und ich saßen also hinter Kerstins Tresen und haben uns Märchen angehört. Daran kann ich mich auch nicht erinnern. Meine Augen suchen sich durch die Namen auf all den kleinen Grabsteinen. Auf einem davon steht »FLOCKE« … Diesen Namen hatte ich einem Vogelbaby gegeben, das gestorben war. Ich sinke neben den Steinen in die Knie. Was ist mit Flocke passiert? War es das Vögelchen, das Robin getötet hat? Ich sehe vor mir, wie Robin mit dem kleinen Vogel in der Hand angerannt kommt.

»Ich hab es mit einem Hammer getötet«, sagte er und lächelte.

Ich wurde sehr wütend und schrie und nahm ihm den Vogel aus der Hand. Als ich merkte, dass Vogelblut auf mein gelbes Kleid tropfte, hatte ich Angst davor, was Mama sagen würde. Sie war auf dem Weg von der Veranda herunter.

»Worüber streitet ihr?«

»Emmie hat ein Vogelbaby getötet!«, schrie Robin.

»Das hab ich überhaupt nicht! Robin hat es mit einem Hammer getötet!«

»Emmie lügt! Emmie lügt!«

Veronica zog uns beide auf den Rasen hinunter und sah mir in die Augen.

»Du sollst nicht lügen, Emmie«, sagte sie und zog an meinem Ohr.

Ich schaue wieder auf den grauen Grabstein hinunter. Veronica hat Robins Partei ergriffen. Ich weiß noch, wie gekränkt ich war. Ich bin bis zum Strand gerannt und habe aufs Meer hinausgeschrien. Nach einer Weile kam Robin mir nach. Zuerst haben wir gestritten. Dann fingen wir an zu spielen. Er hatte seine Wasserpistole dabei und begann … Plötzlich bebt die Erde. Ich springe auf. Ein paar Meter entfernt schwankt eine hohe Fichte im Sturm. Die Wurzeln brechen aus der Erde. Ein Stein schießt in der Luft vorbei. Ich renne weg. Der Stamm wird von einem heftigen Fallwind niedergepresst. Die Wurzeln können keinen Widerstand mehr leisten. Der schwere Baum fällt genau aufs Dach. Das Krachen von berstenden Dachziegeln hallt über das Grundstück. Rote Scherben wirbeln durch die Luft. Ich schütze meinen Kopf mit den Händen und stürze die Verandatreppe hinauf.

Oliver steht im Flur und sieht zu Tode erschrocken aus.

»War das ein Baum?«

Ich packe ihn bei der Hand und renne die Treppe zum Speicher hinauf. Die Fichte hat ein großes Loch ins Dach geschlagen. Die kräftigen Dachbalken haben den Stamm zwar aufgehalten, aber der Boden ist bedeckt von zersplitterten Dachziegeln und zerbrochenen Ästen. Einer der Äste hat das große Wespennest abgerissen. Unmengen von schläfrigen

Wespen kriechen überall herum. Wir gehen nach vorn und schauen uns das klaffende Loch in der Decke an. Es hat heftig zu regnen begonnen. Wasser platscht in kleinen Bächen auf die Holzdielen herunter.

»Was machen wir jetzt?«, fragt Oliver. »Wo ist Mama?«

»Wahrscheinlich hat sie Migräne.«

Ich sehe Oliver an, dass er die Ironie nicht schätzt. Da kommt Veronica herauf.

»Wo warst du?«, fragt Oliver unruhig.

»Unten im Keller. Eine Wasserleitung ist geplatzt. Ich hab sie provisorisch abgedichtet.«

Veronica kann in gewissen Situationen merkwürdig praktisch sein. Handlungsstark. Ohne einen Gedanken an Flecken oder Nagelhaut. Ein Mensch, vor dem ich Respekt haben könnte.

Sie kommt zu uns nach hinten und begutachtet das Loch in der Decke.

»Das können wir nicht selbst reparieren. Ich rufe Olofsson an.«

»Wer ist das?«, frage ich.

»Ein Handwerker hier auf der Insel, der uns manchmal hilft. Hoffe, er ist zu Hause. Versucht so lange, da ein paar Masonitplatten zu befestigen.« Sie zeigt auf ein paar Platten, die an einer Wand lehnen.

Oliver und ich betrachten den Schaden im Dach.

»Was passiert mit diesem Haus?«, fragt er leise und schüttelt den Kopf.

»Jetzt versuchen wir, eine Masonitplatte da rauf zu kriegen«, sage ich. »Damit es nicht zu viel reinregnet.«

Wir tragen eine Platte zum Loch und ziehen ein paar Holzkisten darunter, um heranzukommen. Es wird quälend deutlich, dass keiner von uns besonders praktisch veranlagt ist.

»Wir brauchen was zum Befestigen, ich kann nach Nägeln suchen«, sagt er und scheint erleichtert, den Speicher verlassen zu können.

Ich gehe aus dem Regenstrahl und setze mich im Halbdunkel an eine Wand. Der Wind heult durch die Bretter. Auf dem Boden kriechen im Licht des Lochs in der Decke unzählige Wespen herum. Das sieht ekelhaft aus. Wie die Aale im Bett. Ich spüre, wie unglaublich müde ich bin. Nicht nur körperlich. Vielleicht sollte ich doch hier wegfahren. Aber dann bleibt Oliver allein mit Veronica zurück. Der Gedanke, ihn hier mit ihr allein zu lassen, gefällt mir nicht. Denn Papa scheint ja nicht mehr aufzutauchen. Ich frage mich, ob der Termin in der Stadt etwas mit seinem Krebs zu tun hatte. Vielleicht ist er doch nicht ganz ungefährlich? Ich hole mein Handy heraus, um es noch einmal bei ihm zu versuchen. Bevor ich die Nummer wählen kann, klappert es auf der Treppe. Es ist Veronica. Sie hat ein paar Blecheimer dabei. Effektiv platziert sie die Eimer so, dass sie das Regenwasser auffangen. Außerdem zertritt sie eine große Anzahl Wespen mit ihren Gummistiefeln. Es knirscht unter ihren Füßen. Ich höre, wie sie murmelt.

»Wenn man ihn einmal braucht, sitzt er in der Kneipe und säuft … Heirate bloß nicht …«

Letzteres war vermutlich an mich gerichtet.

»So«, sagt sie und wendet sich um. »Das muss erst mal reichen. Olofsson war in der Stadt, aber er kommt, so schnell er kann. Allerdings vermutlich nicht vor morgen. Wo ist Oliver?«

»Er wollte Nägel holen.«

»Warum sitzt du hier und versteckst dich?«

»Ich fühle mich in der Dunkelheit wohl, das weißt du doch inzwischen.«

Veronica betrachtet mich lange, bevor sie herkommt. Sie

bleibt ein Stück von mir entfernt stehen und zieht eine Holzkiste zu sich, auf die sie sich setzt. Als wollte sie über etwas reden. Ich weiß nicht, ob ich noch viel mehr aushalte.

»Ja, wir haben die Papiere unterschrieben«, sagt sie fast im Einatmen. »Wir hatten keine Wahl. Ich weiß nicht, an wie viel du dich erinnerst, aber du musstest eingewiesen werden. Wir haben das nicht forciert … Dann warst du diejenige, die uns ausgeschlossen hat. Wir waren anfangs einmal dort, in einem Zimmer, du saßt auf der anderen Seite des Tisches und hast geschwiegen. Du hast kein Wort gesagt, bis wir gerade gehen wollten.«

»Was habe ich dann gesagt?«

»Kommt nicht wieder.«

»Und wie hast du das interpretiert?«, frage ich.

»Ja, dass du nicht wolltest, dass wir dich wieder besuchen.«

»Hast du mal darüber nachgedacht, warum? Ihr seid meine Eltern. Warum wollte ich keinen Kontakt mit euch? Oder dir?«

»Weil du krank warst. Abwesend, verschlossen … Man konnte nicht zu dir durchdringen. Ich muss einen Eimer verschieben.«

Sie steht rasch auf und geht zu dem Schaden in der Decke hinüber. Etwas planlos schiebt sie einen Eimer auf dem Boden herum. Ich sehe sie an. Sie steht im schwachen Licht des Loches, den Rücken mir zugewandt.

»Lundgren ist heute Nacht gestorben«, sage ich, ohne die Stimme nennenswert zu heben. Als wäre es irgendeine Information.

Es vergehen ein paar Sekunden. Ich warte darauf, dass sie sich umdreht. Das tut sie nicht.

»Woher weißt du das?«, fragt sie und gibt einem anderen Eimer einen Schubs mit dem Gummistiefel.

»Kerstin hat es mir erzählt.«

»Welche Kerstin?«

»Die in dem alten Dorfladen wohnt. Du kennst sie doch sicher?«

»Ich weiß nicht, von wem du sprichst.«

Eine Dachluke wird vom Wind aufgerissen und knallt außen auf die Dachziegel. Der Regen strömt in den Speicher. Veronica greift sofort nach einer hohen Leiter, die an der einen Wand liegt. Sie stellt sie an die Dachluke.

»Die Sicherheitskette hat sich gelöst. Ich muss versuchen, sie wieder festzumachen. Kannst du die Leiter halten?«

Ich gehe zur Leiter, während Veronica anfängt hinaufzuklettern. Sie ist ziemlich wackelig, aber ich halte sie, so ruhig ich kann. Veronica kommt zur Luke hinauf und erreicht die abgerissene Sicherheitskette. Gerade, als sie sich hinausbeugen will, um die Luke zu schließen, ergreife ich die Gelegenheit.

»Hast du Lundgrens Aquarell verbrannt, weil Robin darauf ein rotes T-Shirt anhatte?«

Sie hält in der Bewegung inne, ohne herunterzusehen.

»Ich finde, du solltest das jetzt lassen, bevor es dir wieder schlechter geht«, antwortet sie direkt in den Himmel hinaus. »Du willst doch bestimmt nicht wieder ins Krankenhaus?«

Ich bleibe unterhalb der Veranda stehen und lasse mir den Regen ins Gesicht strömen. Ein schönes Gefühl. Ich gehe ein paar Schritte auf den Rasen. Plötzlich pfeift ein paar Zentimeter vor meinem Gesicht etwas vorbei und zerspringt mit einem dumpfen Knall. Ich schreie auf und springe weg. Es ist ein großer Dachziegel. Als ich zum Dach hochblicke, sehe ich, wie die Dachluke zugezogen wird. Ich zittere am ganzen Körper und sinke in die Hocke. Mit bebenden Händen sammle ich die dicken Ziegelscherben aus dem Gras und lege sie in einem Haufen neben den Geräteschuppen. Ich will weg vom Haus.

Ich laufe zum Strand hinunter. Den ganzen Weg dorthin muss ich mich gegen den Wind ducken. Der Regen peitscht gegen meine Jacke. Draußen auf dem Meer schaukeln große weiße Schaumkronen, und ich kann die Kormoraninsel kaum noch erahnen. Ich bleibe stehen und schaue zum Leuchtturm hinüber. Zu Lundgrens Atelier. Da oben brennt kein Licht. Der Leuchtturm sieht trostloser aus als sonst. Hat er Robin von dort aus gezeichnet? Hat er ihn mit seiner Perücke und seinem magischen Kartenspiel dorthin gelockt und ihn getötet? Ich wende den Blick vom Leuchtturm ab und gehe ein bisschen vom Wasser weg. Der Sand ist nass und matschig. Nach ein paar Metern halte ich inne. Ungefähr hier habe ich den kleinen Handabdruck gesehen, der einfach verschwunden ist. Hier habe ich Robin beigebracht, auf den Händen zu gehen. Die Szene, die Lundgren gemalt hat. Ich trete in den nassen Sand und schaue wieder zum Leuchtturm. Was hat er noch durch sein Fernrohr gesehen? Womit er Veronica gedroht hat?

Die Tür geht fast von selbst auf. Es ist dunkel, und von oben ist ein dumpfes Heulen zu hören. Ich schalte die Taschenlampe meines Handys ein.

Die Treppe zum Atelier hinauf knarzt. Das stört mich nicht. Als ich nach oben komme, wird die Sicht besser. Das Unwetter lässt nicht viel Licht durch, aber genug, um die Lampe ausschalten zu können. Es donnert gegen die Fenster, die Scheiben scheppern, Wasser rinnt die eine Wand hinunter. Das Heulen kommt vom Dach. Der Wind dringt durch alle Ritzen. Ein modriger Geruch erfüllt den Raum.

Ich gehe zu einem der Fensterbretter und schaue hinunter. Bis zum Boden ist es sehr weit. Wenn man spränge, würde man es wohl nicht überleben. Ich blicke übers Meer hinaus. Zur Kormoraninsel. Die Tasche auf dem Boden ist noch da. Ich knie mich hin und öffne sie. Eine Palette und ein paar Pinsel liegen darin. Die Perücke und das Kartenspiel sind weg. Die Staffelei steht ein Stück weiter hinten an die Wand gelehnt, neben dem Gewehr. Das Ölbild von Oliver liegt in einer Ecke. Die Leinwand ist zerschnitten.

Ich gehe ein bisschen im Zimmer herum, bevor ich mich dem zuwende, wofür ich hergekommen bin. Dem Fernrohr. Es ist schön, mit schwarzem Stativ und einem Rohr aus schimmerndem Messing. Ich habe schon einmal durchgeschaut, aber diesmal sehe ich nichts, als ich das Auge an die Linse setze. Vorne befindet sich ein Schutzdeckel. Ich nehme ihn ab und schaue noch mal. Derselbe Blick wie beim letzten Mal. Unser Strand, allerdings durch den Regen kaum sichtbar. Ich will, dass sich vor mir ein Film abspielt. Eine Szene vom Strand, die alles erklärt. Es passiert nicht.

Ich drehe das Fernrohr. In Richtung Wald hinter der Landzunge. Die Schärfe liegt auf den Bäumen. Dunkle, dichte Stämme von Kiefern und Fichten. Und eine Bewegung. Etwas, das auftaucht und wieder verschwindet. Zuerst denke ich an den Fuchs. Aber ein Fuchs bewegt sich am Boden entlang. Diese Bewegung schiebt Zweige weg, die ein Stück höher an den Bäumen sitzen.

Loui Svärd.

Der Gedanke ist schon da, bevor ich die Gestalt sehe. Bekleidet mit einer grauen Jacke und einer dunklen Hose. Er ist es. Ich stehe allein im Atelier an der Spitze des Leuchtturms, und er streift ein Stück weiter im Wald zwischen den Bäumen herum. Hat er mich gesehen? Oder sucht er nach Trompetenpfifferlingen? Hat Lundgren damals Loui durch sein Fernrohr gesehen? Hat er gesehen, wie er Robin am Strand mitgenommen hat und im Wald verschwunden ist?

Ich versuche, Louis Bewegungen zwischen den Bäumen zu folgen. Er gerät aus meinem Blickfeld. Als ich das Rohr in die Richtung drehe, in die er gegangen ist, ist er verschwunden.

Ich richte mich auf. Meine Hände zittern. Hier kann ich nicht bleiben. In einer Rattenfalle.

Das Gewehr. Es steht neben der Staffelei. Ich weiß nicht, ob es geladen ist, aber es ist eine Waffe. Hastig greife ich danach, nehme die Treppe in langen, knarzenden Schritten und stürze in den Regen hinaus.

Das Gewehr halte ich deutlich sichtbar in der einen Hand. Auf halbem Weg über die Landzunge wage ich es, mich in Richtung Wald umzudrehen. Er steht regungslos zwischen ein paar Bäumen und blickt in meine Richtung. Über ihm gießt es in Strömen. Ich hebe das Gewehr und setze es an meine Schulter. Mein Zeigefinger greift um den Abzug. Es dauert ein paar Sekunden, ihn ins Zielfernrohr zu bekommen. Er hat ein großes Pflaster über der Nase. Zum ersten Mal sehe ich eine Reaktion in seinem Gesicht. Der Mund ist weit aufgerissen. Er sieht erschrocken aus. In der nächsten Sekunde verschwindet er aus meinem Fokus. Ich lasse das Gewehr sinken und sehe, wie er zwischen die Bäume stolpert.

Kaffeeduft zieht durch die Küche. Ich habe das Gewehr im Geräteschuppen gelassen. Veronica steht am Herd und gießt Wasser in einen Melitta-Filter. Sie hat sich umgezogen und trägt jetzt einen weißen, grob gestrickten Pulli und eine dunkelblaue Chinohose. Hübsch. Als wäre sie besserer Laune. Als sie mich sieht, reicht sie mir ein Handtuch. Vermutlich soll ich mir damit die Haare trocknen.

»Wo bist du gewesen?«, will sie wissen. »Bist du bei diesem Wetter draußen …«

»*Ich habe gesehen, was ich gesehen habe*«, unterbreche ich sie. »Was hat Lundgren damit gemeint? Ich hab es durchs Küchenfenster gehört. Was hatte er gesehen? Hatte es etwas mit Robin zu tun?«

Veronica setzt sich hin, die Kaffeetasse in der Hand. Ich ziehe einen der Stühle heraus und setze mich ihr gegenüber. Der Stuhl kratzt über den Boden. Das stört sie, das weiß ich.

»Warum sollte es etwas mit ihm zu tun haben?«, sagt sie, beinahe etwas resigniert. »Ich weiß ehrlich nicht, wovon du sprichst.«

»Hat Lundgren etwas gesehen, das am Strand passiert ist? Als Robin verschwand?«

»Ach Emmie, bitte … diese ewige Leier von Robin. Wir müssen jetzt an den Sturm denken.«

Ich seufze und stehe auf, um Oliver zu suchen. Da geht das Licht aus.

»Das war's dann mit dem Strom«, sage ich.

In derselben Sekunde kommt er zurück, und die Lampen beginnen wieder zu leuchten.

»Was, wenn das jetzt wieder losgeht?«, sagt Veronica und klingt aufrichtig besorgt. »Beim letzten Sturm hatten wir drei Tage keinen Strom, es war schrecklich. Das ganze Haus wurde eiskalt. Zum Schluss mussten wir in die Stadt zurückfahren. Wollen wir vielleicht ein Glas Wein trinken? Uns ein bisschen aufmuntern?«

»Für mich nicht, danke, aber trink du nur ein Glas.«

Und das tut sie. Nimmt eine ungeöffnete Flasche Weißwein

und gießt ihr Glas voll. Als sie den ersten Schluck getrunken hat, legt sie die Hände auf den Tisch. Ihre Nägel sind frisch lackiert, aber sie hat an der Nagelhaut gepatzt. Ihr Blick sucht meine Augen. Keine von uns lächelt. Wir sind wie zwei stille Raubtiere.

»Du bist nicht hergekommen, um Oliver zu gratulieren«, sagt sie tonlos. »Oder?«

»Nicht nur …«, sage ich und zögere ein wenig. »Ich bin schwanger.«

Das hatte sie nicht erwartet. Ihre Pupillen weiten sich, das Kinn gleitet eine Spur nach unten, der Atem stockt.

»Schwanger …?«, bringt sie zum Schluss heraus. »Du bist schwanger?«

Ich nicke.

Ihr Gesicht ist völlig unbeweglich. Sie kann noch immer nicht fassen, was ich gesagt habe. Erst als ich meine Tasse hebe und am Kaffee nippe, scheint es angekommen zu sein.

»Von … wem?« Sie stottert beinahe.

»Ein Typ in der Klinik«, sage ich mit weicher Stimme.

»Ein Arzt?«

»Nein, ein Patient.«

Veronica steht auf und beginnt, rastlos um den Tisch zu laufen. Das hab ich sie noch nie tun sehen. Papa macht das oft. Der Teppich in seinem Arbeitszimmer in Täby hat einen ringförmigen Trampelpfad am Rand. Aber Veronica? Jetzt umrundet sie den Tisch langsam ein zweites Mal. Schließlich bleibt sie hinter meinem Rücken stehen.

»Und warum hast du das nicht früher erzählt?«, fragt sie. Ihre Stimme zittert ein wenig, sie ist offensichtlich befangen.

»Es war nicht so richtig die Situation dafür.«

»Willst du deshalb keinen Wein?«

»Ja.«

»Weiß Casper davon?«

»Nein, er ist verschwunden, bevor ich es ihm erzählen konnte.«

Sie beginnt wieder im Kreis zu laufen. Diesmal in die andere Richtung. Ich höre ihre raschen Atemzüge hinter mir. Ich selbst bin ruhig und ein bisschen amüsiert.

»Wer ist dieser Mann?«, fragt sie. »Von dem du schwanger bist?«

»Er ist ziemlich gestört, aber nett. Darek. Ich glaube, er ist aus Polen.«

»Was sagt er zu …«

»Er weiß nichts davon«, unterbreche ich sie. »Wir hatten Sex in einem Vorratsraum. Ich hab einen Fick gebraucht, und er war da.«

Veronica schüttelt den Kopf, als hätte sie noch nie von spontanem Sex gehört. Vielleicht hat sie das auch nicht.

»Willst du das Kind behalten?«, fragt sie.

»Warum sollte ich das nicht tun?«

»Na ja, im Hinblick auf deine Situation … keine Wohnung, kein Job, Casper, der aus dem Gleichgewicht ist, und …«

Da fällt der Strom wieder aus.

»Darf ich hier vielleicht unterbrechen? Wenn der Strom unterbrochen wird?«, sagt der Mann.

Das hätte ein kleiner Scherz von seiner Seite werden können. Er hätte lächeln können. Das tut er aber nicht. Vermutlich ist er komplett humorbefreit. Wie Veronica. Er würde ihre gut gepflegten Nägel lieben. Ich vermute, dass er etwas zu meiner Schwangerschaft fragen will. Das will er aber nicht.

»Haben Sie selbst mal darüber nachgedacht, warum Sie kei-

nen Kontakt mit Ihren Eltern wollten? Während der Zeit im Krankenhaus?«

»Mit Veronica.«

»Mit Ihrer Mutter.«

»Ich hatte nicht den Eindruck, dass sie besonders viel beitragen würde. Außer Kälte.«

»Und Ihr Vater?«

»Ich habe tatsächlich darüber nachgedacht, ihn zu bitten wiederzukommen, als wir in diesem Besuchszimmer saßen. Dann hat er unter dem Tisch mit den Fingern geknackt.«

Der Mann sieht mich an. Bewusst oder unbewusst verschränkt er die Hände. Als wollte er selbst mit den Fingern knacken. Der Ausdruck in seinen Augen gefällt mir nicht.

»Haben Sie jemals über das Alibi Ihres Vaters nachgedacht?«, sagt er.

Das ist eine eigenartige Frage. Ich weiß nicht recht, wie er jetzt darauf kommt. Durch das Knacken vielleicht?

»Sie meinen, als Robin verschwunden ist?«

»Ja. Er hat ja behauptet, er hätte allein auf dem Aussichtsberg gesessen und sei erst zurückgekommen, als Robin weg war.«

Es stimmt, dass Papa das gesagt hat. Eine Tatsache, die ich versucht habe zu verdrängen, sobald ich davon wusste. Ich wollte nicht, dass er etwas mit Robins Tod zu tun hatte. Nicht er.

»Ich glaube nicht, dass Papa gelogen hat«, sage ich.

»Vor einer Weile sagten Sie, ›bei Papa weiß man nie. Er hält sich nicht immer an die Wahrheit.‹«

Die Attitüde des Mannes stört mich. Wer glaubt er eigentlich, dass er ist?

»Worauf wollen Sie hinaus?«, frage ich und lege die Hände an die Schreibtischkante.

Er spürt meine Irritation. Ein paar Sekunden ist es still. Das notwendige Vertrauen zwischen uns ist kurz davor, erschüttert zu werden. Das kann er sich nicht leisten.

»Entschuldigung«, sagt er. »Ich bin vom Thema abgekommen. Es gab einen Stromausfall?«

Es dauert etwas, bis ich ihn finde. Er ist zu einem der Bootshäuser hinuntergegangen und sitzt an der Innenseite der großen Holztür.

»Was machst du hier drin?«

»Ich mag den Geruch.«

Der Geruch ist eine Mischung aus Teer, Tang und Chemikalien.

»Ist es okay, wenn ich mich setze?«, frage ich.

Oliver nickt. Ich ziehe ein Stück von ihm entfernt eine Holzkiste heraus.

»Du hast noch nichts von Papa gehört?«, frage ich.

Er schüttelt den Kopf.

»Ich auch nicht. Vielleicht hat er …«

»Wie war es in dieser Anstalt?«, unterbricht mich Oliver.

Ich bin von der direkten Frage überrumpelt, beschließe aber, eine Antwort zu versuchen.

»Ich hatte viele Gespräche«, sage ich. »Sehr feste Routinen. Langweiliges Zimmer, tristes Essen und eine ganze Menge ziemlich verrückte Menschen. Eines Tages, als ich in den Gemeinschaftsraum kam, stand ein Typ auf dem Balkon, Darek, er hatte seinen ganzen Körper in glänzende Folie gewickelt, bis zum Kopf.«

»Warum?«

»Er wollte die Sonne reflektieren.«

Das findet Oliver sehr lustig. Er lacht lange.

»Was hattest du für eine Krankheit?«, will er dann wissen.

»Hat dir das niemand erzählt?« Ich bin eigentlich nicht überrascht. »Das ist nicht so einfach zu erklären …« Ich blicke durch das kleine Fenster der Hütte. Auf das Wasser, als läge die Antwort dort draußen. Aber das tut sie nicht. Ich denke an die blaue Porzellanscherbe und die Dunkelheit. »Mir ging es nicht gut«, sage ich. »Ich hatte Depressionen. Ständig Panikattacken. Hab sehr schlecht geschlafen. Unmengen von Medikamenten in mich reingestopft. Stimmen gehört und seltsame Musik.«

»Wie ist man, wenn man so deprimiert ist?«

»Das ist ziemlich unterschiedlich. Manche sind einfach die ganze Zeit sehr traurig. Andere sind apathisch, sitzen den ganzen Tag nur da und starren die Wand an oder liegen mit einem Handtuch über dem Kopf im Bett.«

»Warst du so?«

»Nein. Ich bin in schwarzem Asphalt geschwommen … so hat es sich angefühlt. Als würde ich in Dunkelheit ertrinken.«

Oliver ist hoch konzentriert. Er saugt jedes Wort auf. Sein eines Bein wippt auf und ab. Ich will mich nicht weiter in mein Krankheitsbild vertiefen. Das wäre vielleicht nicht so klug.

»Wusstest du, dass Papa Aale geangelt hat, draußen bei …«

»Aber jetzt bist du gesund?«

Oliver unterbricht mich, ohne den Blick von meinem Gesicht abzuwenden. Schwierige Frage. Bin ich jetzt gesund? Die Frau, die mich entlassen hat, war dieser Meinung. Sie hat die Scherbe in meiner Hand nicht gesehen.

»Gesünder«, antworte ich, um so ehrlich wie möglich zu sein.

»Wie schön«, sagt Oliver und steht auf. Er geht zum Fenster und dreht sich zu mir. »Bist du hergekommen, um zu streiten?«

»Streiten?«, sage ich, erneut überrumpelt. »Wieso streiten? Wer hat das gesagt? Veronica?«

»Sie hat es mal irgendwann abends gesagt, am Feuer … dass du die ganze Zeit nur über Robin streitest.«

Streitest. Ihre Art, eine Familientragödie zu einem »Streit« herunterzuspielen, ist wirklich irritierend. Ich stehe auf.

»Nein, Oliver, ich bin nicht hergekommen, um zu streiten. Ich bin gekommen, weil ich dir gratulieren wollte. Dann hab ich Dinge über Robin erfahren, die ich nicht wusste, und da wollte ich mehr wissen. Das ist es, was Veronica Streit nennt.«

»Was hast du über Robin erfahren?«

Ich stelle mich dicht neben Oliver ans Fenster. Ich bin mir nicht sicher, wie viel ich erzählen soll. Vermutlich kennt Oliver nur Veronicas Version. Er hat das Recht, mehr zu wissen. Sonst fällt er derselben Heimlichtuerei zum Opfer, die mich kaputtgemacht hat.

»Robin ist nicht ertrunken«, sage ich. »Er ist verschwunden und wurde nie gefunden. Papa hat es mir erzählt.«

»Wurde er ermordet?«

»Das weiß ich nicht. Aber es gab einige Personen, die verdächtigt wurden.«

»Welche denn?«

»Lundgren, der im Leuchtturm, und dieser Typ, von dem sie erzählt haben, der im Gefängnis saß. Der in Marsviken wohnt.«

Dass Papa auch eine Weile unter Verdacht stand, halte ich für unnötig hinzuzufügen.

»Aber wenn er nur verschwunden ist, lebt er ja vielleicht noch«, sagt Oliver.

»Papa glaubt das … oder hofft es.«

»Glaubst du es auch?« Ich kann nicht ausmachen, ob er besorgt oder hoffnungsvoll ist.

Ich zögere ein paar Sekunden mit der Antwort. »Nein.«

Oliver dreht sich zum Fenster und fährt sich mit der Hand durchs Haar. »Vielleicht ist er deshalb so, wie er ist.«

Ich komme bei Olivers Gedankengang nicht ganz mit. Er sieht es.

»Wenn er glaubt, dass Robin wieder auftaucht, meine ich. Das ist wohl das Einzige, woran er denkt, vermutlich?«

Ich weiß, dass es meine Schuld ist. Ich habe es ihm schließlich erzählt. Ich hätte vorhersehen müssen, wie er es aufnehmen würde. Trotzdem bereue ich es nicht. Es ist ja die Wahrheit.

»Ich glaube, er hat im Moment wichtigere Sachen, an die er denken muss«, sage ich.

Prostatakrebs zum Beispiel. Aber das sage ich nicht.

»Er läuft nicht den ganzen Tag herum und denkt an Robin«, fahre ich fort. »Das ist wahrscheinlich nur, weil ich aufgetaucht bin und eine Menge Erinnerungen aufgerührt habe. Das hat nichts mit dir zu tun.«

Oliver nickt und zieht sich den Pony in die Stirn.

»Willst du noch mehr darüber reden?«, frage ich.

»Nein.«

Er fängt an, mit den Fingern gegen die Scheibe zu trommeln. Ich öffne die Holztür, sofort schlägt mir der Wind entgegen. Bevor ich gehe, wende ich mich um.

»Hast du neulich mit dem Spaten gegraben, der im Geräteschuppen steht?«, frage ich.

»Nein, wieso?«

Der Mann macht eine leichte Geste mit der einen Hand. Ich lehne mich ein wenig zurück und merke, wie angespannt ich bin. Vielleicht, weil ich weiß, worauf ich langsam zusteuere.

»Wollten Sie etwas fragen?«, sage ich.

»Ja. Sie haben Ihrem Bruder ein bisschen von Ihrer Krankenzeit erzählt, aber warum wurden Sie eigentlich eingewiesen? Anfangs?«

»Ich hatte eine Psychose.«

»Und wie äußerte sich die?«

Ich zögere kurz mit meiner Antwort, weil ich nicht recht weiß, wie ich es formulieren soll.

»Das ist schwer zu beschreiben …«, beginne ich. »Es war, als würde meine Umwelt verschwinden, schrittweise … als würde ich in einen anderen Zustand gleiten.«

»Eine Dunkelheit?«

»Gewissermaßen … alles um mich herum schrumpfte zusammen … zu einem engen, fremden Raum, nicht viel größer als dieser hier … Ich fing an, laute Musik in meinem Kopf zu hören, aus dem Nichts, und dann wurde es still … Dann kamen Stimmen in meinen Kopf, Stimmen, die ich kannte, die mich riefen … Und als sie verstummten, begann ich mit mir selbst zu reden … schuf lange Szenarien in meinem Kopf … hatte seltsame Gespräche mit Menschen, die es nicht gab …«

»War das unangenehm?«

»Nein. Nicht für mich. Für alle um mich herum war es natürlich schrecklich. Man konnte nicht zu mir durchdringen. Niemand konnte in diesen Raum gelangen. Ich war völlig in mir gefangen.«

»Wie ein Schiff in einer Flasche?«

»So ungefähr.«

»Wie lange waren Sie in diesem Zustand?«

»Das weiß ich nicht … lange … manchmal frage ich mich, ob ich überhaupt herausgekommen bin.«

Der Mann lächelt vorsichtig, ohne die Lippen zu öffnen. Er hat sie noch nie geöffnet. Ich habe nie seine Zähne gesehen. Vielleicht schämt er sich für sie?

»Kann ich weitermachen?«, frage ich.

Ich habe eine lange warme Dusche genommen und bin mit dem Buch ins Bett gegangen, das Kerstin mir gegeben hat. Dem samischen Märchen. Es wäre schnell gegangen, es zu lesen, wäre da nicht die Sache mit dem Strom. Er verschwindet in unregelmäßigen Abständen. Die Nachttischlampe geht ständig aus und an.

Das Märchen handelt von einer samischen Frau, deren einziger Sohn im Sterben liegt. Sie sucht den Dorfschamanen auf und bittet ihn, das Leben ihres Sohnes zu retten. Der Schamane holt seine Zaubertrommel und beginnt zu trommeln. Am nächsten Morgen kommt der Tod zur Kate der Frau, um den Jungen zu holen, doch er ist verschwunden. Der Tod zieht mit leeren Händen von dannen. Als er wieder weg ist, setzt sich die Frau vor die Kate. Nach einer Weile kommt ein hübscher Fuchswelpe zu ihr getapst. Er windet seinen üppigen roten Schwanz um ihr Bein. Als sie sich hinunterbeugt, um ihn zu streicheln, sieht sie in die Augen ihres Sohnes. Von diesem Tag an leben die Frau und der Fuchswelpe Seite an Seite.

Ein schönes Märchen. Als ich das Buch zuklappe, muss ich an einen anderen Fuchs denken. Den, den ich im Wald und vielleicht auf der Kormoraninsel gesehen habe. Kein Welpe, aber ein Jungfuchs. Hat ihn auch ein Schamane hervorgetrommelt? Meine Mundwinkel ziehen sich nach oben. Da geht die Lampe wieder aus. Ich greife nach meiner Hose. Da sind ein paar Teelichter drin, die ich mit hoch genommen habe. Ich hole sie aus der Hosentasche und zünde sie an. Drei Stück. Ich stelle sie auf den Nachttisch. Sie werfen ein weiches, flackerndes Licht auf das Bett. Als ich die Flammen ansehe, muss ich an das Lagerfeuer neulich am Abend denken. Papas Stimmungsfeuer. Ich nehme das Handy und versuche, ihn nochmals anzurufen, ohne Erfolg. Dann sinke ich auf das Kopfkissen. Die Flammen zeichnen kleine, zuckende Schatten an die Decke. Plötzlich fällt mir auf, dass das knirschende Geräusch verschwunden ist. Veronica hat wohl alle Wespen totgetrampelt. Ich schließe die Augen und bin gerade dabei, in den Schlaf hinüberzugleiten, als das Bild in meinem Kopf auftaucht. Das Bild von Papas Hängbaum. Im Wald, beim Moorsumpf.

Es ist still und dunkel im Haus, als ich hinausschleiche. Ich habe einen Regenmantel angezogen und eine funktionierende Taschenlampe herausgesucht. Mein Handy hat fast keinen Akku mehr. Leider finde ich keine Stiefel, die mir passen, Olivers sind nicht da. Ich muss meine Turnschuhe nehmen.

Der Sturm ist etwas abgeflaut, aber das Gewitter grollt in der Ferne. Ich erreiche den Wald und suche mit der Taschenlampe nach dem Pfad. Er ist anfangs ziemlich ausgetreten, aber ich weiß, dass er schmaler und schmaler wird, je weiter man in den Wald hineinkommt. Ich gehe, so schnell ich kann, und spüre, wie mein Herz klopft. Papas Hängbaum. Ich schiebe die Gedanken weg und verlangsame meine Schritte. Inzwischen bin ich ziemlich außer Atem. Der Schein der Lampe gleitet an den großen dunklen Stämmen entlang, reicht aber nicht besonders weit. Ich bleibe stehen und versuche, in den Wald zu spähen. Was, wenn das, wovon Papa gesprochen hat, wahr ist? Dass Robin sich hier verirrt hat und von fremden Menschen entführt wurde. Oder von Loui Svärd. Ich habe seinen kranken Blick einen Meter vor mir gesehen, seinen stummen Mund, die mahlenden Kiefer. Er ist zu allem imstande. Hat er Robin mitgenommen und getötet? Ein hoher, schauriger Laut lässt mich zusammenfahren und fast vom Pfad springen. Es dauert eine Weile, bis ich begreife, dass die Bäume dieses Geräusch machen. Der starke Wind bringt die Äste und Stämme zum Wimmern. Ich fange wieder an zu laufen, schneller.

Ich kann mich nicht genau erinnern, wie lange oder wie weit Papa und ich gegangen sind, aber bald sollte ich am Sumpf sein. Meine Hand umklammert die Lampe. Nach ein paar Minuten halte ich jäh inne. Der morastige dunkle Moorsumpf liegt genau vor mir. Ich blicke sehr lange hinein. Zuerst wage ich nicht, mich umzusehen. Nach einiger Zeit zwinge ich mich dazu, die Lampe zur Seite zu drehen. In die Richtung, in die Papa gezeigt hat. Die Richtung, in der sein Baum steht. Langsam lasse ich den Lichtkegel den Baum hinaufwandern. Ich beginne ganz unten, bei den Wurzeln, lasse das Licht am Stamm hinaufgleiten, langsam, bis zu diesem Ast, auf den er gedeutet hat. Ich mache mich auf den Anblick baumelnder Füße gefasst. Die Schlagader pocht mir im Hals. Schließlich erreiche ich den Ast. Er ist leer. Papa hängt nicht dort. Ich sinke auf einem runden Stein zusammen und schalte die Lampe aus. Langsam fällt die Anspannung von mir ab. Ich weiß nicht, ob ich Erleichterung verspüre oder einfach nur Leere, aber ich fange an zu weinen. Ich sitze lange in der Dunkelheit und weine, still. Es ist, als würde eine Tonne aufgestaute Gefühle aus mir herausrinnen. Als ich aufstehe, bin ich unter den Armen klitschnass vor Schweiß.

Ich will noch nicht zurück ins Haus. Stattdessen gehe ich zum Strand hinunter, zu den Bootshäusern. In einiger Entfernung zucken Blitze über den Himmel, und der Donner grollt. Es ist ein fantastisches Schauspiel, solange es nicht direkt über einem ist. Ich stelle mich unter den Dachvorsprung einer der Hütten und lehne mich gegen die Wand. Genau neben mir hängt die alte Aalreuse, in der sich das Rotkehlchen verheddert hatte. Die Reuse, die irgendwann den Aal im Brunnen fing. Ich schaue zum Steg hinüber. Zuerst reagiere ich nicht. Es dauert ein paar Sekunden, bis mir klar wird, was fehlt. Dann bemerke ich es. Das Ruderboot. Hat der Sturm es losgerissen? Ich suche mit den Augen das Wasser ab, aber es ist nirgends zu sehen. Ist bei diesem Wetter jemand draußen auf dem Wasser? Veronica? Ich bin sicher, dass sie schlief, als ich aus dem Haus ging, ich habe sie durch die Tür schnarchen hören. Sie schnarcht ziemlich laut, wenn sie Wein intus hat. Mit aufmunterndem Wein im Blut einschläft, in ihren eigenen Worten.

Wo ist das Ruderboot also hin?

Papa könnte das Boot genommen haben und damit zur Kormoraninsel gerudert sein. Der Gedanke ist nicht weit hergeholt. Es gibt keine anderen Orte in sinnvollem Abstand, zu denen man von unserem Strand aus rudern kann. Ich schaue in die Richtung, aber ich kann nur einen dunklen Streifen Land sehen, der mit dem Meer zusammenfließt.

Das Fernglas.

Ich schleiche in die Küche und hole den grünen Feldstecher. Im Haus ist es immer noch still. Das einzige Geräusch stammt von einer Maus unter dem Fußboden, die ihren eigenen Tod mit sich herumschleppt.

Als ich zum Steg hinunterkomme, gehe ich bis zu seinem

Ende und setze das Fernglas an die Augen. Ich richte es auf die Kormoraninsel und stelle es, so scharf es geht. Die Konturen der Insel werden deutlicher, aber alles in allem ist es immer noch nicht viel mehr als eine schwarze Landmasse. Da kommt der Blitz. Ein kräftiger, leuchtender Blitz, dem es trotz des Abstands gelingt, den Strand der Kormoraninsel für den Bruchteil einer Sekunde zu erhellen. Lange genug, um aufscheinen zu sehen, was dort liegt. Ein Boot. Das muss unser Ruderboot sein. Wenn es da liegt, hat es jemand aus unserer Familie hingerudert. Und es gibt nicht sehr viel Auswahl.

Ich gehe zurück zu den Bootshäusern, während sich meine Gedanken im Kopf überschlagen. Ich weiß, dass in einer der Hütten ein großes Kanu liegt. In derselben, in der Papa und ich uns Robins Sachen angeschaut haben. Ich kann damit zur Insel paddeln. Es ist nicht weit.

Ich hebe das Kanu und ein Paddel heraus und gehe zum Steg hinunter. Ich bin schon ein paarmal Kanu gefahren, bei einigen wenigen Dates mit einem sogenannten Naturmenschen. Einem Typen, der für alles brannte, was unter Naturschutz stand. Diese Dates zahlen sich jetzt aus.

Ich stoße mich vom Steg ab und beginne in der Dunkelheit in Richtung Kormoraninsel zu paddeln. Das Kanu ist kippelig. Auch wenn das Wasser ziemlich ruhig ist, bin ich mehrmals fast am Kentern. Meine Technik taugt nichts. Eine Welle, die ich nicht parieren kann, schlägt über mir zusammen. Meine Jeans wird klatschnass. Auf halbem Weg bin ich nahe daran, umzukehren. Es wäre sicher nicht der Hit, hier ohne Schwimmweste reinzufallen. Das Wasser ist dunkel und eiskalt. Allerdings soll Ertrinken ja ganz angenehm sein, sagen die, die es überlebt haben. Man gleitet einfach weg.

Als ich mich der Insel nähere, schlägt das Paddel gegen etwas Hartes. Das Kanu schwankt. Ich leuchte übers Wasser. Ich bin gegen ein Ruder gestoßen. Ein dunkles Holzruder. Es muss aus dem Ruderboot stammen. Ich ziehe es mit dem Paddel zu mir heran und hieve es ins Kanu. Es steht vorne ein gutes Stück heraus.

Ich paddle zu dem kleinen Strandstreifen und sehe, dass das Boot dort liegt. Unser Ruderboot, ein Stück heraufgezogen. Ich steige aus dem Kanu, hole das Ruder heraus und schiebe es ins Ruderboot. Als ich die Taschenlampe über das Boot gleiten lasse, blinkt auf dem Boden etwas auf. Da liegt eine leere Schnapsflasche. In meinem Magen wächst ein Klumpen, und ich gehe ein Stück vom Strand weg. Rundherum ist es seltsam still. Das Gewitter ist weiter aufs Meer hinaus gezogen. Ich schalte die Taschenlampe aus, um Batterie zu sparen, laufe einige Meter in der Dunkelheit, bleibe stehen und hole Luft: »PAPA!«

Mein Ruf verhallt auf der Insel. Es wird wieder still. Ich schalte die Taschenlampe an und setze mich langsam in Bewegung, ohne zu den Bäumen hinauf zu leuchten. Ich gehe davon aus, dass die Äste voller stiller schwarzer Kormorane sind.

Bald habe ich die Mitte der kleinen Insel erreicht. In der einen Richtung öffnet sie sich zur Bucht hin, auf der anderen Seite liegen die Felsen. Papa sehe ich nirgendwo. Ich hole mein Handy heraus und gebe seine Nummer ein. Es dauert ein paar Sekunden, dann höre ich ein anderes Handy klingeln. Hinten, bei den Felsen.

Mein Herz pocht laut.

Papas Handy ist da drüben.

Ich gehe auf die Felsen zu. Schritt für Schritt. Als ich nicht mehr weit entfernt bin, halte ich erneut inne.

»Papa!«

Noch immer keine Antwort. Die Felsen türmen sich direkt vor mir auf wie eine Festung aus Stein. Ich mache noch ein paar Schritte. Das Licht der Taschenlampe gleitet über die ersten schneeweißen Felskanten und in das Rondell hinein. Da liegt es. Papas Handy. Neben dem Karton mit Robins Spielsachen. Meine Atemzüge werden kürzer und kürzer. Ich hole das Handy heraus, leuchte das ganze Rondell ab. Es ist menschenleer. Ich sinke gegen eine der Felswände und versuche, wieder Luft zu bekommen. Mein Keuchen hallt an den Wänden rundherum wider. Von hier muss Veronicas unheimlicher Gesang neulich nachts gekommen sein. Hier hat sie gesessen und geheult. Ich versuche, so leise wie möglich zu sein.

Da höre ich den ersten schwachen Flügelschlag. Dann noch einen. Ich schwenke die Taschenlampe aus dem Rondell. Ein Stück weiter sind zwei Kormorane auf dem Boden gelandet. Sie sitzen da wie versteinert, die Schnäbel in meine Richtung gerichtet. Dann landen immer mehr. Zum Schluss sitzt eine riesige dunkle Federmasse ein paar Meter von mir entfernt. Ich drücke mich gegen die Felswand. Mein Magen krampft sich zusammen.

Da fangen die Kormorane an zu schreien, in die Dunkelheit hinaus. Direkt in das Felsrondell. Panik schnürt mir den Brustkorb zu. Ich höre, wie ihre Flügel gegen die Körper schlagen. Ich kriege kaum Luft. Ich stolpere ein paar Meter und stütze mich an einem weißen Baum ab. Die Schreie der Kormorane umringen mich. Ich lehne das Gesicht gegen den Baum. Der Stamm ist voller Löcher. Hunderte kleine, hineingehackte Löcher, überall. Ich starre die Löcher an und stoße einen Schrei aus. Meine Beine geben nach, und ich falle. Mein Kopf schlägt gegen den Felsen, bevor ich rücklings auf dem Boden lande.

Warmes Blut rinnt mir über die Stirn. Ich krümme mich in Embryonalstellung zusammen. Da verstummen die Kormorane. Nicht ein Laut ist mehr zu hören. Ich drehe den Kopf. Der Karton mit Robins Sachen steht neben mir. Der Deckel ist heruntergerutscht, und eines seiner Spielsachen ist herausgefallen. Eine Wasserpistole. Das war es, wonach ich gesucht hatte. Ich schaue die Pistole an, und die Erinnerung kehrt zurück. Kristallklar. Die Erinnerung an Veronica. Sie kommt über einen sonnigen Strand, einen leblosen Körper in ihren Armen. Es ist Robin. Er hat sein rotes T-Shirt an. Ich stehe in meinem gelben Kleid hinter einem der Bootshäuser und beobachte sie heimlich. Veronica geht zum Steg und trägt den toten Körper ins Ruderboot. Sie löst das Tau und beginnt zu rudern. Direkt auf die Kormoraninsel zu.

8

Nicht alles ist wie immer. Es sind dieselben Gegenstände im Raum, sie stehen an derselben Stelle. Es riecht nach Formalin, wie üblich. Die Stehlampe ist eingeschaltet. Was nicht stimmt, ist etwas anderes. Ich selbst bin nicht hier. Meine Hände liegen auf dem Tisch, als gehörten sie mir nicht. Ich glaube, es hängt mit der Geschichte zusammen. Mit dem Zustand, in den sie mich gebracht hat. Ich weiß ja, was bald passieren wird. Wo ich bald landen werde. Der Mann ist auch verändert. Er hat einen dünnen schwarzen Mantel an. Frisch gebügelt, wie es aussieht. Schön geschnitten, mit geraden Schultern. Um den Hals hängt eine dunkelgrüne Trillerpfeife. Der Schaft eines Skalpells ragt aus einer beinahe unsichtbaren Brusttasche hervor. Er sieht sehr feierlich aus. Als sollte er zu einer Disputation. Oder einer Beerdigung.

»Sie haben einen neuen Mantel«, höre ich mich selbst sagen.

»Ja. Wir nähern uns ja dem Ende.«

Dem Ende wovon?, schießt es mir durch den Kopf.

»Sie glauben also, die Geschichte ist bald zu Ende?«, frage ich.

»Ja.«

Er ist kühn. Es fühlt sich fast so an, als wollte er mich herausfordern. Als würde er andeuten, dass er mehr weiß als ich. Als würde er den Schluss bereits kennen. Das stört mich. Ein paar Sekunden lang erwäge ich, einfach zu schweigen. Nichts mehr zu erzählen. Wir sehen einander in die Augen, schweigend, bis er einsieht, wer ich bin. Diejenige, die weiß. Ohne mich bekommt er keinen Schluss. Nur eine Geschichte ohne Auflösung. Das wäre sicher ein Misserfolg für ihn und seinen schwarzen Mantel. Er lehnt sich eine Spur nach vorn, ein Stück weiter ins Licht.

»Entschuldigung«, sagt er. »Ich wollte Sie nicht unter Druck setzen.«

»Danke. Wollen Sie, dass ich weitererzähle?«

»Sehr gern.«

Er lehnt sich wieder zurück und öffnet den kleinen Block vor sich. Er hat Dinge hineingeschrieben. Jetzt geht er seine Notizen durch. Nehme ich an. Vor dem Block liegt eine blaue Scherbe. Ich erkenne sie wieder. Meine eine Hand zieht sich zusammen – das Muskelgedächtnis reagiert. Als der Mann fertig ist, blickt er auf. Ich reiße mich zusammen.

»Ihre erste Erinnerung an den Tag, an dem Robin verschwunden ist, war also, dass Sie gesehen haben, wie Ihre Mutter seinen toten Körper ins Ruderboot trug?«, sagt er.

Ich nicke.

»Und Sie sind sich sicher, dass Sie sich richtig erinnern?«

»Ja. So etwas vergisst man nicht.«

»Sie hatten es vergessen, bis Sie auf der Kormoraninsel zusammengebrochen sind.«

»Ja … oder verdrängt. Bis ich die Wasserpistole wiedergesehen habe. Aber als sie zurückgekommen ist, die Erinnerung, war sie glasklar und detailliert und eigentlich länger als das, was ich erzählt habe. Ich habe sie nicht nur Robins Leiche ins Ruderboot legen sehen. Sie hat auch einen Spaten aus einem der Bootshäuser geholt. Ich lag zusammengekauert hinter dem anderen Bootshaus und hatte furchtbare Angst, dass sie mich sieht. Aber das hat sie nicht. Sie nahm den Spaten und weinte den ganzen Weg zum Steg hinunter. Dann ist sie weggerudert. Das war das Letzte, an das ich mich in dem Felsrondell erinnert habe.«

Ich sehe, dass er mir glaubt. Er weiß, dass es wahr ist.

Es ist hell und kühl draußen. Meine Kleider sind nass. Ich liege auf dem Bauch und weiß nicht, wo ich bin. Mein Kopf schmerzt. Die Haare sind völlig verklebt. Die Hand ist rot von Blut, als ich sie ansehe. Ich zwänge einen Arm unter meinen Körper und drücke mich hoch. Jetzt begreife ich. Das Felsrondell auf der Kormoraninsel. Ich versuche, mich aufzusetzen. Der stechende Schmerz zwingt mich, die Augen zu schließen. Auf einen Felsen gestützt, komme ich hoch. Meine Beine zittern. Ich keuche. Die Stille wird von tausend verzerrten Schreien gesprengt, die mich dazu bringen, mir die Ohren zuzuhalten. Ich starre aus dem Rondell. Auf die Insel. Sie ist verlassen. Leer. Keine Vögel, nichts. Da kommt sie zurück, wie ein Axthieb im Gehirn. Die Erinnerung an Veronica, die meinen toten kleinen Bruder trägt. Sein langes lockiges Haar, das über ihre Arme herunterhängt. Die leblosen dünnen Beine. Seine nackten Füße. Mir dreht sich der Magen um. Ich muss mich heftig übergeben. Kaskade um Kaskade. Zum Schluss rinnt nur noch Galle aus meinem Mund.

»Emmie!«

Als der Ruf zum zweiten Mal kommt, erkenne ich die helle Stimme wieder.

»Emmie!«

Ich richte mich auf, den Körper immer noch gegen den Felsen gestützt. Zwischen ein paar toten Kormoranbäumen steht ein Junge und winkt.

»Emmie! Komm!«

Ich reibe mir das Blut aus den Augen. Das Sehen fällt mir schwer. Robin? Er sieht aus wie Robin. Er hüpft auf und ab, barfuß. Und lacht. Dann fängt er an zu rennen. Ich löse mich von dem Felsen und stolpere aus dem Rondell. Ich kann ihn immer noch sehen. Er läuft auf den kleinen Kiesstrand zu.

»ROBIN!«, schreie ich.

Er bleibt nicht stehen. Ich versuche, mich schneller zu bewegen. Der Schmerz in meinem Kopf blitzt bei jedem Schritt auf, den ich mache. Trotzdem fange ich an zu rennen. Schnell. Als ich zum Ruderboot komme, sehe ich ihn wieder. Er ist schon ein gutes Stück auf dem Wasser. Mit leichten Schritten bewegt er sich über die Wellen. Seine hellen Locken flattern, als er sich umwendet.

»Fang mich, Emmie!«

Ich springe ins Boot und fange an zu rudern. Der Wind hat deutlich zugenommen, die Wellen schlagen ins Boot. Als ich mitten auf dem Wasser bin, beginnt in meinem Kopf Streichermusik zu dröhnen. Als stünde ein gigantisches Symphonieorchester in meinem Gehirn. Ich reiße an den Rudern. Den Jungen habe ich aus den Augen verloren.

Das Ruderboot schlägt mit einem kräftigen Knall gegen den Steg. Als ich herausspringe, sehe ich ihn wieder. Er rennt am Strand entlang. In Richtung Haus. Am Ende des Strandes hält er inne. Beide Arme winken mir zu. Ich höre nicht, ob er etwas ruft. Die Musik dröhnt immer noch in meinem Kopf. Ich stürze ihm nach. Erst jetzt bemerke ich das Unwetter. Es stürmt.

»Robin?«

Der Mann unterbricht mich. Auf eine ziemlich plumpe Art, finde ich. Es ist nicht leicht, die Erinnerung festzuhalten. Ich sehe die Stoffmaske in seinen Händen an. Er hat sie vor einer Weile herausgeholt. Ich habe mich nicht getraut zu fragen, warum. Ich weiß, wofür sie verwendet wird.

»Was, Robin?«, sage ich.

»Sie haben den Jungen, den Sie gesehen haben, Robin gerufen.«

»Ja.«

»Sie hatten den Eindruck, es war Ihr kleiner Bruder?«

»Das nehme ich an, sonst hätte ich ja nicht seinen Namen verwendet.«

»Aber es kann ja wohl kaum Robin gewesen sein.«

Vielleicht nicht in deiner Welt, denke ich. Aber du umgibst dich ja auch mit Schiffen in Flaschen. Es gibt andere Welten.

»Soll ich weiterreden?«, sage ich.

Der Mann nickt. Als hätte er eingesehen, dass er mich bei der falschen Gelegenheit unterbrochen hat. Kurz bevor ich weitererzählen will, rückt er die Maske in seiner Hand gerade.

Die Musik in meinem Kopf ist verstummt. Der Junge ist vom Strand verschwunden. Als ich nach unten schaue, sehe ich eine lange Reihe kleiner Handabdrücke im Sand. Sie führen zu unserem Haus. Ich folge ihnen. Der Schmerz im Kopf presst sich in meine Augen und zwingt mich, sie zusammenzukneifen.

»Robin! Warte!«

Ich wanke aufs Grundstück. Da sehe ich Veronica. Sie steht auf der Veranda, ganz in Weiß gekleidet. Mit Papas kenianischer Machete in der Hand.

»Emmie!«

Diese Stimme kenne ich. Es ist nicht die des Jungen. Ich bleibe ein Stück von Veronica entfernt stehen. Der Frau, die mitten in der Nacht geheult hat. Ich sehe ihren gekrümmten Rücken vor mir, als sie Robin ins Ruderboot geschleppt hat. Mir wird eiskalt.

»Warum hast du das da?«, frage ich und deute darauf.

»Was? Das Messer?«

»Ja.«

»Ich hacke Gemüse. Und was machst du? Warum schreist du?«

Ihre völlig ahnungslose Reaktion durchbricht meinen Zustand. Was sie in der Hand hält, ist ein gewöhnliches Schneidemesser, und sie ist überhaupt nicht in Weiß gekleidet. Sie hat eines ihrer langweiligen blauen Kleider an. Die Frau, die meinen kleinen Bruder getötet hat. Die Mördermama.

»Wo warst du? Ich dachte, du würdest schlafen«, sagt sie. »Und was ist eigentlich passiert? Du bist ja vollkommen blutig.«

Sie weist mit einer Geste auf mein Gesicht.

»Fass mich nicht an!« Ich starre sie an. Zuerst ist Robin verschwunden, dann Lundgren, dann Papa. »Wo ist Oliver?«, frage ich.

»Warum?«

Ich stürme zu Olivers Zimmer hinauf. Leer. Unter meinen Armen tropft der Schweiß. Ist er auf dem Speicher eingesperrt? Ich klettere hinauf. Das Licht aus dem Loch im Dach fällt auf den Fußboden. Niemand ist da. Im Keller habe ich noch nicht nachgeschaut. Die Panik pocht in meiner Brust, als ich in den Flur hinunterlaufe. Da sehe ich ihn, draußen auf dem Rasen. Er kommt auf die Veranda zu. Ich renne nach draußen und werfe die Arme um ihn.

»Was ist los?«, fragt er.

»Veronica!«

»Was ist mit ihr?«

Der explodierende Schmerz im Kopf dringt in meinen Hals hinunter. Die Kehle schnürt sich zusammen. Ich versuche, ein paar Worte zu stammeln. Meine Stimme versagt. Langsam rutsche ich zu Boden, die Arme um Olivers Beine gekrallt. Die Sturmböen fegen über den Rasen, die Tür zum Geräteschuppen wird fast weggerissen. Der Regen tränkt die Wiese. Als hätte der Himmel die Musik durch eine Flutwelle peitschenden Wassers ersetzt. Veronica kommt die Treppe heruntergestürzt und zieht Oliver weg. Ich drehe das Gesicht zum Himmel und schließe die Augen. Aus der Ferne ist das grollende Dröhnen des Meeres zu hören.

»Ich will nicht!«

Die Stimme durchdringt das Dröhnen. Bin ich es selbst, die da schreit? Ist es mein Tagebuch? Oder Oliver? Jetzt höre ich Veronicas Stimme.

»Du tust jetzt, was ich sage. Sie hat einen Anfall. Ich weiß, wie ich sie nehmen muss.«

In der nächsten Sekunde spüre ich einen Arm um meine Brust. Er versucht, mich hochzuziehen. Ich sträube mich. Ich will nicht. Veronica beginnt mich durch den Wind zu schleifen. Auf die Veranda zu. Als wir fast da sind, schaue ich zum Meer hinunter. Es verschwindet aus meinem Blickfeld. Alles wird grau.

»Zieh einen Stuhl heraus!«

Veronica deutet mit einem Nicken auf einen der Küchenstühle, und Oliver springt vor. Zusammen schaffen sie es, mich daraufzusetzen. Oliver sieht aus, als wäre er außer sich vor Angst.

»Gib ihr ein Glas Wasser!«, sagt Veronica mit messerscharfer Stimme.

Oliver bewegt sich nicht, er starrt mich nur an.

»Oliver!«

Er zuckt zusammen und geht zur Spüle. Ich schaue nach unten und versuche, den Blick auf den Tisch zu fokussieren. Das Grau verschwindet. Ich sehe wieder Farben. Ein lautes, pfeifendes Geräusch ist zu hören. Ich kneife die Augen zusammen und halte mir die Ohren zu. Es tut fürchterlich weh. Oliver stellt ein Glas Wasser vor mir auf den Tisch.

»Trink jetzt, mein Schatz«, sagt Veronica.

Ich blicke zu Oliver auf. Er wendet sich ab. Ich führe das Wasserglas zum Mund und kippe den Inhalt hinunter. Veronica streicht mir vorsichtig über den Kopf. In der anderen Hand hat sie ein Küchenhandtuch.

»Ich will nur das Blut abwischen«, sagt sie.

Ich werfe den Kopf zur Seite.

Da beugt sie sich zu mir herunter und versucht sich an einer Umarmung. »So, mein Schatz, es ist bald wieder gut, du hast nur einen …«

Mit meiner letzten Kraft schubse ich sie gegen die Spüle.

Ich taumele auf die Toilette und sperre die Tür ab. Mein Brustkorb hebt und senkt sich. Die Panik pumpt bis ins Nervensystem.

»Emmie!«

Ich höre ihn wieder. Den Ruf des Jungen. Robin. Dieses Mal weiß ich, dass es nur in meinem Kopf ist. Ich halte mich am Waschbeckenrand fest und versuche, meine Atmung unter Kontrolle zu bekommen. Neben der Zahnbürste liegt eine Packung Tabletten. Durazepam. Meine Atemzüge werden ruhiger. Ich nehme die kleine gelbe Seife. Das Wasser rinnt über meine Hände. Ich reibe die Handflächen aneinander. Lange. Die Panik wird zurückgedrängt, und ich beruhige mich ein wenig. Das Handtuch, das neben mir hängt, ist rosa und flauschig. Ich mache es unter dem fließenden Wasser nass. Langsam führe ich es zu der Wunde an meinem Kopf. Bevor es die Haut berührt, hebe ich das Gesicht zum Spiegel. Aber es ist weg. Mein Gesicht ist nicht da. Eine Befreiung. Ich atme aus und schließe die Augen.

Als ich sie wieder öffne, kann ich etwas am Rand des Spiegels erahnen. Die Toilettentür. Sie gleitet hinter meinem Rücken langsam ein wenig auf. Veronica steht im Türspalt. In der Hand hält sie die Machete. Ich fahre herum.

Niemand ist da. Die Tür ist geschlossen.

Ich wende mich erneut zum Spiegel. Jetzt ist es wieder da. Mein Gesicht. Meine rot gesprenkelten Augen starren mir entgegen. Die Haare hängen in feuchten Strähnen über die Stirn. Die Lippen spannen. Ich versuche zu denken, aber es geht nicht. Mein Gehirn fühlt sich an wie ein Schlammloch. Ich kenne das. Betäubt werden. Das Letzte, was mir durch den Kopf schießt, ist eine vom Wind zerfetzte Stimme: *Ich weiß, wie ich sie nehmen muss.*

Als ich aufwache, ist es draußen vor dem Fenster kohlschwarz. Ich liege in meinem Bett. Irgendetwas juckt am Arm. Am Hals. Es sticht am ganzen Körper. Ich werfe die Decke ab. Ein hellblauer Pyjama? Von wem ist der? Ich hieve mich hoch, den Rücken gegen das Kopfteil gestützt. In meinem Kopf dreht sich noch alles. Das Durazepam auf der Toilette? Veronica muss mir eine Tablette untergejubelt haben. Ich reiße mir den verdammten kratzigen Pyjama herunter und stehe auf. Die Bewegung bringt mich ins Wanken. Ich halte mich an der Bettkante fest und lasse den Blick durchs Zimmer schweifen. Meine Kleider liegen ordentlich zusammengefaltet auf dem Schreibtisch. Über dem Stuhl davor hängt meine Jacke. Ich gehe hin und fange an, in den Taschen zu wühlen. Es liegt in einer der Innentaschen.

Papas Handy.

Es war also kein Albtraum.

Ich ziehe das Handy heraus. Veronica weiß nichts davon. Ich werde es ihr auch nicht erzählen. Keine Chance. Nicht ihr. Der Mördermama. Ich schiele zur Zimmertür hinüber. Sie ist angelehnt. Warmes Licht dringt aus dem Flur herein. Wie von einem Feuer. Vom unteren Stockwerk her ist Streichermusik zu hören, und draußen vor dem Fenster grollt noch immer der Donner. Ich versuche, klar zu denken. Alles zu sortieren. Veronica hat Robin getötet und ihn draußen auf der Kormoraninsel begraben. Deshalb ist sie auch dorthin gerudert und hat geheult. Das Foto, das sie von der Wand genommen hat, war ein Bild von Robins Grab auf der Insel. Auf diesem Grab lag ich heute Nacht. Deshalb hat sie die ganze Zeit Angst, seit ich hierhergekommen bin. Angst, dass ich mich daran erinnern könnte, was passiert ist, als Robin starb. Was ich gesehen habe. Deshalb wollte sie mich hier weghaben. Vermutlich hat Lundgren dasselbe gesehen, durch sein Fernrohr oben im Leuchtturm. *Ich habe gesehen, was ich gesehen habe.* Aber warum hat er es nicht der Polizei gesagt? Vielleicht, weil Veronica zu viel über sein Pädophilie-Ding wusste.

So muss es sein.

Ich vermeide es bewusst, an Papa zu denken. Das wird der nächste Albtraum. Jetzt geht es erst mal um Veronica und mich.

Ich will glauben, dass ich die Oberhand habe.

Die Lampen im Flur sind ausgeschaltet. An den Wänden stehen lange Reihen von hohen Kerzen auf schmalen Regalen. Alle sind angezündet. Die brennenden Kerzen beruhigen mich. Wie immer. Ein harter Knall durchbricht die Stille. Der Sturm rast jetzt mit aller Kraft. Die Kiefern und Fichten biegen sich. Ein großer Ast hat gegen das Fenster gegenüber dem Badezimmer geschlagen. Trotz der lauten Musik kann ich hören, wie das Gewitter den Himmel zerreißt. Das Unwetter ist direkt über uns. Jetzt geht die Welt unter, denke ich.

Im selben Augenblick schlägt ein heftiger Blitz nicht weit vom Grundstück entfernt ein. Ich sehe den leuchtenden Strahl. Das ganze Haus bebt. Der Knall lässt mich zurückzucken.

Mit der einen Hand an der Wand gehe ich auf die Treppe zu. Schritt für Schritt. Und dann nach unten, der Musik entgegen.

Veronicas Stimme ist bis in den Flur zu hören. Zuerst denke ich, sie spricht mit Oliver.

»Ich weiß nicht, ob du irgendwo auf Sauftour bist oder was zum Geier du treibst«, sagt sie. »Aber es wäre gut, wenn du dich meldest. Deine Tochter ist nämlich schwanger, und es geht ihr nicht gut. Sie sollte wieder eingewiesen werden.«

Sie spricht eine Nachricht auf Papas Mailbox. Sie glaubt ernsthaft, er wäre in die Stadt gefahren. Sie weiß nicht, dass sein Handy oben in meiner Jacke liegt.

»Emmie! Wie schön, dass du wach bist, mein Schatz. Geht es dir besser?«

Ich habe keine Antwort darauf, also sage ich nichts. Veronica ist gerade im Begriff, das Essen vorzubereiten. Sie hat ein langes schwarzes Kleid mit Ausschnitt an. Es wirkt in der Küche deplatziert. Ich sehe mich um. Sie hat Feuer im alten Holzofen gemacht, vermutlich, um es hier drin wärmer zu kriegen. Die Deckenlampe ist aus. Auch in diesem Raum stehen überall Kerzen. Sie muss einen enormen Vorrat an Kerzen haben.

»Der Strom ist wieder ausgefallen, leider«, sagt sie. »Er ist jetzt schon mehrere Stunden weg. Wenn wir Pech haben, bleibt er die ganze Nacht weg, dann müssen wir versuchen …«

»Hast du mir Beruhigungsmittel gegeben?«, unterbreche ich sie.

»Ja. Durazepam.«

Sie wendet sich rasch zur Spüle.

»Warum?«

»Weil du dabei warst, auszuflippen, mein Schatz. Ich hab das früher schon erlebt. Ich weiß, wie man damit umgeht.«

Sie sagt es, als wäre es eine Wunde am Fuß, auf die man ein Pflaster kleben muss. Quick fix. Ich gehe zu einer der Kerzen und blase sie aus. Ein dünner Streifen Rauch ringelt sich zur Decke.

»Warum machst du das?«

Die Streichholzschachtel liegt neben dem Herd. Ich nehme ein Streichholz heraus und ziehe es an der Reibefläche entlang. Ein beißender Geruch steigt mir in die Nase. Vorsichtig zünde ich die Kerze wieder an.

»Wirst du die Klinik kontaktieren?«, frage ich und blase das Streichholz aus.

»Nur, wenn es nötig ist. Aber so labil, wie du wirkst, solltest du vielleicht wieder Hilfe bekommen.«

Ich will nicht zurück in die Klinik. Ich will nicht wieder eingewiesen werden. Das packe ich nicht. Tierhaare und kalte Zugluft. Eine Stoffmaske über dem Gesicht. Die Scherbe. Ich will nicht.

»Ich will mein Kind nicht auf der Geschlossenen gebären«, sage ich.

»Dann musst du es wohl wegmachen lassen.«

Wieder Quick fix. Ich setze mich an den Tisch. Er ist im

klassischen Veronica-Stil gedeckt. Geschmackvoll und unpersönlich. Aber nur für zwei.

»Oliver übernachtet bei einem Freund«, sagt sie. »Er wurde vorhin abgeholt, gerade bevor der schlimmste Sturm losging.«

Oliver hat nie etwas von Freunden hier draußen erwähnt.

»Wir sind also heute Abend ganz allein«, fährt sie fort. »Du und ich, die ganze Nacht … Denn dein Säufer-Vater scheint ja nicht wiederzukommen.«

Wohl kaum, denke ich und drücke an etwas Wachs herum, das auf dem Tisch gelandet ist. Veronica stellt Essen und Wein und eine Karaffe Eiswasser auf den Tisch.

»Es gibt kalte Platte«, sagt sie. »Ohne Strom kein warmes Essen.«

Sie klingt beinahe ausgelassen. Ich habe überhaupt keinen Appetit. Auf dem Teller liegt Salami, etwas Lachs, Gemüse. Und trockenes Brot.

»Das kannst du ins Öl tunken und dann salzen und pfeffern. Das tust du doch so gern, salzen und pfeffern.«

Sie versucht sich an einem Lächeln. Ich kämpfe, um das Bild aus dem Kopf zu kriegen, wie sie sich hinunterbeugt und Robins Körper ins Ruderboot fallen lässt. Es ist schwer. Wir essen schweigend, ein paar Minuten lang. Das Gewitter tobt, und der Wind heult vor dem Fenster. Als wir klein waren, wollten wir immer im Auto sitzen, wenn es Gewitter gab. Das war der sicherste Ort. Robin, Papa und ich. Veronica war nie dabei. »Ich bin Fatalistin«, sagte sie immer. »Wenn ich durch einen Blitz sterben soll, dann ist das Schicksal.« Ich betrachte sie heimlich, als sie ihren Lachs aufschneidet. Ihre Hände sind ruhig. Ich versuche, mir dasselbe einzureden wie oben in meinem Zimmer: dass ich die Oberhand habe. Momentan fühlt es sich nicht wirklich so an. Ich muss meine Überlegenheit wieder aufbauen.

»Ich hab neulich mein altes Tagebuch im Kleiderschrank gefunden«, sage ich.

Ihre Gabel hält auf halbem Weg zum Mund inne.

»Du hast was …? Hast du hier draußen Tagebuch geschrieben?«

»Ja. Heimlich. Na ja, Papa wusste davon.«

Sie schiebt den Teller von sich weg. Die Gabel kippt in ihrer Hand.

»Was stand drin?«, sagt sie und versucht, nicht allzu interessiert zu wirken.

»Geheimnisse.«

»Aha … Und wie lange hast du das gemacht? Tagebuch geschrieben?«

»Bis wir umgezogen und nicht mehr hergekommen sind.«

»Stand da was über Robin?« Sie kümmert sich nicht länger darum, ihre Neugierde zu verbergen. »Darüber, was passiert ist?«

Da standen zwei Worte darüber. *Will nicht.* Ich will nicht mit Papa im Ruderboot rausfahren. Ich hatte gesehen, wie Veronica Robins Leiche dort hineingelegt hatte. Von seinem Tod stand nichts im Buch.

»Du willst es nicht erzählen?«, sagt sie langsam, jetzt spürbar neugierig.

»Nein. Es belastet mich zu sehr.«

»Was hast du mit dem Tagebuch gemacht?«

»Ich hab es neulich Abend im Lagerfeuer verbrannt.«

»Warum das?«

»Ich wollte nicht, dass du es findest.«

Veronica sticht die Gabel wieder in den Lachs. Schnell und heftig. Sie fühlt sich provoziert. Genau, was ich wollte. Die Oberhand. Ich weiß schließlich, was sie getan hat. Sie hat meinen kleinen Bruder getötet und versucht, es so aussehen zu lassen, als wäre er ertrunken. Aber warum hat sie ihn getötet? Es ist völlig unbegreiflich.

»Was hatte er getan?«, sage ich leise.

»Wer?«

Die Worte sind meinen Lippen entschlüpft, als Verlängerung meiner Gedanken. Es war nicht geplant, sie laut auszusprechen.

»Papa«, sage ich aufs Geratewohl. »Damals, als er sich die Fingerkuppe abgeschnitten hat.«

»An so was hängst du dich auf? Das hat er doch allen und jedem schon tausendmal erzählt. Willst du nicht ein bisschen Lachs?«

Der Lachs rettet mich. Ich schneide ein Stück ab und versuche zu essen. Es geht nicht besonders gut. Ich habe rohen Fisch nie gemocht.

»Woran denkst du?«, fragt Veronica nach einer Weile. »Du wirkst so weit weg.«

»Ich denke an dich.«

Veronica schiebt ihren Teller wieder weg und lächelt. Ein offensichtlich unnatürliches Lächeln.

»Willst du deine Gedanken mit mir teilen?«

»Besser nicht. Ich will die Stimmung nicht zerstören.«

Veronica legt ihr Besteck weg und rückt den Stuhl zurecht.

»Jetzt werde ich wirklich neugierig«, sagt sie. Ihr Lächeln ist verschwunden. Vorsichtig streckt sie eine Hand aus und legt sie auf meinen Arm. Als hoffte sie, das, was kommen wird, entschärfen zu können. »Also, welche Gedanken?«

Ich zögere. Die Kerzen werfen lange, flackernde Schatten über den Tisch. Es fühlt sich an, als säßen wir in einer Art Séance. Mit ihrer Hand auf meinem Arm. Bereit zuzudrücken.

»Es sind nicht so sehr Gedanken«, sage ich. »Eher eine konkrete Erinnerung.«

»Von mir?«

»Ja. Von dir und Robin.«

Ihre Hand verschwindet von meinem Arm.

»Warum hast du das Foto von der Kormoraninsel abgenommen? Das im Flur hing?« Ich versuche, neutral zu klingen.

Jetzt fängt sie wieder mit ihrer Nagelhaut an. Das zerstört ihren Nagellack, aber darauf werde ich sie nicht hinweisen.

»Was meinst du?«

»Als ich herkam, hing ein Foto von einem Felsrondell auf der Kormoraninsel im Flur. Am nächsten Morgen war es weg. Ich nehme an, du hast es abgenommen.«

Veronica sieht extrem steif aus. Sie erinnert an eine Schaufensterpuppe.

»Ach so, dieses Foto? Ach, das, ja, ich hatte es wohl satt.«

»Der Grund war also nicht, dass es ein Bild von Robins Grab ist?«

Das ist meine erste Kugel. Sie kommt unerwartet und trifft ihr Ziel genau.

Veronicas Lippen bewegen sich, aber es kommt nichts aus ihrem Mund. Ich feuere also eine weitere Kugel ab, ohne die Miene zu verziehen.

»Ich hab dich gesehen.«

Sie gewinnt die Kontrolle über ihre Lippen zurück und schickt ein paar Worte heraus.

»Du hast mich gesehen?«

Es sind nicht viele Worte, aber sie reichen aus, um das zu sagen, worauf sich alles bezieht.

»Ich hab gesehen, wie du Robins Leiche ins Ruderboot getragen hast und zur Kormoraninsel gerudert bist. Davor hattest du einen Spaten aus dem Bootshaus geholt. Ich stand um die Ecke.«

Es ist also gesagt, in all seiner Schrecklichkeit. Ich habe meine Oberhand ausgespielt. Maximal. Das Schweigen im Raum verdrängt alle Geräusche des Gewitters draußen. Man kann sogar das Knistern der Kerzendochte hören. Ich weiß nicht, wie viele Sekunden oder Minuten es anhält. Die Zeit im Raum ist stehen geblieben. Als sich der Zustand löst, ist Veronica wieder in ihrem Körper gelandet. In der Rolle, die ihr eigen ist.

»Aber mein Schatz.«

Sie sagt es in einer ganz speziellen Tonlage. Ich kenne sie nicht. Weich, fast ein wenig fern. Als spräche sie zu einem Fremden.

»Dir ist vielleicht nicht klar, wie viel ich von deiner Krankengeschichte weiß, Emmie, aber es ist ziemlich viel. Wenn man eine Tochter mit deinen Problemen bekommt, ist man gezwungen, sich mit Welten zu beschäftigen, von denen man keine Ahnung hatte. Psychische Probleme, die man kaum begreifen kann. Es ist schwer und deprimierend, aber es ist notwendig, wenn man verstehen will, was mit seinem geliebten Kind passiert.«

Sie sieht mich an, als sollte ich bekräftigen, was sie sagt.

»Worauf willst du hinaus?«, frage ich.

»Auf nichts. Aber die Kenntnis, die ich von deinen Problemen habe, lässt mich verstehen, warum du sagst, was du sagst. Du bist nicht gesund.«

Ihre Worte flammen in meinen Wangen auf. Ich fahre mit der Hand an der Tischkante entlang. Die Bewegung beruhigt mich. Ich habe das schon öfter erlebt. Sie versucht, alles auf mich zu schieben. So, wie sie es immer getan hat. Zum Glück hat das Rotieren in meinem Kopf aufgehört. Der Schmerz ist weg. Übrig ist nur eiskalte Verachtung. Ich nutze sie aus, als ich mich zu ihr hinüberbeuge. Ich lasse ein paar Sekunden verstreichen, um meine Stimme genau so klingen zu lassen, wie ich sie haben will.

»Du kannst dir viel einbilden, über mich und meine Probleme. Ich dagegen bilde mir nichts ein. Vor ein paar Nächten bin ich dir gefolgt, und ich hab gesehen, wie du mit dem Boot zur Kormoraninsel rausgefahren bist. Ich hab gesehen, wie du dir auf der Insel den Weg geleuchtet hast. Dann ging das Licht aus. Und dann kam das Geheul. Dein Geheul. Es hat über das Wasser gehallt, bis zu dem Steg, auf dem ich stand. Es war fürchterlich anzuhören. Ich nehme an, du hast auf Robins Grab gelegen und geschrien.«

Ich habe den Satz kaum fertig gesprochen, als Veronica aufsteht. Ihr krummer Rücken, ihre gesamte Haltung zeigt, dass sie unter Schock steht. Halb abwesend öffnet sie die Tür unter der Spüle und schaut in die Abfalltüte. Vielleicht liegt da eine halb tote Maus, an der sie sich abreagieren kann.

»Ich fahre heute nach Hause«, sage ich. »Ich will hier weg.«

»Das geht leider nicht«, sagt Veronica und blickt von der Abfalltüte auf. »Die Fähre ist aufgrund des Sturms eingestellt. Sie fährt frühestens morgen wieder. Wir müssen also beide die Nacht hier verbringen, ob du willst oder nicht.«

Ich kann meinen Rucksack nehmen und gehen. In den Sturm und die Dunkelheit hinaus. Auf den Wegen herumirren, auf denen Loui Svärd umherschleicht. Aber das ist nicht besonders verlockend. Ich sitze hier fest. Und das weiß sie. Veronica füllt ihr Weinglas, nimmt einen großen Schluck und wischt sich mit der Fingerspitze leicht über den Mundwinkel. Da sieht sie die kleine Karte. Ich habe sie neben meinen Teller gelegt.

»Was ist das?«

»Die Visitenkarte der Polizei. Sie haben sie dagelassen, als sie hier waren. Ich hatte sie zufällig in der Hosentasche.«

Sie sieht auf und begegnet meinem Blick. Ihre Augen sind forschend, als versuchte sie zu ergründen, was ich gerade tue.

»Wollen wir nicht ein bisschen Musik hören?«, fragt sie.

Ihr üblicher Fluchtweg. Sie wendet sich zur Küchenzeile und dreht den Lautstärkeregler des Kassettenrekorders auf. Ich folge ihrer Bewegung mit dem Blick.

»Was ist das für Musik?«, frage ich.

»Brahms. Ich liebe ihn. Er ist so leidenschaftlich. Er hat sich in Schumanns Frau Clara verliebt, und um besser zu werden als sein Widersacher, hat er sich die Haut zwischen den Fingern aufgeschnitten, er wollte eine größere Reichweite auf der Klaviatur … Aber das könnte auch ein Ammenmärchen sein. Wie findest du es?«

Ich weiß nicht, ob sie die Musik oder das Ammenmärchen meint.

»Warum hast du wegen des Aussichtsbergs gelogen?« Ich wechsle das Gesprächsthema, ohne die Stimme nennenswert zu erheben. »Du hast dort keine Fotos gemacht. Ich hab auf deiner Kamera nachgeschaut.«

»Ich war im Leuchtturm.« Die Antwort kommt rasch und kurz. Sie ist sofort auf der Hut.

»Was hast du dort gemacht?«

»Ich wollte sehen, ob dieser Dreckskerl noch mehr Bilder von meinen Kindern hat. Wieso?«

»Und, hatte er?«, will ich wissen.

»Ja. Ein halb fertiges Bild von Oliver. Ich hab es zerschnitten. Dann sah ich den Hubschrauber.«

»Warum hast du das nicht der Polizei gesagt?«

»Ich wollte nichts damit zu tun haben.«

Sie ist gut im Lügen. Ich saß auf der Veranda, als sie zurückkam. Wäre sie vom Leuchtturm auf der Landzunge gekommen, hätte ich sie gesehen. Also kam sie nicht von dort. Aber woher weiß sie dann von dem Bild von Oliver? Es war ja wirklich zerschnitten. Vielleicht war sie die Person, die ich vom Berg aus mit dem Fernglas gesehen habe? Bevor Loui Svärd aufgetaucht ist.

»Weißt du, was der Name Veronica bedeutet?«, frage ich.

Sie schüttelt den Kopf.

»Das wahre Bild«, fahre ich fort. »Veronica hat Blut von Jesus' Gesicht gewischt, und da blieb sein Gesicht auf dem Schweißtuch.«

Veronica nimmt einen weiteren Schluck Wein.

»Das wahre Bild«, sagt sie.

»Ja«, antworte ich und versuche, ihren Blick zu deuten.

»Und was willst du damit sagen?«

»Nichts.«

Veronica betrachtet mich. Vorsichtig zieht sie einen rot lackierten Finger am Rand des Weinglases entlang. Der hohe Ton schneidet mir in den Kopf. Sie scheint seltsam unberührt von unserem Gespräch.

»Und was hast du jetzt für Pläne?«, fragt sie und leckt ihren Finger ab.

Das interessiert sie überhaupt nicht, das weiß ich. Außerdem hat sie mich das schon einmal gefragt. Sie will nur vermeiden, dass es still wird.

»Mein Gesicht zurückbekommen«, sage ich.

Ich gehe an der Toilette vorbei in das Schlafzimmer meiner Eltern. Auch sie haben ganz hinten einen Kleiderschrank. Ich öffne ihn, und da steht es. Versteckt hinter ein paar Kleidern. Ich hole es heraus.

Veronica hat einen Teller mit Keksen und eine Kaffeekanne auf ein Tablett gestellt. Offenbar hat sie Wasser auf dem alten Eisenherd heiß gemacht. Neben dem Teller steht ein brennendes Teelicht. Die Visitenkarte der Polizei ist weg.

»Sollen wir ihn drüben am offenen Kamin trinken? Das wäre doch schön an so einem rauen Abend.«

Ich nicke und gehe ihr ins Wohnzimmer nach. Auch hier stehen überall brennende Kerzen. Auf den Regalen, in den Fenstern, sogar auf dem Fußboden. Veronica stellt das Tablett auf dem Tisch ab. Erst da bemerke ich es. Lundgrens Gewehr. Es lehnt neben dem Kamin an der Wand. Veronica folgt meinem Blick.

»Das hab ich im Geräteschuppen gefunden«, sagt sie zögernd. »Wem gehört es?«

»Keine Ahnung.« Auch ich kann lügen, wenn es nötig ist.

»Und du weißt auch nicht, wie es dorthin gekommen ist?«

»Nein.«

Veronica geht zum Gewehr, ohne es zu berühren. »Es ist geladen.«

Wie kann sie das wissen? Aber vielleicht hat sie mehr Ahnung von Gewehren als ich. Langsam wendet sie sich um.

»Wir brauchen mehr Holz«, sagt sie langsam. »Kannst du mit runterkommen?«

»Warum denn?«

»Ich finde es ein bisschen unheimlich da unten, wenn man das Licht nicht anmachen kann.«

Veronica hält eine große, klobige Taschenlampe in der Hand. Sie wirft ein kaltes blaues Licht auf die Kellertreppe. Als wir unten sind, beginnt es zu flackern.

»Wir sollten uns beeilen«, sagt sie. »Die Batterie ist bald leer.«

Ich habe keine Lust, ihr den Rücken zuzuwenden, also halte ich mich ein paar Schritte hinter ihr. Den Blick auf ihren Rücken geheftet. Wir betreten den großen, dunklen Steinraum. Schimmelgeruch dringt in meine Nase. Veronica zittert mit der Lampe, während sie über den Betonboden geht. Ich gehe dicht hinter ihr. Als wir uns dem Holzlager nähern, zieht sich mein Magen zusammen. Muss ich wieder dort hinein? Wo sie mich gefunden hat, nachdem sie Robin getötet hatte? Ich bleibe ein paar Meter davor stehen.

»Was ist?«, fragt Veronica.

»Nichts.«

Ich habe nicht die Absicht, ihr meinen inneren Widerstand zu verraten. Ich muss die Oberhand behalten. Sie betritt das Lager und leuchtet auf die Regale mit Holz ganz hinten.

»Bist du so lieb und füllst einen Korb auf?«

Ich weiß nicht, wie ich davonkommen soll, ohne zu zeigen, was ich fühle. Ich gehe zu den Regalen und fange an, ein paar Holzscheite in einen Korb zu legen. Dabei versuche ich, Veronica im Auge zu behalten, die sich hinter mir bewegt. Plötzlich spüre ich einen Schmerz im Daumen. Ein Splitter. Ich lege das Holzscheit weg und versuche zu sehen, wo der Splitter sich hineingebohrt hat. Da kann ich Veronica in den Augenwinkeln erahnen. Sie ergreift eine Axt. Ich wende mich blitzschnell um.

»Was willst du damit?«

»Ein bisschen Anmachholz spalten.«

Veronica legt die flackernde Taschenlampe auf ein niedriges Regal. Der Schein fällt auf ihr Gesicht. Sie nimmt ein Stück Holz und legt es auf den Hackstock vor sich. Langsam hebt sie die Axt und sieht mich an.

»Willst du die Polizei anrufen?«, fragt sie.

Ich antworte nicht. Ich höre ihren Atem durch das Halbdunkel.

»Dein Wort steht gegen meines«, sagt sie. »Wer ist glaubwürdiger?«

»Du.«

»Genau.«

»Bis sie in dem Felsrondell graben.«

Ich sehe gerade noch, wie ihre Augen sich weiten, dann erlischt die Taschenlampe. Es wird pechschwarz. Sie steht ein paar Meter von mir entfernt, mit einer Axt. Ich wühle fieberhaft in der Hosentasche nach meinem Handy. Es dauert ein paar Sekunden, bis ich es herausbekomme. Der Touchscreen mit der Taschenlampe erscheint. Ich drücke auf das Symbol und leuchte in Veronicas Richtung.

Sie ist weg.

Die Axt auch.

Ich nehme den Holzkorb und stolpere aus dem Lager. Als ich über die Schwelle trete, höre ich ein leises Geräusch, wie ein Schlurfen. Es kommt aus dem anderen Raum. Ich leuchte in die Richtung des Geräuschs, aber da ist nur eine leere Steinwand. Steht sie um die Ecke? Ich laufe schnell auf die Treppe zu und leuchte mit der Taschenlampe in großen, weiten Kreisbewegungen vor mir her. Ich sehe sie nicht.

Ich stelle den Korb im Flur ab und eile mit langen Schritten die Treppe ins obere Stockwerk hinauf. Zur Toilette. Ich sperre die Tür ab und stelle fest, dass die Schachtel mit Durazepam noch auf dem Waschbeckenrand liegt. Veronica habe ich immer noch nicht gesehen.

Gerade als ich den Holzkorb am offenen Kamin absetze, kommt sie in ihrem eleganten schwarzen Kleid zur Tür herein.

»Wo warst du plötzlich?«, sage ich.

»Ich bin raufgegangen, um neue Batterien zu holen. Vergiss, was ich über die Polizei gesagt habe. Jetzt versuchen wir, es uns so schön wie möglich zu machen. Kannst du uns Kaffee einschenken, mein Schatz, dann mache ich Feuer.«

Sie sieht völlig ungerührt aus. Eiskalt. Ich fange an, Kaffee einzuschenken. Veronica stapelt ein paar Holzscheite in den Kamin und zündet sie mithilfe eines Stücks Birkenrinde an. Sie sitzt mit dem Rücken zu mir, neben dem geladenen Gewehr. Schnell ziehe ich die Tabletten aus der Hosentasche und lasse ein paar in ihre Kaffeetasse fallen. Das Durazepam verschwindet in der dunklen Flüssigkeit. Das Feuer kommt langsam in Gang. Veronica wendet sich zu mir um.

»Willst du ein Glas Limoncello zum Kaffee? Oder ist das vielleicht blöd in deinem Zustand?«

»Ich kann ein bisschen nippen.«

Veronica geht zu einem Barschrank, der neben dem ausgestopften Adler steht. Sie nimmt zwei kleine Gläser und eine Flasche heraus. Ich setze mich in einen der Sessel. Veronica schenkt in beide Gläser ein. Ich kontrolliere, dass nur Likör darin landet. Dann nimmt sie im Sessel neben mir Platz. Ich trinke einen Schluck von der gelben Flüssigkeit. Wärme und Ruhe breiten sich in meinem Körper aus. Ich weiß genau, was ich tun muss.

»Warum hast du eigentlich angefangen, dir die Nägel zu lackieren?«, lächele ich Veronica an.

Sie hält ihre blutroten Fingernägel vor sich hoch.

»Findest du es hässlich?«

»Nein, im Gegenteil«, sage ich. »Ich finde, es passt zu dir.«

Sie wirft mir einen forschenden Blick zu und nimmt einen Schluck Kaffee, ohne zu reagieren. Gut.

»Ich hab vor ein paar Jahren angefangen, sie zu lackieren … als du in der Klinik warst.«

»Aha.«

Ich strecke eine Hand aus und lege sie vorsichtig auf ihre. Sie erstarrt ein wenig.

»Entschuldige, dass ich so anstrengend bin, Mama.« Ich sage es so einschmeichelnd wie möglich. Ihre Hand entspannt sich unter meiner. Ich streichle sie. »Du hast völlig recht, ich fantasiere mir eine Menge Dinge zusammen. Ich bin noch nicht ganz gesund, manchmal dreht sich in meinem Kopf alles … aber es wird gut werden, das verspreche ich. Wenn du mich nur unterstützt.«

Veronica nickt, und ich lächele. So sitzen wir ein paar Minuten. Wortlos an unseren Getränken nippend. Ich behalte meine Hand auf ihrer.

»Ich fand Robin manchmal ziemlich anstrengend«, sage ich. »Er mochte es, kleine Tiere zu töten, und ich musste sie dann begraben.«

Veronica runzelt die Stirn. »Das stimmt jetzt nicht, Emmie. Robin hat Tiere geliebt. Wenn er eine Hummel in einem Fenster gesehen hat, musste er sofort ein Glas haben, um sie zu retten. Du warst diejenige, die Tiere getötet hat.«

Das ist eine reine Lüge. Ich ringe nach Atem. »Ich würde nie ein Tier töten«, sage ich und bin nahe daran, die Hand wegzunehmen. Aber ich mache mir schnell noch einmal bewusst, dass es notwendig ist, sie dort zu lassen.

»Du hast doch neulich das Rotkehlchen getötet«, sagt sie. »Oliver hat es gesehen.«

Ich spüre, wie mir das Blut ins Gesicht steigt, aber ich halte mich ruhig und rede in weichem Tonfall weiter.

»Das stimmt. Wie gesagt, ich bilde mir manchmal Dinge ein. Immer noch. Entschuldige, Mama.«

Das ist das zweite Mal heute Abend, dass ich sie »Mama« nenne. Vorsichtig führe ich ihre Hand zu meinem Bauch hinunter und drücke ein bisschen.

»Wie fühlt es sich an, Großmutter zu werden?«

»Unwirklich.« Sie krümmt die Lippen, als wollte sie lächeln, und versucht, ihre Hand wegzuziehen.

»Wenn es ein Junge wird, nenne ich ihn Robin«, sage ich.

Jetzt lasse ich sie die Hand zurückziehen. Sie streckt sie sofort nach dem Likörglas aus.

Der Mann versucht jetzt schon seit einer Weile, mich zu unterbrechen. Ich weiß, was er sich fragt. Er hätte die Frage schon weit früher stellen müssen.

»Sind Sie schwanger?«, sagt er.

»Nein, natürlich nicht. Das war ein Teil unseres Machtkampfs. Die Schwangerschaft machte mich überlegen. Außerdem war es interessant, ihre Reaktion zu sehen. Es hätte ja auch wahr sein können.«

»Meinen Sie nicht, sie hat begriffen, dass Sie lügen?«

»Vielleicht. Das konnte ich nicht mehr herausfinden.«

Veronica stellt das Likörglas zurück. Ich beuge mich über die Armlehne und umarme sie.

»Könnte ich mir vielleicht deinen Nagellack ausleihen?«, frage ich.

Veronica wühlt in ihrer Handtasche, die neben dem Sessel steht. Schließlich findet sie den roten Nagellack. Mit einer freundlichen Geste reicht sie ihn mir. Der Deckel der Flasche sitzt sehr fest, aber ich bekomme ihn auf und ziehe den Pinsel heraus. Vorsichtig streiche ich eine Schicht auf meinen linken Daumennagel.

»Und Papa hat sich nicht gemeldet?«, sage ich.

»Nein. Im schlimmsten Fall ist er mitten in einer Sauftour.«

Das ist er definitiv nicht.

»Ich hoffe nicht, ich finde es so traurig, wenn er so wird … Ich hab ihn so gern«, sage ich.

»Ich auch.«

Ich puste ein bisschen auf meinen lackierten Nagel. Der starke Lackgeruch steigt mir in die Nase. Es kitzelt.

»Aber für Oliver wäre es bestimmt am schlimmsten«, sage ich. »Wenn Papa wieder anfangen würde zu trinken.«

»Ja, wirklich. Der arme Junge hat es sowieso schon schwer.«

»Wieso das denn?«

»Na ja, er ist ja nicht gerade ein Genie in der Schule, er scheint meistens in dieser Spielwelt zu leben.«

Vielleicht gibt es einen Grund dafür.

»Er wird sicher klarkommen, ich hab auch in anderen Welten gelebt, als ich seinem Alter war«, sage ich.

In ganz anderen Welten. Mit Dämonen völlig anderer Art. Aber davon weiß Veronica nur wenig. Sie lächelt und versucht, mich beim Nägellackieren zu beobachten. Ihr Blick wird schläfrig. Als sie spricht, nuschelt sie leicht.

»Aber so süß warst du, als du klein warst, Emmie, in deinem gelben Kleid, wie eine kleine Puppe …«

Und dann wurde die Puppe psychisch krank, denke ich. Warum, werde ich vielleicht nie herausfinden.

»Du hast es selbst genäht«, sage ich. »Schön, dass es noch da ist.«

Weit nach meinem Tod, so klingt es.

Veronica beugt sich vor und leert den letzten Schluck Kaffee. Ihre müden Augen sind halb geschlossen. Als sie sich zurücklehnt, bringt sie kaum heraus, was sie sagen will.

»Mein Gott, ist mir schwindelig! Das muss der Limoncello sein und das Feuer. Ich glaube, es ist am besten, ich gehe jetzt ins Bett.«

Ich komme schnell auf die Beine und stelle mich vor sie.

»Ich kann dir hochhelfen.«

Veronica stützt sich den ganzen Weg zum Schlafzimmer auf mich. Im Wald war sie diejenige, die mich gestützt hat. Ich halte eine lange Kerze in der Hand. Als wir an der Tür sind, schiebe ich sie mit dem Fuß auf. Ich mache einen Schritt hinein, mit Veronica neben mir. Der Lichtschein fällt auf das Bett. Auf Papas Seite steht ein großes Foto ans Kissen gelehnt. Veronicas Bild von der Kormoraninsel. Zuerst sieht sie es nicht. Sie ist voll darauf konzentriert, sich im Zimmer fortzubewegen. Als sie sich auf die Bettkante setzt, dreht sie sich langsam zu dem Foto um.

»Warum steht das da …?«, nuschelt sie.

»Um dich daran zu erinnern, was du getan hast.«

Veronicas Blick versucht, meine Augen zu finden. Im Schein der Kerze ist das vermutlich nicht so einfach. Nach ein paar Sekunden gibt sie auf und legt sich hin. Ich trete ein paar Schritte näher. Der Schein erreicht ihr Gesicht. Sie ist dabei, wegzudämmern. Ich ziehe ein Stück des Bettüberwurfs über ihre Beine. Plötzlich hält sie mit kraftvollem Griff mein Handgelenk fest. Ich zucke zusammen, komme aber nicht los. Sie ist sehr stark. Langsam hebt sie den Kopf und trifft meinen Blick.

»Du hast gesehen, dass ich mit Robins Leiche zur Kormoraninsel gerudert bin«, zischt sie hervor. Das Nuscheln ist weg.

»Ja.«

»Aber du hast nicht gesehen, wie er gestorben ist, oder?«

Ich schweige. Der Griff um mein Handgelenk lockert sich, und ihr Kopf sinkt auf das Kissen zurück. Die Augenlider fallen langsam herunter. Ihre dünne Stimme ist kaum noch zu hören.

»Ich habe seitdem versucht, unsere Familie zu schützen …«, flüstert sie, »… uns vor einer Katastrophe zu schützen.«

Gerade als ich denke, sie ist eingeschlafen, presst sie einen letzten Satz hervor.

»Aber vor allem habe ich versucht, dich zu schützen …«

Ihr Kopf fällt zur Seite. Die Stirn ruht auf dem Foto von Robins Grab. Ihre rot lackierten Nägel glänzen im Lichtschein. Ich überlege, ob ich die Decke um sie legen soll. Sie in den Überwurf wickeln. Des Anblicks wegen.

Alles ist plötzlich so still. Als wären wir mitten im Auge des Sturms. Ich lasse die Tür zu meinem Zimmer offen stehen. An der Wand hängt das gelbe Kleid. Ich nehme es ab und fahre langsam mit der Hand über den Stoff. Auf der Rückseite wird ein langer Riss sichtbar. Den habe ich vorher gar nicht bemerkt. Wann ist er in das Kleid gekommen? Am Strand? Ich sinke aufs Bett hinunter.

Es war warm, und die Sonne stand hoch am Himmel. Ihre Strahlen spiegelten sich im weiten Meer. Es glitzerte. Robin und ich waren am Strand. Wir spielten. Er schoss mit seiner Wasserpis-

tole. Dann fingen wir an, eine große Grube zu graben. Der Sand spritzte um uns herum, und wir gruben tiefer und tiefer. Robin stand auf und stieg vorsichtig in die Grube hinunter. Er sah zu mir auf und lächelte, legte sich der Länge nach hin und fing an, Sand über seine Beine zu schaufeln. Ich betrachtete ihn ein paar Sekunden lang, bevor ich eine Handvoll Sand nahm und sie über seinen Körper streute. Dann noch eine und noch eine. Schließlich schüttete ich Sand über meinen kleinen Bruder, bis er völlig damit bedeckt war. Er lachte. Da kam eine Welle. Sie war kräftig und überspülte den Strand. Die Grube füllte sich mit Wasser. Robin hustete. Ich schüttete weiter Sand hinein. Robins Kopf verschwand. Ich hörte Geräusche dort unten, unter dem Wasser und dem Sand. Ich schaufelte und schaufelte. Eine neue Welle rollte an und füllte die Grube. Ich legte mich auf die Knie und fegte mit beiden Händen so viel Sand hinein, wie ich konnte. Nach einer Weile hörten die Geräusche da unten ganz auf. Ich stand auf und blickte in die Grube. Nichts rührte sich unter dem Sand und dem Wasser. Ich wandte mich um und ging davon. Als ich aufs Grundstück kam, traf ich Mama. Sie sah mich seltsam an.

»Wo ist Robin?«, fragte sie.

»Weiß nicht«, sagte ich und ging an ihr vorbei.

Ich blieb vor unserem großen, schönen Holzhaus stehen und drehte mich um. Mama rannte zum Strand hinunter. Ich schlich hinter ihr her und sah, was sie mit Robin machte. Dann rannte ich weg und versteckte mich im Holzlager.

Ich hänge das Kleid zurück und greife nach der Spieluhr. Meine Hände sind ruhig. Die Erinnerung vom Strand brennt in den Augen. Ich gehe aus dem Zimmer und hänge die Spieluhr an die Türklinke zu Veronicas Zimmer. Langsam ziehe ich die Schnur heraus. Sie mag ja klassische Musik. Die zarte, tote Melodie erklingt. »Guten Abend, gut' Nacht.« Ich richte mich auf. Die langen, brennenden Kerzen stehen aufgereiht auf den Regalen im Flur. Wenn ich die Hände ausstrecke, komme ich von der einen Wand bis zur anderen. Langsam gehe ich zwischen den flackernden Flammen entlang. Meine ausgestreckten Arme berühren die Kerzen und fegen sie zu Boden. Eine nach der anderen. Als ich zur Treppe komme, drehe ich mich um. Die schöne Musik hat aufgehört. Die Flammen haben begonnen, den langen Läufer zu streicheln.

Der Sturm donnert, als ich auf die Veranda hinauskomme. Der Wind reißt an meinem Haar und an meinen Kleidern. Aber das ist mir egal. Ich gehe auf die Wiese und schaue zu dem großen Holzhaus hinauf. Die Flammen lodern jetzt hoch. Das Haus, das uns verschlingen sollte. Zum Schluss hat es nur dich verschlungen, liebe Mama.

Ein lauter, gellender Schrei ist von drinnen zu hören. Er erinnert an das Heulen von der Kormoraninsel.

Der Brunnendeckel ist nass. Ein paar Blätter kleben an dem morschen Holz fest. Ich fege sie mit dem Fuß weg. Eines der Fenster im Haus explodiert. Im oberen Stockwerk bricht das Feuer mit voller Kraft los. Ich betrachte die gewaltigen Flammen. Armer Oliver.

Der Deckel ist schwer. Trotzdem versuche ich, ihn wegzuschieben. Das Holz schneidet in meine Hände. Als ich ihn endlich herunterbekommen habe, richte ich mich auf und blicke in das dunkle Loch hinunter. Ein modriger Geruch strömt nach oben. Langsam werden meine Fingerspitzen taub. Tief dort unten ist der Aal, sicher in seiner Dunkelheit …

Ich lehne mich in dem unbequemen Stuhl zurück. Der kalte Zug am Boden kühlt meine Füße. Ich versuche, die Hände auf dem Schoß zu Fäusten zu ballen. Es geht nicht. Tief drinnen im Gehirn höre ich Streichermusik. Sie steigert sich schrittweise. Ich schaue den Mann im schwarzen Mantel an. Wir wissen beide, dass wir uns jetzt dem Schluss nähern. Dass meine Geschichte bald vollendet ist.

»Jetzt nähern wir uns dem Ende«, sage ich.

»Ja und nein«, antwortet der Mann ruhig. »Das Ende ist vielleicht nicht das Ende.«

»Was meinen Sie? Wieso nicht das Ende?«

»Dass es nach dem Ende eine Fortsetzung gibt. Einen anderen Zustand.«

Ich weiß nicht, worauf er hinauswill. Mein Blick fällt auf das Regal hinter ihm.

»Das Schiff in der Flasche ist zurück«, sage ich, um von dem eigenartigen Dialog wegzukommen.

»Ja. Es wird jetzt hier gebraucht.«

»Warum?«

»Um Ihre Geschichte zu illustrieren … Sie standen also am Brunnen und hörten, wie Ihre Mutter drinnen im Haus verbrannt ist?«, sagt er.

»Ja.«

»Und dachten an den Aal dort unten.«

»Ja und an Oliver. Dann hielt ich die Hand vor meinen Mund und sprang in den Brunnen.«

»Aber Sie sind nie gesprungen.« Er sagt es mit einer sehr ruhigen Stimme. Seine Hände sind bewegungslos. Der Blick ist merkwürdig trüb. »Stattdessen sind Sie hier gelandet. In der wahren Dunkelheit.«

Ich versuche aufzunehmen, was er sagt. Von welcher Dunkel-

heit spricht er? Er zündet auf dem Tisch zwischen uns zwei Teelichter an und schaltet die Stehlampe aus. Ich weiß nicht, ob er die Stimmung von der Insel wiederherstellen will. Von Feuer und Flammen. Das wirkt banal. Vielleicht ist er banal? Der Schein des Teelichts beleuchtet sein Gesicht von unten. Seine Augen werden größer und dunkler. Er sieht fast unheimlich aus. Ich reibe an meinem Daumennagel. Dem rot lackierten

»Was, denken Sie, ist mit Ihrem Vater passiert? Casper?«

»Das weiß ich nicht.«

»Er wurde an Land gespült und draußen beim Leuchtturm auf Mytten gefunden.«

Es verblüfft mich, wie der Mann das wissen kann. Das habe ich ihm nicht erzählt. Dass Papa ins Wasser gegangen ist, um sich das Leben zu nehmen, habe ich bereits auf der Kormoraninsel begriffen. Was sollte sonst passiert sein? Aber ich habe nicht so recht kapiert, warum. Jetzt ist es verständlicher. Veronica hatte es ihm natürlich erzählt, in der Nacht, als er brüllte und weinte. Erzählt, dass seine geliebte Tochter seinen geliebten Sohn getötet und dass seine Schlange von Frau es all die Jahre vor ihm verheimlicht hat. Ich habe ein gewisses Verständnis für seinen Selbstmord. Aber woher weiß der Mann das? Bin ich schon einmal hier gewesen?

Der Mann lächelt, etwas unerwartet, als hätte er meine Gedanken gelesen. Das ist das erste Mal, dass ich ihn so breit lächeln sehe. Seine Lippen ziehen sich auseinander, und da bemerke ich es. Er hat keine Zähne. Es sieht völlig krank aus. Zwischen seinen Lippen ist nur ein dunkles Loch.

»Sind wir jetzt fertig?«, frage ich und versuche zu vermeiden, den löchrigen Mund anzusehen. Ich spüre ein leichtes Schwindelgefühl im Kopf.

»Noch nicht ganz«, sagt der Mann und bläst eines der bei-

den Teelichter aus. »Sie hätten sich von Oliver verabschieden sollen.«

»Ich weiß. Aber ich bin nicht dazu gekommen. Und jetzt ist es vermutlich zu spät.«

»Das weiß man nie … Vielleicht finden Sie ihn wieder unter einem Apfelbaum.«

Das Lächeln des Mannes ist jetzt noch breiter. Ich versuche aufzustehen, aber ich komme nicht hoch. Mein Körper gehorcht mir nicht. Ich kann mich nicht bewegen.

»Warum kann ich nicht aufstehen?«, frage ich und schaffe es kaum, Luft zu holen.

»Weil Ihre Geschichte zu Ende ist.«

Das Loch zwischen den Lippen des Mannes wird größer. Er weiß, woran ich leide. Ich versuche erneut aufzustehen, ohne Erfolg. Die Streichermusik im Gehirn steigert sich. Über seine Schulter sehe ich, wie das Schiff in der Flasche zu brennen beginnt. Der Mann hält die blaue Scherbe hoch. An ihren Rändern klebt getrocknetes Blut. Langsam schiebt er sie zu mir herüber.

»Ein Geschenk«, sagt er.

Eben konnte ich die Hände noch nicht bewegen. Jetzt nehme ich die Scherbe in die Hand und drücke zu. Die Kanten schneiden ins Fleisch.

»Danke für Ihre Geschichte«, sagt der Mann. »Sie wird sehr hilfreich sein.«

»Für wen?«

»Für Sie selbst«, sagt er und legt einen runden Gegenstand auf den Schreibtisch. »Erkennen Sie das hier?«

»Das ist meine alte Spieluhr. Die verbrannt ist.«

Der Mann nickt und zieht an der Schnur. Das wehmütige Wiegenlied beginnt. Er beugt sich über den Tisch, die Stoffmaske in den Händen. Sein Gesicht ist dicht an meinem. Er weitet das schwarze Loch zwischen seinen Lippen noch mehr. Die Stimme, die aus seiner Kehle dringt, klingt dumpf und fremd, wie aus einem tiefen, dunklen Brunnen.

»Guten Abend, gut' Nacht, kleine Emmie…«

Cilla & Rolf Börjlind

Wundbrand

Kriminalroman

528 Seiten, btb 71956
Aus dem Schwedischen von
Susanne Dahmann und Julia Gschwilm

Der Nummer-1-Spiegel-Bestseller

THAILAND: Auf dem Fluss Kok gleitet ein Kanu. Am Ufer ziehen Opiumfelder vorüber. Ein Mann hat die Zivilisation hinter sich gelassen, um ins Goldene Dreieck zu gelangen. Es ist eine Reise zu sich selbst und ein Versuch, die schreckliche Tat aufzuarbeiten, die ihn verfolgt. Der Mann in dem Kanu ist Ex-Kriminalkommissar Tom Stilton. STOCKHOLM: Die junge Polizistin Olivia Rönning ist mit einem Mord befasst, der Schweden in Atem hält. Eine ganze Familie wurde kurz vor der Fahrt in die Winterferien in ihrem Auto brutal ermordet. Ein Mann ist verdächtig, der auch verurteilt wird. Nur Olivia zweifelt an seiner Schuld. Welche Rolle spielt Tom Stilton in der Sache?

Cilla & Rolf Börjlind

Der gute Samariter

Kriminalroman

448 Seiten, btb 75853
Aus dem Schwedischen von
Susanne Dahmann, Julia Gschwilm

NEU – Der 7. Fall für Olivia Rönning und Tom Stilton!

Olivia Rönning ist verschwunden. Ihre Kollegin Lisa Hedqvist ist sich sicher, dass sie entführt wurde. Als Tom Stilton von der Sache erfährt, kehrt er aus seiner selbstgewählten Corona-Isolation in den Stockholmer Schären in die Stadt zurück. Er und Lisa folgen der Spur zu einer einsamen Hütte. Doch als sie sie erreichen, steht das Haus bereits in Flammen. Eine tote Frau wird gefunden. Ist es Olivia?
Zur gleichen Zeit koordiniert ihre frühere Chefin Mette Olsäter die Sicherheit der landesweiten Corona-Impfstofflieferungen, doch es gibt Hinweise, dass der Transport sabotiert wurde …